| 光明社科文库 |

新月派译诗研究

李红绿◎著

光明日报出版社

图书在版编目（CIP）数据

新月派译诗研究 / 李红绿著 . -- 北京：光明日报
出版社，2019.6
（光明社科文库）
ISBN 978 - 7 - 5194 - 5382 - 4

Ⅰ. ①新… Ⅱ. ①李… Ⅲ. ①新诗—诗歌研究—中国
Ⅳ. ①I207.25

中国版本图书馆 CIP 数据核字（2019）第 114039 号

新月派译诗研究
XINYUEPAI YISHI YANJIU

著　　者：李红绿

责任编辑：曹美娜　黄　莺　　　　　　责任校对：赵鸣鸣
封面设计：中联学林　　　　　　　　　责任印制：曹　净

出版发行：光明日报出版社
地　　　址：北京市西城区永安路 106 号，100050
电　　　话：010 - 63131930（邮购）
传　　　真：010 - 67078227，67078255
网　　　址：http：//book. gmw. cn
E - mail：caomeina@ gmw. cn
法律顾问：北京德恒律师事务所龚柳方律师

印　　　刷：三河市华东印刷有限公司
装　　　订：三河市华东印刷有限公司
本书如有破损、缺页、装订错误，请与本社联系调换，电话：010 - 67019571

开　　　本：170mm × 240mm
字　　　数：210 千字　　　　　　　　印　　张：15
版　　　次：2019 年 6 月第 1 版　　　　印　　次：2019 年 6 月第 1 次印刷
书　　　号：ISBN 978 - 7 - 5194 - 5382 - 4
定　　　价：85.00 元

前　言

　　20 世纪初叶，由胡适、陈独秀等人倡导的白话文运动以摧枯拉朽之势打破了文言文学的绝对支配地位，对中国传统诗学传统发去了猛烈的抨击。中国的白话新诗就在这种激烈搏杀的历史语境中艰难成长。早期的白话新诗主要在"破"的方面下手，使用"白话"创作有格律的"诗"，彻底与传统诗学决裂，架势摆得很凌厉，大有势不两立之态，所以谈不上从传统诗学中汲取营养来发展新诗。这种革命的态势是可以理解的，因为态度上的不坚决势必会导致白话文学革命的失败。这就是酝酿新月派的历史语境。胡适先生喊出作诗如作文的口号，在当时很有市场，支持者众，自有其历史语境，所以也应该历史地看待。

　　到了 20 世纪 20 年代，白话新诗已经度过了短暂的草创时期，部分新诗诗人看到了草创新诗格律松弛的弊端，开始对草创新诗的非诗倾向提出批评，播撒格律新诗的种子。就连胡适本人也开始反省早期白话新诗的非诗化倾向，提出了一些建设新诗格律的观点。这就是新诗的格律化运动。新月派在这场新诗格律化运动中得到了大力发展，奠定了整个诗派的诗学理论和实践基础，也是新诗格律化运动的主导力量。部分新月派诗人已不像草创时期的新诗诗人那样对传统诗学讳莫如深。他们一方面主张通过借鉴西诗格律发展新诗，另一方面也希望从传统诗学中吸取养分为新诗格律建设服务。应该说这种态度上的转变是很有利于新诗诗体和格律建设的。例如，1927 年，新月派的"大将兼先行"朱湘在《文学周报》第 290 期上发表的《说译诗》一文大声疾呼：

"我国的诗所以退化到这种地步，并不是为了韵的束缚，而是为了缺乏新的感兴，新的节奏——旧体诗词便是因此木乃伊化，成了一些僵硬的或轻薄的韵文。倘若我们能将西方的真诗介绍过来，使新诗人在节奏上得到新颖的刺激与暗示，并且可以拿来同祖国古代诗学昌明时代的佳作参照研究，因之悟出我国旧诗中那（哪）一部分是芜蔓的，可以铲除去，那一部分是菁华的，可以培植光大，西方诗中又有些什么可以为我国的诗所不曾走过的路，值得新诗的开辟。"①

应该说赞赏朱湘这种从传统诗歌和西诗中吸取营养、建设新诗的新月派诗人为数不少。朱湘也身体力行，一方面用白话文创作了一些格律优美、富有传统诗歌曲调和格律的新诗，如《采莲曲》；另一方面也尝试用西诗的不同诗体如十四行诗、无韵诗等进行新诗创作。但新月派的新诗建设成就主要体现在对西诗的格律和诗体借鉴上，包括对西诗格律理论的创造性引进，如闻一多提出的"三美论"中的"音尺"就源于西诗的"音步"（foot），其理念直接启发了孙大雨等人倡导的"音组"论，并对后来新诗格律中"顿"的理念的形成产生影响。

---

① 海岸编. 中西诗歌翻译百年论集 [M]. 上海：上海外语教育出版社，2007：49 - 50.

　　为何新月派的新诗建设成就主要体现在借鉴西诗方面，而非发扬传统诗学方面？其理由可以从两个方面分析：一是"五四"运动以后，中国社会朝着更加开放、更加现代化的方向演进。这种发展的历史方向使新诗从内容和形式两个方面都必须保持一种更加开放的态势，主动反映当时的时代观念和诉求。正因为新诗的历史选择，部分诗人的诗作尽管在诗艺上尚为幼稚，但仍然获得了同时代读者的高度认同；而有的诗人尽管诗艺已经较为成熟，但由于依赖传统较多，没有回应时代诉求，依然没有暴得大名。其中较为典型的例子是朱湘。他创作了许多艺术上非常优美的新诗，但由于这些新诗在意象、主题和格律上留有传统诗歌太深的影子，未能跟上诗神缪斯的时代步伐，最终被同时代人搁置一旁。关于朱湘诗歌的这一特点，同时代作家苏雪林、沈从文均在自己的诗评中予以指出。另一方面，新月派新诗建设主要通过借鉴西诗而非发扬传统诗学，这一特点也与新月派诗人的求学背景和经历有关。对这一点的论述还需结合新月派的形成和发展历程来展开。

一

　　新月派的前身是成立于1923年的新月社，而新月社又是在由徐志摩等人组织的每两周举行一次的"聚餐会"的基础上发展起来的。所谓"聚餐会"主要是为食而会，"聚餐"自然是主要目的，讨论文学则是"聚餐"后的雅乐之举。新月社的主要成员包括徐志摩、胡适、黄子美、陈通伯、梁启超、林徽因、金龙荪、任叔永与陈衡哲夫妇、杨景任、陶孟和夫妇、邓叔存、冯友兰、杨振声、丁文江、吴之椿、张彭春等，成员身份复杂。新月社成立后，尽管开展了编戏演戏等文学活动，但还留有"聚餐会"的一些特点。这种半为戏剧、半为生活聚餐的社团特点直至1924年年底徐志摩、黄子美等在北京松树胡同七号创办"新月社俱乐部"时依然没有多少改变，主要原因是新月社成员结构混杂，作家、学者、官僚、资本家、教员、社会名流等各式人物都有，每个人参会的目的不同，所以自然也难以形成一个较为统一的文学理念。新月社组织也较为松散，有些成员不缴纳会费，甚至出现难以运转的情况，更无须说创办社团刊物。恰巧在当时，部分留美学生在美国创办了中华戏剧改进社，成员主要有闻一多、余上沅、赵太侔、梁实秋、张嘉铸、熊佛西、瞿世英等人。自1925年下半年，他们陆续从美国回国加入新月社。他们的加盟大大地改变了新月派原来的人员结构，使这一组织逐渐摆脱了"聚餐会"的性质，开始向纯文学社团转变，但新月社当时主要关注的是戏剧而不是诗歌。

　　1926年4月，新月派迎来了一个至关重要的发展期。一是徐志摩在《晨报副刊》上开辟了《诗镌》栏目，使新月派有了自己的文学刊物。文学刊物的创办对于传播和整合社团的文学理念起着极其重要的作用。新月派的文学关注点也发生了改变，最终由一个重点关注新剧的文学社团转变成一个研究新诗的社团。二是被称为"清华四子"的四位新诗诗人朱湘（字子沅）、饶孟侃（字子离）、孙大雨（字子潜）和杨世恩（字子惠）等加入新月派，又一次整合了新月派的成员结构。这些人对西诗有较为深入的了解，从洋为中用的角度为新诗的创格提出了一些宝贵的建议。这些诗人相继留学欧美，接受过西方文学的浸润，对西方的古典诗学传统、浪漫唯美诗风有深入的认知和体验。这种学历背景对新诗的诗体建设应该说非常有利。《诗镌》时期是新月派新诗格律理念形成的重要时期，闻一多、饶孟侃、朱湘等人相继在该刊物上撰文，就新诗诗体的建设提出建议，并创作和发表了相关格律体新诗，在当时诗坛产生了重要影响。

1927 年春天，由于国内时局的影响，徐志摩、胡适、闻一多、邵洵美、余上沅、梁实秋等人相继南下，当年 7 月在上海创办了新月书店，胡适任董事长，余上沅任经理。1928 年 3 月，徐志摩、胡适、闻一多、饶孟侃等人又在上海创办了《新月》月刊。在《新月》上发表文章的人员较多，除了徐志摩、胡适、闻一多、饶孟侃、梁实秋、潘光旦、叶公超、邵洵美、余上沅、张禹九等核心人员外，沈从文、陈梦家、方玮德、卞之琳、徐悲鸿、凌叔华、林徽因、曹葆华、方令孺、欧阳予倩、丁西林、陆侃如、冯沉君、黄庐隐、王鲁彦、冰心、俞平伯、巴金、周作人、孙大雨、臧克家、李广田、刘大杰、吴世昌等人也在上面发表文章，不仅有文学类的作品如诗歌、散文、小说、剧本、传记、游记、杂文、文学评论、翻译文章，还有通信、书刊介绍、海内外出版消息以及部分政治、经济、法律论文。

在《新月》杂志办刊期间，徐志摩、陈梦家、方玮德、方令孺等人又于 1931 年 1 月在上海创办了一个《诗刊》季刊。该刊先后由徐志摩、邵洵美、陈梦家任主编，徐志摩、陈梦家、胡适、孙大雨、朱湘、方玮德、饶孟侃、邵洵美、方令孺、沈从文、卞之琳、林徽因、储安平、程鼎鑫、梁镇、俞大纲、沈祖牟、虞帕云、宗白华等人都在上面发表过作品。可以看出，《新月》和

《诗刊》时期又有部分诗人加盟新月派，如卞之琳、方玮德、陈梦家等人，他们中一部分人是徐志摩、梁实秋等人的学生。1931年9月，陈梦家从新月诗派发展历程中三份最重要的期刊——北京时期的《晨报副刊·诗镌》、上海时期的《新月》月刊与《诗刊》季刊上，挑选18位新月诗人的80首诗作，编成了一部诗集《新月诗选》。在诗集的长篇序言中，陈梦家对新月诗人共同追求的诗歌理论、创作态度和风格做了说明。入选《新月诗选》的诗人具体包括徐志摩、闻一多、饶孟侃、孙大雨、朱湘、邵洵美、方令孺、林徽因、陈梦家、方玮德、梁镇、卞之琳、俞大纲、沈祖牟、沈从文、杨子惠、朱大枬、刘梦苇。从《新月》和《诗刊》上发表诗作的人员名单以及入选《新月诗选》的诗人名单可以看出，新月派的基本结构在这个时期还是比较稳定的，这多少得益于《诗镌》时期形成的格律新诗观。这种新诗观继续发挥统领作用，维护着这个诗歌流派在新诗建设上的向心力。

　　新月派的盟主徐志摩1931年12月19日因飞机失事罹难，对《诗刊》和《新月》的运行来说是一个巨大损失。《诗刊》季刊于1932年7月30日出版了第4期（即终刊号）后终刊，办刊时间不足一年。《新月》杂志也于1933年6月终刊，一共刊行了4卷43期，历时5年左右。新月派得以依存的两份刊物停刊，作为一个流派的文学活动也宣告结束。新月派自1923年新月社成立到1933年6月《新月》月刊终刊，历时约10年之久。

二

　　新月派的大部分成员都有留学英美的经历，对西方文化有深入的了解，对西诗不仅熟悉，甚至有较深入的研究。他们对西方的经典诗艺、浪漫与唯美的诗风尤其高度认同。一方面经典诗歌的格律和诗体是他们学习的主要对象，可以借此发展正在成长中的新诗。例如，莎士比亚的经典诗剧，不仅在诗歌艺术上令他们折服，而且诗剧体现的人文精神和主题也令他们深深着迷。他们既翻译学习莎士比亚的诗剧，也尝试运用莎士比亚的诗体和格律创作新诗。另一方面，在西诗的发展历程中，19世纪正是浪漫主义、唯美主义诗歌大行其道的时代。这种诗学倾向对20世纪初的中国新诗诗人依然具有难以抗拒的吸引力，对正处青年年华的新月派诗人更是如此。

新月派诗人对经典西诗、浪漫唯美诗风的青睐影响了他们的译诗选本。徐志摩、孙大雨、朱湘等人均翻译过莎士比亚诗剧中的片段，卞之琳更是以译莎剧而闻名。不仅如此，他们还翻译过华兹华斯、济慈、拜伦等浪漫主义诗人的诗作。此外，由于部分新月派诗人对西诗理论有较深的了解和研究，他们尝试将其引入中国诗坛，借以发展和研究新诗。例如，闻一多为新诗诗体建设提出的"音尺"理论就是对西诗"音步"（foot）的译介；孙大雨提出的"音组"理论就是对闻一多"音尺"理论的发展，后来又有人在此基础上提出了新诗"顿"的概念。应该说，这些新诗理念都受到了西诗理论的影响，不仅对新诗创作产生了积极影响，而且也影响了西诗中译的策略。朱湘以单个汉字对译英诗的单个音节翻译英诗，孙大雨以汉语"音组"对译英诗的"音步"，卞之琳提出以顿代步的诗歌翻译策略等，都是在借鉴西诗格律和诗体的基础上发展起来的。

新月派诗人在借鉴西诗发展中国新诗这一点上有着高度的认

同。早在 1918 年 4 月，胡适就在《建设的文学革命论》一文中提出多多翻译西洋名著发展白话新文学的观点。这种借鉴西方文学发展中国文学的观点影响是深远的，徐志摩、朱湘、卞之琳等一大批新月派同仁都曾主张通过翻译引进西诗，借鉴其合理因素以发展新诗。因此，新月派诗人对西诗翻译用力甚艰，甚至一度将诗歌翻译视为诗歌创作，模糊了两者的边界。基于对诗歌翻译重要性的认知，大部分新月派诗人对西诗翻译都非常投入，译诗成绩斐然。

朱湘应该是新月派诗人中翻译西诗最多的人之一。他翻译的西诗有 120 多首，大部分译作收入了朱湘生前出版的译诗集《路曼尼亚民歌一斑》和 1936 年出版的译诗集《番石榴集》两部诗集中，主要翻译了莎士比亚和浪漫主义诗人彭斯、布莱克、雪莱、济慈、华兹华斯等人的诗歌，译作主要发表在《小说月报》《文学周刊》《京报副刊》《青年界》《人生与文学》等刊物上。徐志摩译诗达 80 多首，其中包括一些未出版的译诗，主要翻译了莎士比亚的诗剧《罗密欧与朱丽叶》和浪漫主义诗人哈代、拜伦、布莱克，古典主义诗人歌德，象征派诗人阿瑟·西蒙斯、波德莱尔等人的诗歌，译作主要发表在新月派的代表性刊物《晨报副刊》《新月》《诗刊》以及《小说月报》《现代评论》《语丝》《长风》《文学》等刊物上，未发表的译诗主要是华兹华斯、济慈、布朗宁等人的诗歌。闻一多发表的译诗相对较少，主要译有 20 世纪英国抒情诗人郝斯曼（A. E. Houseman），浪漫主义诗人拜伦、劳伦斯·霍普以及 20 世纪美国抒情女诗人 Sara Teasdale 与 Vincent Millay 等人的诗作，译作主要发表在新月派刊物《新月》《晨报副刊》以及《时事新报·文艺周刊》上。饶孟侃曾与闻一多一起合译过郝斯曼的诗,可能是与闻一多关系最近的新月诗人,译诗旨趣较为一致,主要译有20世纪英国抒情诗人郝斯曼的诗歌,译作主要发表在《新月》《京报副刊》与《时事新报·学灯》上。梁实秋主要译有英国浪漫主义诗人彭斯(Robert Burns)的诗,译作主要发表在《新月》杂志上。如果将诗人发表刊物的多元性以及译诗的数量两者综合起来看,朱湘的译诗成绩应该是新月派早期成员中最大的。新月派后期加入的诗人卞之琳则译有莎士比亚的诗剧和法国象征主义诗人波德莱尔、魏尔伦等的诗作,译诗成绩斐然,应该是新月派后期成员中翻译西诗的集大成者。

三

通过以上对新月派的形成历程、诗歌理念、译诗成绩的简单介绍,不难知道新月派是20世纪20、30年代一个重要的诗歌流派。这个流派早期成员结构较为复杂,组织较为松散,成员变动较大,直至《晨报副刊·诗镌》开辟以后才形成较为明确的格律体新诗理念。这群诗人提倡通过翻译借鉴西诗发展新诗,在诗歌翻译与创作两个方面都取得了不错的成绩。尽管新月派存在的时间不是很长,自1923年新月社的成立至1933年社团标志性刊物《新月》终刊,前后不过10年,但犹如划过天空的美丽流星,照亮了当时尚处于黎明前黑夜期的中国诗坛,让人看到了新诗发展的希望,对中国现代新诗的影响无疑是极为深远的。

早在20世纪30年代,沈从文、朱自清、苏雪林等学者就开始对新月派诗人的新诗创作进行研究，如沈从文的《论朱湘的诗》，苏雪林的《论闻一多的诗》《论朱湘的诗》《胡适的诗》等。此后，中国香港、台湾地区和国外学者的相关研究一直没有间断过，但他们的研究侧重单个诗人人生经历、诗歌创作等。20世纪70年代以来，研究工作日益深入，取得了丰硕的研究成果，如周晓明的《多元与多源——从留学族到新月派》，朱寿桐的《新月派的绅士风情》，尹在勤的《新月派评说》等专著以及相当数量的硕博士论文、大批期刊论文等。这些研究成果主要论述了新月派诗人学贯中西的诗学才情、富有影响的诗学理念以及诗歌创作。

　　与新月派诗论和诗歌研究态势相比，新月派译诗研究明显逊色。虽然1949年前就有学者对新月派个别诗人的译诗做过评论，如常风先生1936年在大公报《文艺副刊》上评论朱湘的译诗集《番石榴集》，但这些只是零星散论，不成系统。国外虽然也有学者对新月派做过研究，但其关注的焦点在于诗艺和诗作，而对新月派译诗鲜有人探讨。系统地研究新月派译诗始于20世纪70、80年代，主要见于港台学者在为个别新月诗人所写的专著中。他们辟专章对新月派诗人译诗进行研究，如香港学者张曼仪在其专著《卞之琳著译研究》的第四章对卞之琳的翻译理论与实践做了研究。20世纪80年代以来，大陆学者越来越关注新月派诗人的译诗活动，取得了一批研究成果，如周诗岩的《翻译规范与徐志摩的译诗》、南治国（新加坡）的《闻一多的译诗及译论》、洪振国的《试论朱湘译诗的观点与特色》等。值得一提的是，21世纪以来不少学者的博士论文以新月派的某些诗人译诗为研究对象，使研究更加深入、更加系统，如张旭的博士论文（2008年）从译诗的用语、形体、音韵等方面对朱湘的译诗做了研究；陈琳的博士论文（2007 年）则从陌生化的视角分析了徐志摩的译诗。可见，新月派个别代表性诗人译诗研究已经取得了一定的成果。从流派的视角研究新月流派译诗始于 20 世纪 90 年代。1994 年，张少雄在《中国翻译》上著文《新月社翻译小史：文学翻译》，回顾了新月派同仁的翻译活动及其成就，开启了新月派译诗研究的源头。此后，赵普光对新月派诗歌翻译对其诗歌创作的影响做了探讨，陈丹对新月派的译诗特点做了论述，黄立波对新月派的翻译思想做了思考，付爱对新月社译诗选题做了研究。也有学者对新月派的诗歌翻译活动进行了总结，如李月的《浅谈新月派的诗歌翻译活动》等。研究成果逐年增加，这说明新月派译诗研究已越来越引起学界的关注。

近年来对新月派译诗的研究愈发深入。相对而言这些研究以单个代表性诗人译诗的研究居多，而对整个学派的译诗研究相对较少。本书分两部分，主要对新月派的译诗理念、译诗特点、译诗与作诗之间的互动关系等进行了研究和论述。第一部分从整体性文学流派的角度总论新月派的新诗创作理念及译诗特点，第二部分从单个代表性诗人的角度分论新月派部分诗人的译诗观念、思想和特点。这种结构安排一方面是为了摆脱目前新月派整体性学派译诗研究不足的局限，另一方面为了将整体性学派译诗研究与代表性诗人译诗结合起来，既呈现学派成员之间的影响与互动、彰显他们的译诗共性，同时也展现不同诗人的译诗特色和个性。新月派诗人的译诗经验是一笔宝贵的历史遗产，整理和发掘这笔遗产不仅可以使我们看到新月派诗人们如何通过译诗引进异域文化、构建民族文化，而且对于当下诗歌翻译、传统文化外译具有借鉴价值和意义，这正是本书的写作目的和研究旨趣所在。

目　录
CONTENTS

总论：新月派译诗概论 ……………………………………… 1

　一、新月派的时代背景与历史语境 …………………………… 1

　二、新月派的发展历程 ………………………………………… 7

　三、新月派的诗学观 ………………………………………… 23

　四、新月派诗学观对其译诗的影响 ………………………… 36

　五、新月派译诗的总体特征——基于原型诗学的视角 ……… 51

专论：新月派诗人的翻译观及其译诗实践 ………………… 63

　一、胡适的翻译思想 ………………………………………… 63

　二、徐志摩译诗研究 ………………………………………… 77

　三、朱湘译诗研究 …………………………………………… 97

　四、孙大雨译诗研究 ………………………………………… 160

　五、刘半农译诗研究 ………………………………………… 171

参考文献 ……………………………………………………… 212

总论：新月派译诗概论

一、新月派的时代背景与历史语境

辛亥革命以后，西方启蒙思想进一步在国内传播，星星之火成燎原之势，将西方的民主共和思想播撒在神州大地上。与这股清流相抗的是袁世凯，他一心为复辟帝制而大力提倡尊孔读经，推行尊孔复古的逆流。与此同时，国内一部分先进知识分子开始反思革命失败的根源，最终他们认识到，辛亥革命之所以遭受失败，主要原因在于中国国民缺乏民主共和意识，革命要想获得成功，必须从文化思想上驱赶残存在国民心中的封建思想和封建意识。这些先进的知识分子最后将这种认识转变成一场文化运动，称之为"新文化运动"。

新文化运动高举民主和科学两面旗帜，促成了新思想、新理论在中国的广泛传播。在文学领域，新文化运动喊出了"提倡新文学，反对旧文学"的口号。1916年底，胡适将其文稿《文学改良刍议》寄给《新青年》主编陈独秀。1917年1月，该文发表在

《新青年》第 2 卷 5 期上。在这篇文章中，胡适提出了"文学八事"，即"一曰，须言之有物。二曰，不模仿古人。三曰，须讲求文法。四曰，不做无病之呻吟。五曰，务去滥调套语。六曰，不用典。七曰，不讲对仗。八曰，不避俗字俗语。"① 在该文中，胡适先生首倡白话文学，主张以白话取代文言，作为正宗的文学语言。2 月，陈独秀在下一期《新青年》推出自己的力作《文学革命论》进行声援。1918 年，胡适在《历史的文学观念论》《建设的文学革命论》等文中进一步论证白话文学产生的必然性。胡适先生的文学观几乎成为"新文学"的标杆，"白话文革命"逐渐取得了胜利。具体在诗歌层面，"新文学"干将们提倡打破旧诗格律和诗体形式，不拘字句长短，用白话作诗。

　　1917 年 2 月，2 卷 6 号《新青年》刊登了胡适的《朋友》《赠朱经农》等 8 首白话诗。尽管这 8 首诗尚未完全摆脱旧诗词体式的束缚，但却产生了轰动的效果。1918 年 1 月，《新青年》第 4 卷第 1 号推出胡适、刘半农、沈尹默 3 人的白话诗 9 首，被称为"中国新诗诞生"。② 这是新诗运动中出现的第一批白话新诗，成了中国现代诗的开山之作。1920 年 3 月，胡适的《尝试集》初版由上海亚东图书馆印行，是我国第一部白话诗集，在中国现代诗歌史上具有划时代的意义。该诗集用自由诗体写成，与格律严谨的古典诗歌相比，已不再拘泥于诗歌的格式和韵律。下面让我们读读《尝试集》中的《一颗遭劫的星》：

---

① 参见胡适.文学改良刍议［A］.吴秀丽，陈建新编.中国现当代文学作品与史料选 上［C］.杭州：浙江大学出版社，2012：225 - 231.

② 刘扬烈.中国新诗发展史［M］.重庆：重庆出版社，2000：1 - 18.

热极了！

更没有一点风！

那又轻又细的马缨花须

动也不动一动！

好容易一颗大星出来；

我们知道夜凉将到了：——

仍旧是热，仍旧没有风，

只是我们心里不烦躁了。

忽然一大块黑云，

把那颗清凉光明的星围住；

那块云越积越大，

那颗星再也冲不出去！

乌云越积越大，

遮尽了一天的明霞；

一阵风来，

拳头大的雨点淋漓打下！

大雨过后，

满天的星都放光了。

那颗大星欢迎着他们，

大家齐说"世界更清凉了！"

这首诗与中国传统诗歌已有明显不同，突破了中国传统旧体诗的藩篱，全用白话写成，诗行长短不一，诗歌的节奏和韵律不清晰，有五行竟全用虚词"了"结尾押韵，明显不符合传统的押韵要求。尽管诗艺颇为嫩稚，却实现了诗体的大解放。这首诗是新诗初创时期一个非常普通的案例。通过这个案例可以看出，初创时期的新诗在打破传统诗歌规则方面应该说是铆足了劲，但在诗体形式、音韵格律方面显然没有用心，存在太多问题。不仅胡适的新诗如此，其他初期白话诗人的新诗也都具有这些特点。例如，刘半农与胡适、沈尹默一同发表在《新青年》第 4 卷第 1 号上的初创新诗《相隔一层纸》也是如此：

> 屋子里拢着炉火，
> 老爷吩咐开窗买水果，
> 说："天气不冷火太热，
> 别任它烤坏了我。"
> 屋子外躺着一个叫花子，
> 咬紧了牙齿对着北风喊"要死"！
> 可怜屋里与屋外，
> 相隔只有一层薄纸！

这首诗在诗体形式上已无古典诗词五七言格律之明显迹象，诗歌节奏不太清晰、韵脚不太有规律，难以把握，明显打破了传统诗歌格律规范。这首诗以白话口语入诗，不仅实现了诗风的转变，也实现了诗体的解放，虽然节奏不明晰，但读来还比较自然流畅。

阅读新诗初创时期胡适、刘半农等的诗作可以发现，初创新诗主要在"破"的一面下手。所谓"破"，就是打破中国传统旧诗的诗学传统。有"破"才有"立"，"大破"方可"大立"。新诗在初创时期着力于"破"是完全可以理解的，不可能要求初创诗人在"破""立"两方面都做得很好，这种要求是不切实际的。如果新诗"破"不足，则容易掉进传统旧诗的陷阱，新旧诗无别，也就难有新诗的"大立"。从"破"到"立"是一个过程，新诗诗人的新诗诗体自觉需要时间。

新月派的出现是伴随着对新诗诗体的自觉而出现的。早期白话诗尽管在诗体解放方面取得了不错的成绩，但不足之处也非常明显。最为突出的问题是诗体建设滞后，情感表达单调乏力，具有明显的非诗化倾向。早期白话诗人侧重诗歌创作在语言工具上的创新性，而忽视了诗歌本身应该具有的内在的美感与诗质。因此，到了新诗初创后期，部分新诗诗人开始嗅到了初创新诗的不足，开始反思大破旧诗体后的新诗非诗化的弊端，开始将着力点从破坏旧诗体转移到建设新诗体上来。

1931 年，梁实秋在其《新诗的格调及其他》一文中，一针见血地指出了早期新诗创作中存在的问题："新诗运动的最早几年，大家注重的是'白话'而不是'诗'，大家努力的是如何摆脱旧诗的藩篱，而不是建设新诗的根基。"① 闻一多也对早期白话诗的非诗化倾向提出了严厉批评。他大声疾呼："不幸的诗神啊！他们争道替你解放'把从前一切束缚你的自由的枷锁镣铐打破'，谁知在打破枷锁镣铐时，他们竟连你的灵魂也一齐打破了呢！不论有意无意，他们总是罪大恶极啊。"② 1923 年，新月社这个诗歌团体就在这样的时代背景下应运而生。当时新月社主要将关注点放在编剧、排剧和对国剧的整理和创新上，而对诗歌的讨论和创作仅是这个文学团体的额外工作。1926 年 4 月 1 日在北京《晨报》上创刊《诗镌》，共出了 11 期，主要撰稿者有闻一多、徐志摩、朱湘、饶孟侃、陈梦家等。这些诗人有着共同的追求，他们努力建设新诗体，力求在"创格""新格式和新音节"上弥补早期白话诗的缺陷。他们都不同程度地鼓吹和实践着新诗格律化的主张，因此也被称为新

---

① 龙泉明. 中国新诗的现代性 [M]. 武汉：武汉大学出版社，2005：127 - 128.
② 闻一多. 闻一多全集：第 2 卷 [M]. 武汉：湖北人民出版社，1994：69 - 70.

格律诗派。① 这个时期，新月派诗人不论是在新诗创作方面，还是在新诗的理论探索上都做了有益的尝试。1927 年春夏，胡适、徐志摩、闻一多、梁实秋等人创办新月书店；1928 年 3 月，徐志摩、胡适、闻一多、饶孟侃等人在上海创办了《新月》月刊；1931 年 1 月，徐志摩、陈梦家、梁实秋等人又创刊了《诗刊》季刊，这两份刊物成了"新月派"的主要阵地。"新月派"的主要活动也由北京转移到了上海。1933 年 6 月，《新月》出完 4 卷 7 期后终刊，新月派文学团体活动宣告结束。

　　总的说来，新月派是中国现代文学史上一个非常重要的文学团体和流派。这个文学团体是一个较为松散的组织，成员较为复杂，变动较大，没有明确的社团规约。早在新月派的前身新月社成立之前，新月派的早期成员通常在徐志摩的寓所西单石虎胡同七号举行一些聚餐形式的活动，主要成员包括徐志摩、胡适、程西滢、梁实秋、梁启超等人。活动名为"聚餐会"，两周一次，既吟诗作画，也举行各种娱乐活动。1923 年 3 月新月社成立以后，他们主要尝试演戏，也附带讨论和朗诵诗歌。② 新月派骨干成员梁实秋将早期新月社视为一个较为自由的俱乐部，他说："新月社原是在北平创立的。是一种俱乐部的性质，是由一批银行界的开明人士及一些文人共同组织的，志摩当然是其中的主要分子，'新月'二字便是由泰戈尔诗集《新月集》套下来的。"③ 后来在《晨报副刊·诗镌》时期和《新月》月刊、《诗刊》季刊时期，成员又分别有了较大变

---

① 李复兴. 中国现代新诗人论［M］. 济南：山东教育出版社，1991：5.
② 参见宋益乔. 新月才子［M］. 济南：山东画报出版社，2000：1-5.
③ 梁实秋所说的"新月社"是新月派的前身。参见王强. 关于"新月派"的形成和发展［J］. 中国现代文学研究丛刊，1983（3）：314.

动，规约性不强。正因为新月派具有这些特点，即使是新月同人自身，有人认为自己属于新月派，也有人索性不认同有新月派这个说法。尽管如此，新月派诗人的确有着较为相似的诗歌创作理念和倾向，为新诗的格律化创作做出了里程碑式的探索和贡献，所以将其视为中国现代文学史上一个重要文学流派是主流的看法，大有"当局者迷，旁观者清"之意。当然，新月同人中，流派意识还是有的。新月同人陈梦家的《新月诗选》编选体现了新月派同人对于新月派作为一个流派的主体意识的觉醒，他们曾经因新诗创作上的共同旨趣走到了一起。陈梦家的《新月诗选》恰好说明这一流派是一个无可否认的存在。

二、新月派的发展历程

新月派是 20 世纪 20、30 年代中国文学史上一个非常重要的文学团体。这个文学团体的主要成员都有留学欧美的背景，在文学理念上自然受欧美文化的影响较大。这个时期刚好是西方浪漫主义文学开始退潮、现实主义文学开始兴起的时期。因此，这些留学欧美的干将如闻一多、徐志摩、朱湘等人一方面表现出对西方浪漫主义文学为艺术而艺术的精神的青睐，另一方面对西方刚刚兴起的现实主义文学中的理性精神也有着认同。所以他们的诗歌观念和作品都呈现出浪漫主义的色调，但仔细阅读他们的作品又会发现在浪漫主义的外衣下，这些作品依然体现出了理性对情感的支配，在诗歌形式上有着古典主义的追求，讲究诗体形式和韵律。浪漫与理性两种看似矛盾的精神气质成了新月派诗人诗学理念的重要组成部分。新月派的形成和发展主要经历了新月社时期、《晨报副刊·诗镌》时期、《新月》与《诗刊》时期等三个时期。其中,1927 年前后,《晨报副刊·诗镌》停刊,胡适、徐志摩、闻一多、梁实秋等人在上海创办新月书店,新月派活动的地点开始由北京转移到上海。因此,这一年成了新月派发展历程上的一个重要分水岭。从 1923 年新月社成立到 1933 年《新月》月刊终刊,前后共 10 年,是新月派的整个活动时期。① 这 10 年见证了新月派的产生、发展和消亡的整个历程。

(一) 新月社的形成及其主要成员

新月社成立于 1923 年,是由徐志摩等人每两周举行一次的"聚餐会"发展而来的。因为是由"聚餐会"发展而来,所以组成成员身份较为复杂,不是所有的人都对文学感兴趣。"聚餐会"的派生特性自然也就决定新月社的组织较为松散。此外,新月社成立的主要目的不是探讨诗歌,而是演戏、排戏。至于新月社这个名称的由来,则主要是受印度诗人泰戈尔的影响,严格地说是受泰戈尔《新月》诗集的影响。当时新月社成员还在泰戈尔生日前后排了泰戈尔的抒情诗剧《齐德拉》。在 1925 年 4 月北京《晨报副刊》上发表的信函《欧游漫录第一函·给新月》上,徐志摩对这一切进行了说明:

> 组织是有形的,理想是看不见的,新月初起时只是少数人共同的一个想望,那时的新月社也只是个口头的名称,与现在松树胡同七号那个新月社俱乐部可以说并没有怎样密切的血统关系。我们当初想望的是什么呢?当然只是书呆子们的梦想,

① 王强. 关于"新月派"的形成和发展 [J]. 中国现代文学研究丛刊, 1983 (3): 310-325.

我们想做戏，我们想集合几个人的力量，自编戏自演，要得的请人来看，要不得的反正自己好玩。说也可惨，去年西月里演出的契块腊（即《齐德拉》）要算是我们这一年来唯一的成绩，而且还得多谢泰谷尔老先生（即泰戈尔）的生日逼出来的！

……

同时新月社俱乐部，多谢黄子美先生的能干与劳力，居然有了着落。房子不错，布置不坏，厨子合式，什么都好，就是一件事为难——经费。开办费是徐申如先生（我的父亲）与黄子美先生垫在那里的，据我所知，分文都没有归清。经常费当然单靠社员的月费，照现在社员的名单计算，假如社员一个个都能按月交费，收支勉强可以相抵。但实际上社费不易收齐，支出却不能减少，所以单就一二两月看，已经不免有百数的亏空。①

从这段话可以看出，当时新月社的组织是较为松散的，部分社员没有按期交会费，导致社团活动开支紧张，入不敷出。1924年2月，徐志摩从浙江老家写信给胡适的时候还提到了新月社一度因经费吃紧难以运转，多亏胡适慷慨解囊才度过窘境。可以看出，新月社组织性不是很强。徐志摩的这番话也说明新月社是一个以戏剧活动为主的文学团体，成立的主要"期望"是"集合几个人的力量，自编戏自演"。至于逢年过节举行年会、灯会，也有吟诗作画，纯属"副业"。

————————————

① 王强．关于"新月派"的形成和发展［J］．中国现代文学研究丛刊，1983（3）：310－312．

新月社成立之初，成员身份鱼龙混杂，政界、传媒界、学界、实业界、军界、社交界人士都有，从根本上说并非是一个纯文艺社团，爱好文学的人有之，参与交友或观看戏剧、凑热闹的非文学爱好者也有之。这种情况直到中华戏剧改进社的成员加入后才有所改变。中华戏剧改进社成员主要是在美国留学在的留学生，成员主要包括闻一多、林徽因、梁思成、梁实秋、顾一樵、瞿世英、张嘉铸、熊佛西、熊正瑾等人。这些人在美国成立中华戏剧改进社的主要目的是改造国剧、振兴中国的戏剧。在余上沅于1925年1月从美国纽约寄给胡适的一封信件中可以看出，中华戏剧改进社已有与新月社合作的想法：

> 近来在美国的戏剧同志，已经组织了一个中华戏剧改进社……国内拟邀请新月社诸先生加入，将来彼此合作，积极训练演员，及舞台上各项专门人材。同时向人募款，依次添置各项器具。一到时机成熟，便大募股本，建筑"北京艺术剧院"。①

由于中华戏剧改进社有与新月社合作的打算，所以1925年下半年，原属于中华戏剧改进社的成员闻一多、余上沅、赵太侔、梁实秋、熊佛西、瞿世英等中国留美学生在回国后陆续加入新月社。这些人员都是热爱诗歌、戏剧的文学爱好者。他们的加盟有力地推进了新月社的文学研究热情。据王强先生统计，1925年以前，新月社的主要成员有徐志摩、胡适、黄子美、丁燮林、张鑫海、陈西滢、梁启超、林徽因、金龙荪、任叔永、陈衡哲夫妇、杨景任、陶

---

① 王强. 关于"新月派"的形成和发展 [J]. 中国现代文学研究丛刊, 1983 (3)：312 – 313.

孟和夫妇、邓叔存、冯友兰、杨金甫、丁文江、吴之椿、张彭春等人，而闻一多、余上沅、梁实秋等人不是新月社的创始人。① 自1925 年闻一多、梁实秋等中华戏剧改进社的文学爱好者加入新月社后，新月社发生了较大的改变，"聚餐"休闲的功能逐渐削弱，而社团的文学功能得以加强。但此时的新月社依然是一个以编剧演剧为主的文学团体。

（二）《晨报副刊·诗镌》的开辟

1925 年 7 月，徐志摩自欧洲旅游后回国，10 月受邀主编《晨报副刊》。同年闻一多也留学回国，经徐志摩介绍，任北京艺术专科学校教务长。1925 年 8 月，闻一多参加新月社茶话会，正式加入新月社。当时，他与一同回国的余上沅等人和朱湘、孙大雨、杨世恩、饶孟侃（"清华四子"）住在梯子胡同一所公寓里。他们经常一起讨论诗歌，刘梦苇、蹇先艾、于赓虞等人也经常参加他们的诗歌讨论会。② 1926 年春末，刘梦苇提出希望办一个刊物，他们考虑到徐志摩是合适的合作人选。一方面徐志摩本人是诗人，热衷于诗歌；另一方面徐志摩与闻一多、赛先艾彼此相识，关系也较好。闻一多与徐志摩早就很熟，而赛先艾经常在徐志摩主编的《晨报副刊》上发文，并通过叔父的关系早就与徐志摩认识。最重要的是徐志摩当时正在主编《晨报副刊》，有可能借用这一阵地来发表新诗。因此，他们随即派闻一多和赛先艾去找徐志摩商谈。他们的想法得到了徐志摩的同意。于是这些人就在《晨报副刊》上办起了《诗

---

① 王强. 关于"新月派"的形成和发展［J］. 中国现代文学研究丛刊, 1983（3）：310－325.

② 汤凌云. 八十年前的诗坛盛事——新诗历史上的重要刊物《晨报副刊·诗镌》［J］. 文史杂志, 2006（5）：40－42.

刊》。关于这段办刊历史，朱湘曾在 1929 年《文学周报》第 7 期（号）撰文《刘梦苇与新诗形式运动》对此进行说明：

> 《诗刊》之起是有一天我到梦苇那里去，他说他发起办了一个诗的刊物，已经向《晨报副刊》交涉好了。他约我帮忙。我当时已经看透了那副刊的主笔徐志摩是一个假诗人，不过凭借学阀的积势以及读众的浅陋在那里招摇。但是我看了梦苇的面子，答应了。由他动议在闻一多的家中开成立会。会中多数通过《诗刊》的稿件由到场各人轮流担任主编，发行方面由徐志摩担任与晨报馆交涉。①

徐志摩本人也在 1926 年 4 月 1 日《晨报副刊·诗镌》第 1 号上发表《诗刊弁言》，对《晨报副刊·诗镌》的创刊原因有过说明，"我们几个朋友想借副刊的地位，每星期发行一次《诗刊》（即诗镌），专载创作的新诗与关于诗或诗学的批评及研究文章……我在早两三天才知道闻一多的家是一群新诗人的乐窝，他们常常会面，彼此互相批评作品，讨论学理。"《诗镌》的创刊是在刘梦苇提议下，经闻一多、饶孟侃、朱湘、于赓虞和赛先艾等人响应，在徐志摩的帮助下创办的。

《晨报副刊·诗镌》的创立为新月派提供了充足的人才储备，尤其是朱湘、饶孟侃、刘梦苇、杨世恩等人的加入，使新月派摆脱了戏剧文学团体的特性，逐渐将关注焦点转移至新诗的研究和创作上。因此，从某种程度上说，《晨报副刊·诗镌》的创立标志着新月派的正式形成，在新月派的形成历程中占有非常重要的位置。

---

① 王强. 关于"新月派"的形成和发展 [J]. 中国现代文学研究丛刊, 1983（3）：316.

《晨报副刊·诗镌》不仅发表了一大批格律新诗，而且还发表了一些关于新诗建设的理论力作。据吉明学先生统计，《诗镌》先后共载诗文 103 篇（首），其中新诗 83 首，诗论、诗评等 20 篇。

在 83 首新诗中，有徐志摩的《梅雪争春》等 11 首；闻一多的《死水》等 6 首；刘梦苇的《铁道行》等 13 首；饶孟侃的《天安门》等 9 首；蹇先艾的《春晓》等 7 首；于赓虞的《歌者》等 3 首；朱大枏的《黄河哀歌》等 7 首；杨子惠的《铁树开花》等 3 首；朱湘的《昭君出塞》等 2 首。此外，还有胡适的《多谢》等。①

《诗镌》关于新诗建设理论方面的论文主要有闻一多的《诗的格律》，饶孟侃的《论新诗的音节》《再论新诗的音节》《新诗话（一）》与《新诗话（二）》，朱湘的《新诗评·一尝试集》《新诗评二：郭君沫若的诗》《新诗评·三草儿集》，邓以蛰的《诗与历史》，余上沅的《论诗剧》等。徐志摩虽然没有撰文新诗建设的理论专文，但在其《诗刊弁言》和《诗刊放假》两文中基本上表达了他对新诗建设的一些观点。其中，1926 年 5 月 13 日，闻一多发表在《诗镌》第 7 号上的《诗的格律》是新月派诗歌理论的奠基之作。

《晨报副刊·诗镌》自 1926 年 4 月 1 日创刊至同年 6 月 10 日终刊，约两个半月的时间，共出 11 期（号），每周四出版，内容涉及文论、评论、散文、新诗、译诗及"编后""按语"等。第三、第四两期由闻一多主编，第五期由饶孟侃主编，其他八期全部由徐志摩主编。此外，创刊宣言《诗刊弁言》和创刊终言《诗刊放假》

---

① 吉明学. 激民气之暗潮，开诗歌之新体——谈《晨报副刊·诗镌》[J]. 扬州师院学报，1993（4）：74-79.

均由徐志摩撰写。《晨报副刊·诗镌》虽然存在的时间不长，但在《诗镌》上，闻一多、徐志摩、朱湘、饶孟侃等人所倡导的新诗格律化主张及诸位新月诗人发表的几十篇格律新诗，对中国文坛产生了积极的影响，推动了新诗的形式化运动，对新诗的发展有着巨大的贡献。正如梁实秋在 1931 年 1 月 20 号《诗刊》创刊号《新诗的格律及其他》一文中所言："在北京《晨报》上办的《诗刊》，应该是新诗运动里一个可纪念的刊物。我以为这是第一次一伙人聚集起来诚心诚意的试验作新诗。"1930 年 10 月，沈从文在《现代学生》创刊号《我们怎么样去读新诗》一文中也大谈《诗镌》在新诗建设中的重要作用："中国新诗的成绩，以此时为最好。新诗标准的完成，也应数及此时诗会诸作者之作品。"《诗镌》存在时间虽然短暂，发表的作品在数量上也不算多，但其影响却如严冬后的一声春雷，震动了当时中国诗坛，吹响了新诗格律化与现代化探索的号角。

（三）《新月》和《诗刊》及其主要撰稿人

1927 年春，由于北伐战争、政治中心南移及其他种种原因，新月社一些成员纷纷聚集到上海。1926 年底，徐志摩也与陆小曼结婚并从北京南下，移居上海。徐志摩四处访友，奔走联络，与闻一多、胡适、邵洵美、梁实秋、余上沅、张禹九等在上海环龙路环龙别墅办了个新月书店，由胡适任董事长，余上沅任经理。后来余上沅离沪去北京，由张禹九接任。新月书店创办于 1927 年 7 月，1933 年 9 月停止营业，历时六年之久。

关于新月书店的筹办和《新月》月刊的创刊历程，梁实秋在他的《忆〈新月〉》中曾有过说明：中华民国 16 年，国民革命军北伐到了南京近郊。南京城里兵荒马乱局势很糟，成群的散兵游勇在到处拉夫抓车。于是，在南京东南大学教书的梁实秋和余上沅便结伴逃到上海。这时适逢在北京的胡适、徐志摩、丁西林、叶公超、闻一多、饶子离等人，也因学校长期欠薪生活困苦到了上海。同时，潘光旦、刘英士、张禹九等人，这时正巧也从海外留学归来下居沪滨。值此之际，徐志摩和胡适便打算在上海办一个杂志和开一片书店。而后徐志摩便四处访友，先后约集了余上沅、潘光旦、闻一多、饶子离、刘英士和梁实秋等，以潘光旦的寓所为中心，经常聚首筹划有关事宜，先是办起了新月书店，后又创刊了《新月》月刊。① 梁实秋的说法应该是正确的，因为《新月》月刊创刊于1928年3月，从创刊号至第4卷第1号都是由上海新月书店负责印刷发行，第4卷第1号之后则由北平新月书店负责出版事项。《新月》月刊出版地的变更时间正是罗隆基主编《新月》期间。这段时间有很多新月同人相继离开上海，先是余上沅去北京，接着是梁实秋、闻一多去青岛，后来就是胡适去了北京。出版地的变更与徐志摩的去世也有直接联系。徐志摩1931年12月19日因飞机失事罹难，《新月》在1931年12月刊行的特大号4卷1号上为徐志摩出了"纪念专号"，此时《新月》月刊还是由上海新月书店负责出版，但4卷2号则拖延至1932年9月10日改由北平新月书店出版，新月书店的出版地也由上海迁到了北京。在运作过程中，新月书店的生意越来越差，中间换了经理张禹九任，由潘仰乔担任书店主管，但还是不见好转，后来众人公推胡适出面，将书店业务移交给商务印书馆。商务印书馆接手新月书店业务，为其弥补亏空，归还股款。至此，新月书店结束运营。

---

① 王强. 关于"新月派"的形成和发展［J］. 中国现代文学研究丛刊，1983（3）：319-320.

　　新月同人徐志摩、胡适等人创办了新月书店后，颇想再续《晨报副刊·诗镌》的诗歌梦想。据梁实秋的《忆新月》《新月前后》记载，有了新月书店后，胡适、徐志摩等人有开书店办杂志的想法，他们先托余上沅负责管理书店，然后约请梁实秋、潘光旦、闻一多、饶孟侃、刘英士等人加盟。杂志定名为"新月"也是徐志摩的提议。① 因此，1927 年底，徐志摩便积极为《新月》组稿。他在当年给父母的信中就谈到了新刊物的组稿之忧，"最使我着急的是我们自己的新月月刊，至少要八万字，现在只有四万字拿得住，我是负责的总编辑，叫我如何不担心。"② 1928 年 3 月，《新月》月刊在上海正式创刊，至 1933 年 6 月出至 4 卷 7 号终刊，一共出版了 4 卷 43 期，历时 5 年之久。《新月》的编辑变换较大，创刊之初是由徐志摩、闻一多、饶孟侃负责主编，闻一多只参与编辑了一卷，于1929 年 4 月离开了编辑部。从第 2 卷第 2 号到第 5 号梁实秋、叶公超、潘光旦 3 人加入编辑部，由徐志摩、饶孟侃等 5 人主编。第 2卷第 6、第 7 号的合刊及第 3 卷第 1 期由梁实秋一人主编。从第 3卷第 2 号至第 4 卷第 1 号换成罗隆基一人主编。第 4 卷第 2 号和第3 号由叶公超一人主编。从第 4 卷第 4 号到第 7 号终刊，除了叶公超外又增加了胡适、梁实秋、余上沅、潘光旦、邵洵美、罗隆基共7 人担任主编。

　　在《新月》杂志上发表的作品，除了文学作品外，也刊发了一些非文学作品，如政治和法律方面的作品，如胡适的《人权与约法》，罗隆基的《专家政治》《论共产主义》，梁实秋的《鲁迅与牛》《资本家的走狗》等。尤其在梁实秋和罗隆基主编《新月》期

---

①　刘群. 新月社研究 [D]. 上海：复旦大学，2006：175 – 176.

②　徐志摩. 虞坤林编. 志摩的信 [C]. 上海：上海学林出版社，2004：8.

间，政论文一度处于中心位置，文学作品甚至被淡化。即便如此，《新月》也一直没有中断新诗作品的刊发，诗歌依然在《新月》杂志上占有非常重要的位置，诗歌栏目一直贯穿整个新月办刊的五年历程中。这是一个非常可喜、非常难得的现象，一方面说明新月派是一个有着共同追求、共同目标的诗歌流派，始终没有放弃对新诗的追求；另一方面也说明《新月》杂志为这个流派提供了一个展现诗艺的平台，这个平台始终没有忘记发展新诗、为新诗培育人才的初衷。

《新月》月刊共刊发了 42 位诗人的作品，共计 164 首诗歌，原创诗歌 133 首，译诗 31 首。其中，徐志摩原创诗歌有《我不知道风往哪一个方向吹》《秋虫》《残春》《西窗》《再别康桥》《他眼里有你》《枉然》《怨得深夜》《拜献》《生活》等 23 首，译诗有《白朗宁夫人的情诗二》《哈代八十六岁诞日自述（哈代作）》《歌冠烈士丁娜（罗塞蒂著）》等 3 首；陈梦家原创诗歌有《那一晚》《一朵野花》《答志摩先生》《都市的颂歌》《我望着你来》等 21 首；饶孟侃原创诗歌有《有一只老马》《爱》等 4 首，译诗有《自招（苔薇土著）》《犯人（郝斯曼著）》《微笑（苔薇土著）》《追寻快乐（苔薇土著）》《长途（郝斯曼著）》《别（郝斯曼著）》《今昔（郝斯曼著）》《诗（郝斯曼著）》《百里墩山（郝斯曼著）》《过兵（郝斯曼著）》《山花（郝斯曼著）》（与闻一多合译）等 11 首；方玮德原创诗歌有《海上的声音》《灵迹》《秋夜荡歌》等 12 首；闻一多有原创诗歌 2 首，译诗有《白朗宁夫人的情诗（一）》《白朗宁夫人的情诗（二）》《幽舍的麋鹿》《情愿（郝斯曼著）》《从十二方的风穴里》《山花（郝斯曼著）》（与饶孟侃合译）等 6 首；曹葆华发表原创诗歌《告诉你》《祈求》等共 7 首；刘宇发表原创诗歌《械斗》《一个信条》等共 6 首；卞之琳发表原创诗歌《酸梅汤》《小别》等 4 首，译诗《魏尔伦与象征主义（哈罗德尼珂孙著)》《恶之花零拾（波特莱尔作)》等 2 首；李惟建发表原创诗歌诗《宇宙的回音》《问》2 首，译诗《云雀曲（雪梨作)》《夜莺歌（济慈作)》《爱的私密（布勒克作)》等 3 首；胡不归发表原创诗歌 5 首；梁镇发表译诗《德国古民歌》《往日的女人》《声音与眼睛》《诉》共 4 首；沈祖牟发表原创诗歌 4 首；程鼎鑫发表原创诗歌 3 首，译诗"无题"1 首；孙毓棠、臧克家、林徽因三人各发表原创诗歌 3 首；闻家驷、孙大雨、陆垚、胡让之、孙询侯、莫辰各发表原创诗歌 2 首；梁实秋发表译诗《欧姆欧特珊特 Robert Burns》《译 Burns 诗》共 2 首；胡适、甲辰（沈从文）、荻荻（何其芳）、李广田、王味辛、谢炳炎、王伯祥、俞艺香、陈给、罗曼思、平野青、阙名、绿莎、储安平、何子聪、萧蛮、吴廷璆、吴文珊、曦晨各发表原创诗歌 1 首。

综观《新月》各期上发表的诗作，格律都较为严谨，但诗歌形式各异。闻一多的诗较为整饬，自《诗镌》时期起常被人讥为"豆腐干"体，而徐志摩的诗既讲究格律，也较为灵动变化，是《新月》上刊发诗歌最多的诗人。1928 年 12 月，徐志摩在《新月》第 1 卷第 10 号上发表的新诗《再别康桥》不仅代表了那段时期新月诗人最高的诗歌水准，也是当时诗界的最好诗作之一，这也是《新月》发刊史上引以为荣的诗作。就诗歌风格而言，随着新生代诗人卞之琳、李广田、何其芳等人的加盟，新月派在《诗镌》时期所体现的理智节制情感的现代诗风进一步加强，但早期的浪漫诗风依然有一席之地，雪莱、济慈、布莱克依然有市场。这个现象说明，新月派同人虽然有着追求诗歌格律的共同主张，但彼此之间的诗风诗趣还是有一定的差异，新月同人对诗歌的观点也不是完全一致。

《新月》办刊过程中，新月同人一度热衷于讨论政治。这种办刊氛围显然有悖于徐志摩偏爱文艺的初衷。因此，徐志摩萌生出办一份纯文艺刊物的想法。1929 年 7 月 21 日，在写给学生李祁的信中，徐志摩谈到了"想另组几个朋友出一纯文艺期刊"的想法。①同年，徐志摩辞去了《新月》月刊编辑，受聘于南京中央大学英文系。在南京中央大学英文系工作期间，徐志摩结识了该校年轻诗人陈梦家、方玮德等人。后来在陈梦家、方玮德、方令孺等人协助和提议下，徐志摩等人于 1931 年 1 月 20 日在上海又创办了一个《诗刊》季刊。关于《诗刊》的创刊过程，徐志摩在写给梁实秋的信中有过说明：

> 《诗刊》以中大新诗人陈梦家、方玮德二子最为热心努力，近有长作亦颇不易，我辈已属老朽，职在勉励已耳。兄能撰文，为之狂喜，恳信到即动手，务至迟十日前寄到。文不想多刊，第一期有兄一文已足，此外皆诗。一多非得帮忙，近年新诗，多公影响最著，且尽佳者，多公不当过于韬晦。《诗刊》始业，焉可无多，即四行一首，亦在必得，乞为转白，多诗不到，刊即不发，多公奈何以一人而失众望兄在左右，并希持鞭以策之，况本非弩，特懒怠耳，稍一振厥，行见长空万里也。②

《诗刊》的创办，年轻诗人陈梦家、方玮德出力颇多。1931 年 1 月 20 日，《诗刊》创刊号由上海新月书店在上海出版，长达 86

---

① 徐志摩. 虞坤林编. 志摩的信 [C]. 上海：上海学林出版社，2004：205.

② 同上，380.

页。创刊号由徐志摩主编，陈梦家、邵洵美、孙大雨等人协助组稿和编选，发表诗歌18首，诗论1篇。第2期和第3期均由徐志摩主编，整个前3期刊发的诗歌大多系新月诗人的作品。在《诗刊》第1期的"序语"中，徐志摩提到了《诗刊》与《晨报副刊·诗镌》的关系。他说："前五年载在北京《晨报副镌》上的十一期诗刊。那刊物，我们得认是现在这份的前身。""现在我们这少数朋友，隔了这五六年，重复感到'以诗会友'的兴趣，想再来一次集合的研求。"① 徐志摩的这番话不仅透露出《诗刊》与《晨报副刊·诗镌》两份刊物之间的传承关系，而且说明新月诗派作为一个诗歌流派尽管人员变动较大，但由于同人有着共同的诗歌爱好，仍然是一个有着一定向心力的诗歌流派。

　　1931年11月19日，徐志摩不幸罹难，对《诗刊》出刊造成了巨大的打击。这种打击不仅是精神层面的，而且是实质性的。一方面使《诗刊》失去了一位对诗歌充满激情的精神领袖，另一方面导致《诗刊》失去一位号召力、协调能力皆强的主编，给编辑出刊造成困难。按照原计划，1931年9月徐志摩编完第三期后，将编辑工作移交陈梦家、邵洵美负责。但在徐志摩遇难后，推迟至1932年7月30日才出版了第4期（即终刊号），由陈梦家、邵洵美主编，陈梦家撰写了序言，对徐志摩的新诗贡献做了富有纪念性的总结。

　　《诗刊》季刊于1931年1月20日创刊，4月20日出版第2期，10月5号出版第3期，第4期推迟至来年7月30日才出版，历时约一年半的时间，出版时间变化较大，实际上不是一份严格意义上的季刊。《诗刊》季刊仅出版了4期，存续时间不长，但由于是一

---

① 刘群．新月社研究［D］．上海：复旦大学，2006：264．

份诗歌专刊，发表的诗作多达 121 首，其中原创诗歌 114 首，译诗 7 首，比历时 5 年之久的《新月》月刊并不逊色。《诗刊》还发表了 2 篇诗论：梁实秋的《新诗的格律及其他》（发表在《诗刊》的创刊号）、梁宗岱的《论诗》（发表在《诗刊》第 2 期）。在《诗刊》上发表诗歌数量最多的是陈梦家（18 首），此外还发表了徐志摩 12 首、卞之琳 12 首（9 首原创诗歌、3 首译诗）、孙大雨 8 首（6 首原创诗歌、2 首译诗）、方玮德 8 首，方令孺、邵洵美各 6 首，梁镇 6 首（5 首原创诗歌、1 首译诗），饶梦侃、林徽因、梁宗岱各 5 首，沈祖牟、程鼎鑫各 4 首，俞大纲 3 首，朱湘、宗白华、曹葆华、尺棰各 2 首，闻一多、胡适、李惟建、罗慕华、孙洵侯、安农、雷白韦、虞岫云、甘雨纹、胡丑各 1 首，共计 28 位诗人的诗作。此外，《诗刊》在第 4 期刊末还发表了胡适至徐志摩的论诗通讯。发表在《诗刊》上的 7 篇译诗，主要包括孙大雨节译的莎士比亚的诗剧《King Lear》和《罕姆莱德》（第三幕第四景），徐志摩节译的莎士比亚的诗剧《罗密欧与朱丽叶》，卞之琳译的 C. G. Rossetti 的《歌》、Stephane Mallarme 的《太息》《梵亚林小曲》，梁镇译的《魏龙与胖妇玛尔戈》等。从发文的诗人阵容来看，《诗刊》时期的诗人有两个变动特点：其一，有更多新诗人如梁宗岱、宗白华、卞之琳、陈梦家等加入到了新月阵容；其二，《诗镌》时期的原班人马有回归相聚之势，如朱湘、饶孟侃、闻一多、孙大雨等人相继在《诗刊》上发表了诗歌，这说明新月派诗人成员尽管变动较大，但主体骨干人员依然在发声。他们的发声对于维护新月诗派这一诗歌流派的诗歌特色起到了重要的作用。

1931 年 9 月，陈梦家从新月诗派发展历程中三份最重要的期刊：北京时期的《晨报副刊·诗镌》、上海时期的《新月》月刊与

《诗刊》季刊上挑选了 18 位新月诗人的 80 首诗作，编成了一部诗集《新月诗选》。在诗集的长篇序言中，陈梦家对新月诗人共同追求的诗歌理论、创作态度和风格做了说明。入选《新月诗选》的诗人具体包括徐志摩（8 首）、闻一多（7 首）、饶孟侃（6 首）、孙大雨（3 首）、朱湘（4 首）、邵洵美（5 首）、方令孺（2 首）、林徽因（4 首）、陈梦家（7 首）、方玮德（4 首）、梁镇（1 首）、卞之琳（4 首）、俞大纲2（首）、沈祖牟（2 首）、沈从文（7 首）、杨子惠（3 首）、朱大枬（6 首）、刘梦苇（5 首）。《新月诗选》由新月书店出版后，《新月》月刊第 3 卷第 11、第 12 期连续刊登宣传广告：

> 人类最可珍贵的是一刹那间灵感的触动，从这情感的跳跃，化生出美的意象，再用单纯的文字表现成有意义的形体——这是抒情诗。

> 现在这里所贡献于读者的《新月诗选》，是这少数人以友谊并同一趣向相缔结的人，以醇正态度谨严格律所写的抒情诗。这里八十多首虽各人有各人的作风，但也有他们一致的方向。

> 这诗选，从北京《晨报诗镌》数到《新月》月刊并这诗刊，挑选了徐志摩、闻一多、饶孟侃、孙大雨、朱湘、邵洵美、方令孺、林徽因、陈梦家、方玮德、梁镇、卞之琳、俞大纲、沈祖牟、沈从文、杨子惠、朱大枬、刘梦苇等人的诗，是一册最精美最纯粹的诗选。

> 集内附有编者长序，扼要的叙明他们共同的态度和个别的

作风，对于新诗的理论，也有所讨论。①

这则广告说明了两个问题：其一，新月诗派同人是"一群以友谊并同一趣向相缔结的人"，虽然诗歌风格各有各的特点，但"也有他们一致的方向"。这个一致方向主要是追求用"醇正态度谨严格律所写的抒情诗"。基于此，所以后来人也把"新月派"称之为"新格律诗派"。其二，新月诗人除了对共同诗歌理念的认同，还对自身发展历程体现了一定的认同。广告提到了这部诗选是从北京《晨报诗镌》、《新月》月刊、《诗刊》中挑选出来的。这三份杂志正好反映了新月诗派的发展历程。陈梦家《新月诗选》的汇编说明了新月诗派作为一个诗歌流派主体自觉意识的觉醒。新月同人开始意识到他们是一个独特的文学团体，在中国诗歌发展史上有着自身独特的存在意义。

1931 年 11 月，新月派核心人物徐志摩遇难离世，给新月派的诗歌事业造成了沉重的打击。由徐志摩亲手创办的两份刊物《诗刊》和《新月》也相继停刊。随着 1933 年 6 月《新月》月刊的终刊，新月派作为一个诗歌流派已难以作为一个文学团体而存在，最终随之谢幕，淡出了中国诗坛。

三、新月派的诗学观

陈梦家在《新月诗选》的长篇序言中提到了新月同人对于新诗的共同追求，谈到了他们一致努力创作格律严谨的新诗。应该说陈梦家的观点是对新月派诗学观的高度概括。新月诗人的诗歌理念或

---

① 刘群. 新月社研究［D］. 上海：复旦大学，2006：263 – 264.

者说诗学观本身就是在反对早期新诗草创时期只讲白话不循诗歌内在格律和形式要求的基础上形成的。因此，追求完美的诗歌格律和诗体形式是新月派诗人的主要诗学观。

新诗草创时期诗人如胡适、郭沫若、刘半农、康白情等人一反传统旧诗，创作了大量不同于传统旧诗的白话新诗。这些白话新诗大多是一些采用不拘格律的自由体写成，虽然在宣传新诗、确定新诗地位方面起了重要作用，但本身也存在许多不足。新月派诗人的诗学观就是在反对早期自由体白话新诗的基础上建立起来的。

《晨报副刊·诗镌》时期是新月派诗人的诗学观形成的主要时期和关键时期。闻一多、朱湘、饶孟侃等人分别在《晨报副刊·诗镌》上撰写诗评、诗论。朱湘在《晨报副刊·诗镌》上发表的三篇诗评《新诗评·一尝试集》《新诗评二：郭君沫若的诗》与《新诗评·三草儿集》，首先对当时流行的自由白话诗发难，批评胡适的新诗"内容粗浅，艺术幼稚"、批评康白情的《草儿》集"是一个失败"、批评郭沫若的诗"单色的想象"与"单调的结构"。朱湘的观点明显是对早期白话新诗诗歌格律缺乏和诗体形式不完善的一次否定。《晨报副刊·诗镌》率先发表朱湘的诗评，完成对早期白话新诗的批评之后，然后开始发表诗论表明他们的诗歌立场与新诗观念。格律新诗如何"立"的观点主要是由闻一多和饶孟侃完成的。《诗镌》第 7 号上发表的闻一多的《诗的格律》是表达新月派诗人诗学观的一篇非常重要的文献。在该文中，闻一多不仅强调诗歌格律的重要性，称"棋不能废除规矩，诗也就不能废除格律"的观点，而且在诗体形式上提出了著名的新诗"三美"说。在第 4 号发表的《新诗的音节》一文中，饶孟侃分析了诗歌声音与意义的协调关系，并在第 6 号发表的《再论新诗的音节》一文中指出"音节在诗的技术——尤其是新诗的技术上是最重要的一种成分"。梁实秋发表在《诗刊》创刊号上的《新诗的格律及其他》是对新月诗派诗歌理念进行的回顾。总的说来，新月派的诗学观主要包括两方面的内容：一是音韵方面的观点，二是诗体形式方面的观点。

（一）音韵方面的诗学观

关于音韵方面的观点主要与诗的音节和格律理论有关。在新月派同人中，饶孟侃对新诗的音节理论贡献颇大，在《新诗的音节》《再论新诗的音节》等文章中、饶孟侃指出新诗必须注重音节，诗的音节就是"格调、韵脚、节奏和平仄等的相互关系"，诗的音节是构成诗的"完美的形体"不可或缺的重要成分，一首完美的诗所包含的意义和声音总应该是协调的，应该是一个整体。他说：

> 新诗或旧诗，除了皮面上附着的不相干的'题目'以外，里面包含得有两件东西：一件是我们能够理会出的意义，再一件是我们听得出的声音。假如一首诗里面只有意义，没有调和的声音，无论他的意思多么委婉，多么新颖，我们只能算它是篇散文；反过来说，一首诗里面只听得出和谐的声音而没有特殊的意义，无论多么动听，也只能算是一个动听的调子……①

饶孟侃还论述了音节中格调、韵脚、节奏以及平仄的相互关系。他认为格调是指一首诗中每一个诗节所具有的格式，是音节中最重要的一个成分。只有当一首诗的音节具有某种格调，其音韵才有自然规律可言。诗行韵脚不仅可以维持诗行抑扬顿挫的节奏感，而且有助于保持整首诗的格调不变。在饶孟侃看来，节奏是音节里

---

① 饶梦侃. 新诗的音节［J］. 晨报副刊·诗镌，1926（4）.

最难把控的一项。他把节奏分为两种情况："一是全诗的音节中流露出的一种自然的节奏，一是作者依着格调用相当的拍子组合的一种混成的节奏。"他认为前者无规律，只能靠诗人领悟；后者则有规律，可以通过后天学习加以掌握。①　饶孟侃还论述了新诗音节中的平仄关系。尽管他认为新诗不能为平仄所羁绊，但仍然应该讲究平仄。在《再论新诗的音节》一文中，他陈述了新诗的音节不同于旧诗词的音节的观点，特别强调"我们现在所谓的新诗的音节，却没有被平仄的范围所限制，而且还有用旧诗和词曲里的音节同时不为平仄的范围所限制的可能"。饶孟侃还在《新诗话：情绪与格律》中采用两个比喻"人的性情"与"情绪"、"衣服"与"格律"讨论了诗歌情绪与格律的关系。

　　除了饶孟侃对诗歌音节的论述，在新月派诗人中孙大雨对诗歌音节理论的论述也较多。如果说饶孟侃的诗歌音节理论在语言上缺乏可操作性，那么孙大雨在诗歌音节理论方面提出的"音组"理论刚好弥补了这一缺憾。他不仅依靠"音组"理论指导新诗创作，还以此指导诗歌翻译。孙大雨的"音组"理论不仅是借鉴英诗格律理论的基础上发展起来的，而且也是在批判和吸收新月同人新诗格律理论的基础上发展起来的。一方面，他通过反复比较白话新诗与古典诗，古典诗歌、白话新诗与英语诗歌在节奏与韵律方面的联系与区别，探索出汉语诗歌内在的节奏和规律；另一方面他也接受了闻一多、饶孟侃等人关于诗歌格律和音节的观点，尤其是闻一多的音尺观。正因为"音组"理论与"音尺"理论都是从借鉴和翻译格律英诗"foot"（音步）而来，有些学者包括新月派后期诗人卞之琳

---

① 向寻真.《诗镌》《新月》《诗刊》与新月诗派的发生与流变［D］. 长沙：湖南师范大学，2014：14.

都认为这两个名词就是同一名称的不同称呼。在《诗的格律》一文中，闻一多将英诗的"form"译成"格律"，而且还通过借鉴英诗格律中"foot"（音步）理论为新诗格律创造出"音尺"理论，以此指导和评价新诗创作。在《诗的格律》一文中，闻一多举例说明了诗歌的"字尺"与整体的句法同调和的音节三者之关系：

孩子们｜惊望着｜他的脸色

他也｜惊望着｜炭火的｜红光

闻一多解释说，这时每行都可以分成四个音尺，每行有两个"三字尺"（三个字构成的音尺之简称，下文仿此）和两个"二字尺"，音尺排列的次序是不规则的，但是每行必须还他两个"三字尺"两个"二字尺"的总数。这样写来，音节一定铿锵，同时字数也就整齐了。所以整齐的字句是调和的音节必然产生出来的现象。绝对的调和音节，字句必定整齐。① 由于闻一多将关注点放在音尺与诗行字数整齐这两个因素上，导致他忽视了划分音尺的标准。孙大雨不仅看到了闻一多讲究整齐划一的诗体形式的弊端，而且看到了闻一多音尺理论的合理性。在批评与扬弃的基础上，他最终完善了音组理论。

孙大雨的音组理论不仅是批评和借鉴新月同人格律理论的结果，也是充分借鉴了英诗的格律理论的结果。他分别将"metre""rhythm""foot"译作"音组""节奏"和"音步"。"音步"就是一些"在时间上相等或近乎相等的单位"，这些单位有规律地进行就是"音组"，而"音组"有规律地进行所产生的效果就是诗歌的

---

① 闻一多. 诗的格律［C］//杨匡汉. 刘福春. 中国现代诗论. 广州：花城出版
　　社，1985.

节奏。① 可见，孙大雨所说的"音组"可以理解为产生诗歌"节奏"的"音步"，是一种节奏单位。孙大雨的"音组"理论与闻一多的"音尺"理论不同的地方主要在于孙大雨不再关注诗歌字数的绝对整齐，侧重于诗歌阅读效果上的大致相似性。孙大雨认为，面对不同字数的"音组"，占时太久（字数多）的"音组"发音比较匆促，占时太短（字数少）的"音组"则有"淹滞（pause）"的现象。② 下面以孙大雨 1926 年 4 月 10 日发表在《晨报副刊·诗镌》上的十四行体诗歌《爱》为例来说明他的"音组"理论：

> 往常的丨天幕丨是顶丨无忧的丨华盖，
> 往常的丨大地丨永远丨肆意地丨平张；
> 往常时丨摩天的丨山岭丨在我丨身旁
> 屹立，丨长河丨在奔腾，丨大海丨在澎湃；
>
> 往常时丨天上丨描着丨新灵的丨云影，
> 风暴丨同惊雷丨快活得丨像要丨疯狂；
> 还有丨青田丨连白水，丨古木丨和平荒；
> 一片丨清明，丨一片丨无边沿丨的晴霭；
>
> 是丨如今，丨日夜是丨一样地丨运行，
> 星辰底丨旋转丨并未曾丨丝毫丨变换，
> 早晨丨带了丨希望来，丨落日底丨余辉
> 留下丨沉思，丨一切都丨照旧地丨欢欣；

---

① 陈代云. 孙大雨"音组"理论浅说［J］. 河池学院学报，2009（1）：19 – 22.
② 孙大雨. 孙大雨诗文集［M］. 石家庄：河北教育出版社，1996：76.

为何丨 这世界 丨又平添 丨一层丨 灿烂？

因为 丨我掌中丨 握着 丨生命底丨 权威！

这首诗每个诗行的字数并不相等，但每行均有五个严格的音组，节奏清晰。诗中的音组类似于英诗十四行的音步，由此可以看出孙大雨对于西诗格律和诗体的借鉴。这种情况在新诗创作时期是一种常态。很多新月诗人如朱湘等人都用西诗诗体写过新诗，都主张借鉴西诗诗体丰富新诗诗体。通过这些诗歌案例可以看出，饶孟侃的"音节"理论、闻一多的"音尺"理论、孙大雨的"音组"理论都体现了彼此之间关于新诗格律理论的互相借鉴和吸收，具有内在的一致性，代表了新月同人对于新诗格律的追求，体现了他们对于创建新诗格律的思考。

关于诗歌的格律理论，主编徐志摩虽然没有在《晨报副刊·诗镌》上发表专论，但是他的格律思想却在他写的《诗镌·弁言》和《诗镌·诗刊放假》中体现出来。他说：

> 我们也感觉到一首诗应是一个有生机的整体，部分与部分相关联，部分对全体有比例的一种东西；正如一个人身上的秘密是它的血脉的流通，一首诗的秘密也就是它的内含的音节的匀整与流动。明白了诗的生命是在它的内在的音节（的道理），我们才能领会到诗的真的趣味；不论思想怎样高尚，情绪怎样热烈，你得拿来彻底的"音节化"（那就是诗化）才可以取得诗的认识，要不然思想自思想，情绪自情绪，却不能说是诗。
>
> 我们还可以进一步说，正如字句的排列有待于全诗的音节，音节本身还得起原于真纯的"诗感"。再拿人身作比，一首诗的字句是身体的外形，音节是血脉，"诗感"或原动的诗

意是心脏的跳动，有它才有脉的流转。①

在这段话中，徐志摩说明了音节对于诗歌的重要意义，提出"诗歌的生命存在于诗歌内在的音节"，因为音节是诗歌的血脉。不仅如此，徐志摩还说明获得诗歌的音节的方法，一是依靠诗歌中字句的排列，二是依靠"诗感"。同样，字句的排列可以通过反复研磨而获得，而"诗感"却依靠诗人即兴的爆发。

（二）诗体形式上的诗学观

诗体形式实际上与诗歌的格律有很大的关系，所以大凡谈诗歌格律也必然会与诗体形式有一定关联。在《诗镌·弁言》中，徐志摩宣称："要把创格的新诗当一件认真事情做。"徐志摩所说的"格"，就是指新诗的形式相关的格律。在新月同人中，闻一多对新诗诗体形式探讨较多，这与他提出的"音尺"理论、"三美论"有关。在《诗的格律》一文中，闻一多提出了新诗"三美说"，指出"诗的实力不独包括音乐的美（音节），绘画的美（辞藻），并且还有建筑的美（节的匀称和句的均齐）。""三美论"实际上就是新月诗人的诗体形式建设理论。闻一多认同整齐划一的诗体形式，他认为建立在"音尺"之上的匀称均齐的诗体形式不仅具有建筑美，而且有助于促成诗歌音韵的和谐。他说，"到底那一个的音节好些——是句法整齐的，还是不整齐？更彻底地讲来，句法整齐不但于音节没有妨碍，而且可以促成音节的调和。"他以自创诗歌《死水》为例，加以说明。他说，《死水》"每一行都是用三个"二字尺"和一个"三字尺"构成的，所以每行的字数也是一样多"。这种诗体形式是他在诗歌音节、格律和形式上的"最满意的试验"。

---

① 徐志摩. 诗刊放假 ［J］.《晨报副刊·诗镌》，1926（11）.

他甚至认为"近来有许多朋友怀疑到《死水》这一类麻将牌式的格式"是不对的，他希望读者注意新诗"确乎已经有了一种具体的方式可寻"——即他所宣称的诗歌"三美论"。他最后断言，鉴于他创建了这些诗歌形式方面的建设理论，"新诗不久定要走进一个新的建设的时期了"①。

《死水》不仅是闻一多的代表作，也可以说是最能够代表新月派诗人新诗理论主张的诗作。下面以闻一多的《死水》为例说明新月派诗体形式上的诗学观。

> 这是｜一沟｜绝望的｜死水，
> 清风｜吹不起｜半点｜漪沦；
> 不如｜多扔些｜破铜｜烂铁，
> 爽性｜泼你的｜剩菜｜残羹。
>
> 也许｜铜的｜要绿成｜翡翠，
> 铁罐上｜锈出｜几瓣｜桃花；
> 再让｜油腻｜织一层｜罗绮，
> 霉菌｜给他｜蒸出些｜云霞。

这首诗每一行九个汉字，四个音尺，由三个在"二字尺"和一个"三字尺"组成，在诗歌形式上整齐匀称，曾被讥笑为豆腐干诗体和麻将牌诗体，却最能代表早期新月派同人对于新诗格律的追求。即使像徐志摩这种讲求诗歌变化、具有自由精神的诗人也受到了一定的影响。他说："我的第一集诗——《志摩的诗》——是我十一年回国后两年内写的，在这集子里初期的汹涌性虽已消减，但

---

① 闻一多. 诗的格律 [J]. 晨报副刊·诗镌，1926（7）.

大部分还是情感的无关阑的泛滥，什么诗的艺术或技巧都谈不到。这问题一直要到民国十五年我和一多、今甫一群朋友在《晨报副刊·诗镌》刊行《诗刊》时，方才开始讨论到。一多不仅是诗人，他也是最有兴味探讨诗的理论和艺术的一个人。我想这五六年来我们几个写诗的朋友们，多少都受到《死水》的作者的影响。我的笔本来是最不受羁勒的一匹野马，看到了一多的谨严的作品我方才醒悟到我自己的野性。"① 部分新月同人如朱湘、孙大雨等人对闻一多的诗体"三美论"持保守态度。他们一方面认同闻一多诗体理论中的合理成分如"音尺"论，另一方面对闻一多的麻将牌诗体持批评态度，对此做了改进，创造出了一些既有规律又灵活变通的诗体形式。例如，朱湘的《采莲曲》就是一首诗体工整但又变通灵动的新诗：

> 小船啊丨轻飘，
> 杨柳呀丨风里丨颠摇；
> 荷叶呀丨翠盖，
> 荷花呀丨人样丨娇娆。
> 日落，
> 微波，
> 金线丨闪动过丨小河，
> 左行，
> 右撑，
> 莲舟上丨扬起丨歌声。
> 菡萏呀丨半开，

---

① 徐志摩. 猛虎集·自序 [M]. 上海：新月书店，1931.

蜂蝶呀｜不许｜轻来；

绿水呀｜相伴，

清净呀｜不染｜尘埃。

溪间，

采莲，

水珠｜滑走｜过荷钱。

拍紧，

拍轻，

桨声｜应答着｜歌声。

藕心呀｜丝长，

羞涩呀｜水底｜深藏；

不见呀｜蚕茧，

丝多呀｜蛹裹｜中央？

溪头，

采藕，

女郎｜要采｜又夷犹。

波沉，

波升，

波上｜抑扬着｜歌声。

莲蓬呀｜子多，

两岸呀｜榴树｜婆娑；

喜鹊呀｜喧噪，

榴花呀｜落上｜新罗。

溪中，

采莲，

耳鬓边丨晕着丨微红。

风定，

风生，

风飔丨荡漾着丨歌声。

升了呀丨月钩，

明了呀丨织女丨牵牛；

薄雾呀丨拂水，

凉风呀丨飘去丨莲舟。

花芳，

衣香，

消溶入丨一片丨苍茫；

时静，

时闻，

虚空里丨袅着丨歌声。

全诗共50行，5个诗节，每个诗节10行，每行诗的长度2至7个字不等，有一定变化，但诗节与诗节字数和结构一致，整个诗体形式对称齐整，在变化中富有规律，摆脱了闻一多倡导的整齐划一的诗体形式。由于每个诗节的结构模式采取五、七、五、七、二、二、七、二、二、七的字数形式，在诗歌节奏成了二音尺、三音尺、二音尺、三音尺、一音尺、一音尺、三音尺、一音尺、一音尺、三音尺格律形式，整首诗轻快活泼、节奏感强、犹如小舟划过湖面时灵巧地上下、左右浮动，富有音乐感，和谐浪漫而令人舒畅。正如沈从文《论朱湘的诗》中所说的"使诗歌从歌曲意义中显出完美，《采莲曲》在中国新诗的发展史上，也是非常有意义的。"在《新月诗选·序言》中，陈梦家说："朱湘的诗都是经过刻苦磨炼的。"陈梦家的评论是非常中肯，《采莲曲》诗体工整，在意象、音韵、辞藻等方面保留了古诗词的一些迹象，有明显打磨的痕迹。但这首诗借鉴古诗词的迹象明显，缺乏时代感。朱湘非常看好这首诗，对于闻一多在《诗镌》第3号上将这首诗排在饶孟侃的《捣衣曲》之后很有意见，最终导致两人决裂。

闻一多的《诗的格律》体现了他对格律体新诗的追求，喊出"诗的所以能激发感情，完全在它的节奏，节奏便是格律"的口号。饶孟侃的《论新诗的音节》等提出"音节在诗里是最要紧的一个成分""从音节上看，诗根本就没有新旧的分别"的观点。朱湘的《新诗评》从评论"五四"时期先后出版的几个新诗集入手，倡导新诗格律。他们都为格律体新诗创建做出了重要的理论探索。对新月同人《晨报副刊·诗镌》上所提出的诗学观，于赓虞做了一个非常精彩的评价：

> 在中国诗坛上放了异彩的《诗刊》（《诗镌》）出现了。"五四"以后，这之前，中国的"新诗"，没有严肃的气魄，没有艺术的锻炼，任何人都可以写诗，所以好诗还只是一页白纸。《诗刊》的六七个作者，意识的揭起诗乃艺术的旗帜，在音节、形式上极力讲求。在《诗刊》作者的读诗会里听到了抑扬缓急的声音，看到了诗体谨严的计划，但是，不曾有过诗人生活的叙述……①

除了上述新月同人提出的格律新诗观点和理论，新月派精神领袖胡适对格律新诗的理论贡献也不能不提。尽管胡适早期曾提出作

---

① 于赓虞．徐志摩《世纪的脸序语》[M]，上海北新书局，1934．转引自刘群．新月社研究 [D]．上海：复旦大学，2006：108.

诗如作文的自由体白话新诗观,但后来胡适不再一味倡导自由体新诗,转而注重新诗的节奏与韵律。他说:"现在攻击新诗的人,多说新诗没有音节。不幸有一些做新诗的人也以为新诗可以不注意音节。这都是错的。""诗的音节全靠两个重要分子:一是语气的自然节奏,二是每句内部所用字的自然和谐。"① 胡适主张新诗在格律方面应该顺应语言本身应有的"自然的节奏",诗行中的遣词造句应协韵。应该说胡适关于新诗音节和格律的观点比闻一多"三美论"、饶孟侃"音节理论"、孙大雨"音组理论"等人提出的时间更早,但由于当时诗坛主要将精力放在打破旧诗的羁绊上,且由于这些观点缺乏实践指导意义,所以没有引起太大的重视。但无可否认,胡适的这些观点体现了格律派的理论主张,对新月诗人或多或少产生过影响。此外,在诗体形式建设上,除了闻一多在《诗的格律》中提出的"三美论",大部分新月同人都主张翻译外国诗歌来充实新诗诗体。因此,大多数新月诗人都翻译过国外不同诗体的诗歌,有的甚至运用国外的诗体创作新诗。正是他们在诗体方面的尝试和努力,推动着新诗朝多样化方向的发展,使得诗体和格律形式层出不穷。

四、新月派诗学观对其译诗的影响

新月派诗人的诗歌翻译观主要在三个方面受到了新月派诗学观的影响:一是新月派同人提出的"音节"理论、"音尺"理论(孙大雨称"音组"、卞之琳称"顿")、格律诗体理论对其诗歌翻译的

---

① 胡适. 谈新诗—八年来一件大事[C]//杨匡汉,刘福春. 中国现代诗论. 广州:花城出版社,1985:8-11.

形成产生了重要影响；二是新月同人引进格律体西诗、建设格律体新诗的诗学观点也对其诗歌翻译产生影响；三是新月派诗人青睐浪漫唯美的诗学品味对他们的诗歌翻译对象产生影响。影响是多层面的，不仅影响新月诗人选择的翻译文本和对象及翻译实践，也影响了他们的翻译思想。

（一）音韵格律和诗体诗学观对译诗的影响

新月派在音韵方面提出的诗学观点主要涉及饶孟侃的"音节"理论、闻一多提出的"音尺"理论（孙大雨称"音组"、卞之琳称"顿"）。相对而言，饶孟侃的"音节"理论对新月派同人的译诗实践影响不大，影响较大的是闻一多提出的"音尺"理论（孙大雨称"音组"、卞之琳称"顿"）。关于"音尺"理论对诗歌翻译的影响，需从闻一多的译诗实践谈起。闻一多早期采用文言旧诗体译诗，但在清华大学求学的后期，他受到胡适等人倡导的白话新文学思潮的影响，逐渐过渡到用白话译诗。例如，1921 年 10 月 21 日他在《清华学生周刊》上以笔名"风叶"发表《节译阿诺底〈纳克培小会堂〉》（"Rugby Chapel" by Matthew Arnold）就是最早采用白话翻译的诗歌之一，至《晨报副刊·诗镌》创刊前期，他已经以白话译诗为主了。但那时的译诗在诗体形式上还不是很整饬，有的参差不齐，多采用散体译诗，对译诗的格律也不是很重视，还没有很强的格律诗体意识。实际上，新月派的朱湘早期译诗也是如此，多采用散体译诗，他早期译的外国民歌都是如此。这说明当时他们还没有意识到早期白话自由诗体的不足。1923 年闻一多在《创造季刊》第 2 卷第 1 号上发表的译诗评论《莪默伽亚谟之绝句》中选译的 6 首"绝句"几乎是采用散体译的，诗行参差不齐，字数从 7 字到 13 字不等。按黄杲炘先生的说法，闻一多翻译的"第 95 首"

（原作 *Rubaiyat of Omar Khayyam*）诗，诗行长度相差很大，"原作同样长短的诗行，译文的长短相差近一倍"。

闻一多诗歌翻译风格的转变发生在 1926 年前后。1926 年 4 月，闻一多在《晨报副刊·诗镌》第 3 号上发表格律新诗《死水》，紧接着同年 5 月在第 7 号上发表新诗诗论《诗的格律》。在这一时期前后的诗歌翻译风格发生了明显的转变，这种转变与他诗学观的转变与形成有很大的关系。到了 1927 年，闻一多的译诗实践已经有很强的理论自觉，译诗诗体工整整饬，完全遵循他在《诗的格律》中倡导的"音尺"理论。例如，1927 年闻一多在《时事新报·文艺周刊》发表的五首译诗从音韵到诗体形式都非常讲究紧贴原诗诗歌形式而译，不再有散体诗的痕迹。① 下面以闻译郝思曼（A. E. Housman，1859—1936）的《春斋兰》（*The Lent Lily*）为例加以说明：

> 最可爱的｜如今｜是｜樱花，
> 鲜花｜沿着｜枝杪上｜悬挂，
> 它｜站在｜林野的｜大路上，
> 给｜复活节｜穿着｜白衣裳。
> 算来｜我的｜七十个｜春秋，
> 二十个｜已经｜不得｜回头，
> 七十个｜春｜减去｜二十个，

---

① 这五首诗发表在 1927 年第四季度《时事新报·文艺周刊》上。这五首诗分别是 Edna St. Vincent Millay（1892—1950）的《礼拜四》，拜伦的《希腊之群岛》，郝思曼的《樱花》（Loveliest of Trees）和《春斋兰》（The Lent Lily），莎拉·蒂丝黛尔（Sara Teasdale，1884—1933）的《像拜风的麦浪》（Like Barley Bending）。参见黄呆炘. 闻一多：格律移植的先驱［N］. 中华读书报，2018 - 06 - 20.

可不只丨剩下丨五十丨给我？

既然丨看看丨开花的丨世界，

五十个丨春丨说不上丨多来，

我丨得到丨林子里丨去望望

那白雪丨悬在丨樱花丨树上。①

A Shropshire Lad，II

A. E. Housman，1859—1936

Loveliest of trees, the cherry now

Is hung with bloom along the bough,

And stands about the woodland ride

Wearing white for Eastertide.

Now, of my threescore years and ten,

Twenty will not come again,

And take from seventy springs a score,

It only leaves me fifty more.

And since to look at things in bloom

Fifty springs are little room,

About the woodlands I will go

To see the cherry hung with snow. ②

---

① 黄杲炘. 闻一多：格律移植的先驱［N］. 中华读书报，2018 - 06 - 20.

② 诗歌来源于网站 http：//www. poets. org.

　　郝思曼终生仅出版过两个诗集 *A Shropshire Lad.*（《史罗普郡少年》，出版于 1896 年）和（《最后的诗》，出版于 1922）。闻一多的译文原文为 *A Shropshire Lad* 第二首诗，采用抑扬格四音步写出，押韵方式为 aabb。所谓四音步就是闻一多讲的四音尺，抑扬格就是有一个轻音节和重音节构成的一个诗歌单位节奏，相当于闻一多所说的二字尺，因为汉字都是单音节的。在翻译这首诗的时候，闻一多每行以四个音尺对应于原诗的四个音步，音尺以二字尺为主，押韵方式也以 aabb 式为主，第七、八、九、十行明显破格，没有押韵，但译文总体上还是保留了原诗诗体格律，诗歌形式也非常整饬，每行九个字，与他倡导的麻将牌诗体是一致的。他的译诗明显受了他诗学理念的影响。

　　闻一多根据英诗音步（foot）理论结合汉语的特点提出"音尺""字尺"理论，指导新诗创作与翻译。与闻一多的音尺理论一脉相承的就是孙大雨提出的音组理论。据孙大雨自己回忆，在翻译莎剧时他开始尝试运用音组理论再现原文的格律和效果。① 孙大雨较早的莎剧译本均发表在《新月》月刊与《诗刊》季刊上，在《晨报副刊·诗镌》之后，可能接受了闻一多在《晨报副刊·诗镌》上发表的《诗的格律》中提出的音尺理论的影响。实际上，闻一多的音尺理论也好，孙大雨的音组理论也罢，都是在英诗音步（foot）理论基础上结合汉语特点提出来的。因此，可以说孙大雨的音组理论是对闻一多的"音尺"理论的修正与发展。下面以孙译莎剧《罕姆莱德》为例说明孙大雨如何运用音组理论指导其诗歌翻译。

---

　　①　孙大雨编. 孙大雨诗文集［C］. 石家庄：河北教育出版社，1996：258 – 259.

您这| 鲁莽| 多事的| 浑蛋，| 再见了！

我以为| 是你那| 主子；| 接受| 这命运；

要知道| 无事的| 闲忙| 有点儿| 危险。

不要| 尽绞着| 一双手：| 静着！| 坐下来，

让我来| 绞你的| 心肠；| 假使| 那不是

一副| 穿刺| 不透的| 石心肠，| 假使

那混账| 的习惯| 还不曾| 把牠们| 锤炼得

黄铜| 一般的| 坚硬，| 甚至于| 不曾受

理性的| 一分| 一厘的| 一丝毫| 的影响。①

Thou wretched, rash, intruding fool, farewell!

I took thee for thy better：take thy fortune；

Thou find’st to be too busy is some danger.

Leave wringing of your hands：peace！sit you down,

And let me wring your heart；for so I shall,

If it be made of penetrable stuff,

If damned custom have not brass’d it so

That it is proof and bulwark against sense.

    1931 年，孙大雨将选译的莎剧片段《罕姆莱德》发表在新月派的后期诗歌刊物《诗刊》上。莎士比亚的诗剧都是用无韵诗诗体写成。所谓无韵诗，就是不押韵的抑扬格五音步诗（unrhymed iambic pentameter），每行通常由五个音步组成，每个音步由一个抑格（轻音节）和扬格（重读音节组成），共 10 个音节。《罕姆莱德》

---

① 孙大雨译. 罕姆莱德 [J]. 诗刊，1931（3）：4-5.

（*Hamlet*，现译哈姆莱特）也不例外，是用无韵诗诗体写成。从上面孙大雨的翻译片段可以看出，他的译文每行共有 5 个音组，相当于闻一多所说的 5 个音尺，每个音组由 2 至 3 个汉字组成，相当于闻一多所说的"二字尺"或"三字尺"，每行大致 12 至 15 个字不等，形体整饬，较为理想地再现了原诗的格律和诗体形式，在声韵节奏上取得了和原诗大致相当的效果，译文在信、达两个方面都做得不错。

继闻一多和孙大雨之后，发扬和光大新月派"音尺""音组"理论的集大成者当推新月派的后起之秀卞之琳。卞之琳 20 世纪 30 年代开始文学翻译和诗歌创作，译作主要包括诗歌翻译、小说翻译、诗剧翻译。这些译作大多都收入《卞之琳译文集》（上·中·下），由安徽教育出版社出版。20 世纪 40 年代，卞之琳也把自己创作的新诗译成英文，部分英译诗文收入《当代中国诗选》，1947 年由伦敦路特里齐出版社出版发行。他创作的新诗主要收入两个诗集《雕虫纪历》和《鱼目集》，而其诗学规则主要体现在其专著《人与诗：忆旧说新》以及他给书目所写的序和跋中。卞之琳发展了闻一多的音尺理论、孙大雨的音组理论，提出了"顿"的概念。在谈到这种传承关系时，卞之琳说：

> 20 年代中期，以闻一多为首的一些有识者，以徐志摩编的北京《晨报》副刊为中心园地，开始自觉进行这样的探讨。闻一多当时就发表过参考英语诗律以音步建行的办法。凭"音尺"衡量每行长短的主张。据此写了一些诗，收入后来出版的《死水》一集，又据此翻译了伊丽莎白·白朗宁十四行体情诗的一部分，后来发表在刊物上，基本上确立了这种主张。这一路主张，经过几十年的争论和一部分人翻译和创作实践的修

订，扩大了影响。孙大雨早先也就基本符合这种主张而写过谨严的格律诗，只是到 30 年代才结合自己的翻译发表以"音组"建行的议论（也同更后的"顿""拍"说基本一致）。①

作为诗行长短衡量单位，闻沿用英诗律而称"音尺"（或"音步"），孙首称"音组"，何（其芳）称"顿"，三者实际上是一回事，陆志韦讲"拍"，就是一行里有几个间隔的重音。闻一多也曾想在每个"音尺"里兼讲究轻重音。还有些人试兼顾平仄，而实践证明此路难通。轻重音安排，平仄安排，自然在白话新诗里也会起一定作用，但是同西方大多数语种诗不一样，也和我国认为每个单音字在诗句中都是独立的"近体诗"不一样，白话新诗，根据我们今日的说话规律，并不需，也不能以此二者为诗律的组成部分。②

卞之琳的这番话说的应该是新月派同人之间互相学习、互相影响的一个非常客观的历史事实。关于译诗理论，卞之琳结合自己的翻译实践经历也做了很好的说明和总结：

我在昆明西南联合大学外语系贸然承担英汉文学互译课，就在班上总是首先，特别就译诗而论，大胆破"信达雅"说、"神似形似"论、"直译意译"说。我不记得当时如何肆言了，日后想起来，基本精神大约可以概括为三说中只能各保留一个字，即"信"，即"似"，即"译"。较完美的诗，在文学类型

---

① 材料引自 1987 年卞之琳在香港当代翻译研讨会宣读的论文《翻译对于中国现代诗的功过》，参见刘重德. 卞之琳的译诗理论和实践 [J]. 现代外语，1992 (2)：27 – 30.

② 卞之琳. 译诗艺术的成年 [A]. 诗词翻译的艺术 [C]. 《中国翻译》编辑部编. 北京：中国对外翻译出版公司，1986. 转引自刘重德的《卞之琳的译诗理论和实践》。

中，特别是内容与形式、意义与声音的有机统一体，译成外国语，只"信"于一方面，就损失一半，就不真"似"，就不是较完善的翻"译"。"信"即忠实，忠实又只能相应，外国诗译成汉语，既要显得是外国诗，又要在中文里产生在外国所有的同样或相似的效果，而且在中文里读得上口，叫人听得出来。

最难的自然是翻译西方格律诗。韵式可以相同或相似，音律只能相应。英语格律诗，每行算音步，按轻重音分抑扬格（最常用），扬抑格，抑抑扬格，扬抑抑格等；法语格律诗，每行算音节（相当于中文单字）数，另配置行中大顿。我们用语体（现代白话）来翻译他们的格律诗，就不能像文言诗一样，像法文诗一样，讲音节（中文单字）数，只能像英文诗一样，讲"顿""拍"数或"音组"数（一音节一顿就不好说"音组"了），但是也不能像英文诗一样行行排一致的轻重音位置。这也就是相应。①

卞之琳借鉴中国传统译论的观点，提出了"信""似""译"的翻译思想。"信"继承了传统译论的忠实观，"似"来自传统译论中的"神似"和"形似"论，译则源于传统译论中的"直译""意译"论。卞之琳之所以破"神似"和"形似"论是因为他认为翻译不仅要忠于内容，而且要忠于形式，形式与内容互相依存，不能扬此抑彼，有形似才有神似，有神似必然做到了形似，所以他主张译西诗应该亦步亦趋，既要忠于原诗的形式，也要忠于原诗的内

---

① 卞之琳著．江弱水整理．卞之琳译文集（中卷）［M］．合肥：安徽教育出版社，2000：7.

容。他说：

> 我翻译莎士比亚的办法，他是用 Five Feet（五步格），我是避免押韵的，有的地方是不可避免的，象 couplet（对句）后面要押韵，我也一定要押韵。我的办法是用"顿"来相当于"foot"，但中国语文中的 accent（重音）是不明显的，我只能用五个顿来代替。押韵是 ABAB，我也照 ABAB 来押，并不是说中国必须要学他的办法，而是莎士比亚原著的面目是这样，要让读者看到莎士比亚的原来面目，所以我刚才说是"相当的"，相当不是相同，所以不能把十四行诗翻成七律，七律翻成十四行诗。①

卞之琳认为译诗应该以亦步亦趋为原则，以"以顿代步"方法，"用相当的格律来翻译外国的格律诗"，不仅要保留原诗的内容，而且要再现原诗的格律和诗体形式。他认为"以顿代步"不仅可行而且合理：

> 以顿代步为节奏单位既符合我国古典诗歌和民歌的传统，又适应现代口语的特点。我们的方块字是单音字，我们的语言却不是单音语言。我们平常说话以两个字、三个字连着说为最多，而不是一个字一个字分开说的，因此在现代口语中，顿的节奏也很明显。欧洲（包括苏联）格律诗每行音缀（单音）数虽然也大致固定，每行音步性质和音步数却是关键（法国格律诗是例外，它另有一套），我们的顿法（音组内部性质和相互之间的关系）也还可以有种种进一步的研究，我们首先用相

---

① 古苍梧. 诗人卞之琳谈诗与翻译 [J]. 开卷创刊号, 1978. 转引自刘重德. 卞之琳的译诗理论和实践 [J]. 现代外语, 1992（2）: 27–30.

当的顿数（音组数）低音步而不拘字数（字数实际上有时也可能完全齐一，至少不会差很多）来译这种格律诗，既较灵活，又在形式上即节奏上能基本做到相当，促成效果上的接近。事实上，十年来这种做法也已经产生了比较成功的译品，已经显示进一步发展的可能性。①

卞之琳提出的"以顿代步"的译诗观是对闻一多、孙大雨等人根据英诗"音步"理论提出的"音尺"和"音组"理论的创造性继承和发展。除了"音尺""音组"等诗学观对新月派同人的诗歌翻译产生影响，闻一多提出的整齐划一具有"建筑美"的诗体形式观对新月派同人的译诗实践也产生了影响，这一点能从以上闻一多、孙大雨、卞之琳等人的译诗中看出来。尽管有些译诗不是严格的齐整，但大体上齐整，或者朝齐整的诗体形式努力，这是无可否认的事实。当然，这只能说是一种大致的趋势和情况，不是绝对情况。把这种严谨的诗学追求套在追求"爱与自由"的新月派诗人徐志摩译的莎剧上就不行了。下面再看看 1932 年《诗刊》为纪念徐志摩刊出的徐译《罗密欧与朱丽叶》：

> 朱：真的都快天亮了；我知道你早该回去：
> 可是我放你如同放一头供把玩的鸟，
> 纵容它跳，三步两步的，不离人的掌心，
> 正像一个可怜的囚犯带着一身镣铐，
> 只要他轻轻的抽动一根丝你就回来，

① 卞之琳，叶水夫，袁可嘉等．艺术性翻译问题和诗歌翻译问题［A］．罗新璋，陈应年编．翻译论集［C］．商务印书馆，2009．转引自刘重德．卞之琳的译诗理论和实践［J］．现代外语，1992（2）：27 – 30．

因为爱，所以便妒忌他的高飞的自由。

罗：我愿意我是你的鸟。

朱：蜜甜的，我也愿意：

但正怕我爱过了分我可以把你爱死。

夜安，夜安！分别是这样甜蜜的优点。（下）

罗：让睡眠祝福你的明眸，平安你的心地！

愿我是你的睡眠和平安，接近你的芳躯！

现在我得赶向我那鬼样神父的僧房，

去求他的帮助，告诉他这意外的佳遇。（下）①

显而易见，这是一首没有讲究"音尺"或"音组"的译诗，格律和节奏不太清晰。尽管译诗诗体有向整饬的诗体形式努力的迹象，但最终还是摆脱不了散体的形式。从这则译诗可以看出徐志摩至少应该在追求整饬的诗体形式与追求自由洒脱的诗性表达上挣扎过，正如他自己所说的，曾经作诗都没想过格律和诗体形式，后来受闻一多君的影响才向格律和诗体靠拢。徐志摩的本人创作和翻译经历体现了新月同人之间的互相影响和交流。

（二）洋为中用的诗学观对译诗的影响

除了倡导具有"建筑美"的整饬的诗体形式理念对他们的诗歌翻译产生影响外，新月派诗人主张引进外国诗体建设新诗诗体的诗学理念也对其译诗产生了影响。梁实秋曾经说过，译诗是"试验的机会，可以试验本国的文字能否创为一种新的诗体，和另一种文字

---

① 徐志摩译. 罗米欧与朱丽叶 [J]. 诗刊, 1932（4）：15 – 16.

的某一种诗体相仿佛。"① 胡适也直言中国新诗体建设需要广泛借鉴外国诗体，"只有不断的试验，才可以给中国新诗开无数的新路，创无数的新形式，建立无数的新风格。"② 正因为这种诗学倾向，新月诗人们尝试翻译了各种不同的外国诗体，并以这些不同的诗体付诸于新诗创作，其中，尤以十四行诗和莎剧无韵诗体的翻译用力最勤，以这两种诗体创作的新诗也较多。闻一多、朱湘、孙大雨、徐志摩、卞之琳等一大批新月派诗人都尝试过十四行诗的翻译与创作。过于新月派诗人翻译和模仿十四行体较多的原因，梁实秋做了这样的解释："十四行因结构严整，故特宜于抒情，使深浓之情感注入一完整之范畴而成为一艺术品，内容与形式具至佳境。"③ 显然十四行诗符合新月诗人结构严整的诗学追求。

除了翻译十四行诗，莎士比亚诗剧的翻译在新月派的译诗实践中一直占有非常重要的位置。不仅《新月》月刊和《诗刊》季刊发表了许多选译的莎剧片段，新月书店也出版了多部全译本莎剧，如 1928 年出版邓以蛰翻译的《若邈玖袅新弹词》（William Shakespeare），1930 年出版的由顾仲彝翻译、梁实秋校点的《威尼斯商人》（*The Merchant of Venice*，William Shakespeare）等。据黄焰结先生统计，1921 年至 1935 年，基于莎剧原本的中文翻译有 25 种之多，其中 17 个译本采用散体翻译，仅 8 个译本采用诗体翻译，其中 7 个为白话诗体译本，1 个为文言诗体译本。在这 7 个白话诗体译本中，有 5 个白话诗体节译本就是由新月派诗人邓以蛰、徐志

① 梁实秋，傅东华译. 失乐园（1933）［A］. 陈子善编. 雅舍谈书［C］. 济南：山东画报出版社，2006：426.
② 胡适. 通信［J］. 诗刊，1932（4）：97 – 99.
③ 梁实秋. 谈十四行［C］. 偏见集［M］. 南京：正中书局，1934：270.

摩、孙大雨、朱维基等人完成的，后来卞之琳等后期新月诗人再次采用白话诗体翻译莎剧。① 关于新月派诗人热衷于译莎剧的原因，一方面与莎剧的无韵诗体对于新月派的诗体试验和建设具有重要意义有关；另一方面，与新月派诗人崇尚唯美高雅的诗歌艺术有关。余上沅曾经说过，莎剧是"世界上的第二部圣经"，其诗歌艺术是无与伦比的②，所以新月派诗人中有一大批人曾经致力于莎士比亚的十四行和诗剧翻译。

（三）浪漫唯美的诗学倾向对其译诗的影响

新月派诗人中有相当一部分诗人对于浪漫唯美的诗歌有着天然的喜爱，有一部分诗人如徐志摩、朱湘等人甚至以献身诗艺为荣，是一些以诗艺为人生的理想主义者。这种强烈的唯美主义诗学观对他们的诗歌翻译，尤其是翻译选本产生了较大的影响。他们想通过翻译西诗拓展新诗的主题和题材。陈梦家在编辑《新月诗选》时曾说过这个诗集主要依据诗歌格律选诗，结果"在我选好以后，我发现这册集子里多的是抒情诗，几乎占了大多数"③。陈梦家的这番话至少说明两个问题：一，新月派同人热衷于创作浪漫、唯美的抒情诗歌，他们视抒情诗歌为掌上明珠；二，新月派同人在创作新诗时已主动接受或潜移默化地受到了西方抒情诗的影响。

由于新月派诗人唯美浪漫的诗学倾向，他们翻译了西方较多的抒情诗歌。这一点从《新月》月刊上刊载的译诗可以看出来。从

---

① 黄焰结. 诗译莎剧滥觞：新月派的新文学试验 ［J］. 外语与外语教学，2018（3）：88.

② 余上沅编. 余上沅戏剧论文集 ［C］. 武汉：长江文艺出版社，1986：225.

③ 陈梦家.《新月诗选》序言 ［C］. 新月诗选 ［Z］. 上海：新月书店，1931：21.

《新月》刊载的译诗来看，勃朗宁夫人、豪斯曼、雪莱、济慈等人的诗歌选译较多。勃朗宁夫人的以爱情为主的十四行诗容易引起新月诗人的关注，雪莱、济慈是英国浪漫主义诗人，济慈还是英国唯美主义的先驱，他们浪漫唯美的诗风显然是新月诗人的心爱之物。豪斯曼是英国著名悲观主义诗人，常哀叹青春易逝，美景不常，爱人负心，朋友多变，大自然虽美却残酷无情。他的诗歌通过模仿英国民间歌谣，使用最简单的常用词汇，运用简朴平易的诗歌风格，以实现诗歌的音乐美。基于这些诗歌理念创作的诗歌非常容易入新月诗人的法眼。徐志摩早期曾经翻译过济慈的《致范妮·勃朗》、勃朗宁夫人的《包容》和莫里斯的《阿塔兰塔的赛跑》等。朱湘是新月派的"大将兼先行"，翻译了《番石榴集》《罗马尼亚民歌一斑》、莎士比亚和弥尔顿的十四行诗等。他推崇浪漫主义与唯美主义诗学，讲究诗歌形式的独立与完美，想象的瑰丽与新奇，抒情的自然与真实。他的这种诗学倾向影响了他的翻译选材。在朱译120 多首诗歌中，具有浪漫主义倾向的译诗占全部译诗的三分之一左右，具有唯美主义倾向的译诗约占全部译诗的六分之一，两者合计占了全部译诗的二分之一强，体现出朱湘在诗歌翻译选材上的浪漫主义与唯美主义倾向，反映了他的诗学观对其翻译选材的影响。

新月诗人具有唯美浪漫的诗学倾向，他们不仅热衷于翻译西方抒情诗，而且热衷于借鉴西诗抒情诗的主题和题材。徐志摩在《再别康桥》中表现出的唯美浪漫的怀旧情结、陈梦家在《那一晚》中对爱的表达显然都接受了西诗浪漫唯美诗风的洗礼。关于新月派诗人接受外来影响的问题，鲁迅曾经讽刺他们说，"梁实秋有一个白璧德，徐志摩有个泰戈尔，胡适之有一个杜威，——是的，徐志摩还有一个曼殊斐儿，他到她坟上去哭过"①。虽然是揶揄之语，鲁迅先生的话却正好指出了新月诗人在诗歌翻译和创作上的一个特点：通过翻译西诗来学习西诗，丰富和建设新诗诗体；通过创作找出需要翻译的对象，检验和活用翻译成果，翻译与创作互相促进、互相影响，体现了新诗建设的世界眼光。施蛰存在评述 20 世纪中国文学时说了一句非常中肯的话："30 年代中国文学和世界文学大体同步，中国文学发展得最好的还是 1930 年代。"② 可以看出，新月派同人本来就是想通过借鉴西诗发展和建设还在成长中的中国新诗。他们的这种尝试最终使中国文学与世界文学同步发展，体现出了强烈的世界文学观。③

五、新月派译诗的总体特征——基于原型诗学的视角

"五四"前期，以胡适等人倡导的白话诗歌运动在诗歌"破"的一面取得了显著成绩，对于打破旧诗僵化的诗体，革新陈腐的诗歌内容具有重要意义，但在诗歌"立"的一面乏力。到了 20 世纪 20、30 年代，以《晨报副刊·诗镌》《新月》等刊物为阵地凝集在一起的新月诗人才在新诗"立"的一面做出了颇有成效的尝试，正如梁实秋所言："在北京《晨报》上办的《诗刊》（诗镌），应该是新诗运动里一个可纪念的刊物。我以为这是第一次一伙人聚集起来

---

① 鲁迅. 现今的新文学概观 [A]. 鲁迅著作全编：第 2 卷 [C]. 北京：中国社会科学出版社，1999：82.
② 张英. 访上海作家施蛰存王安忆格非孙安露 [J]. 作家，1999（9）：88.
③ 黄红春，王颖. 新月派翻译理论与实践中的文学观 [J]. 南昌大学学报，2017（1）：131 – 132

诚心诚意的试验作新诗。"① 徐志摩也持同样的观点，他引用闻一多的话呼吁："新诗不久定要走进一个新的建设的时期了。"② 新诗创格既然要摒弃旧诗体，建立新诗体，就有必要师法异域诗歌。当时西学东渐的时代潮流正好为新月诗人借鉴西诗、创建新诗提供了绝佳机会。细读新月派诗人的新诗可以发现，他们的作品散发出浓郁的异国情调，一些西诗中特有的意象走进他们的诗篇，各种西诗诗体也成了他们习作新诗的常见手段，如朱湘在《石门集》中创作了大量的十四行诗。因为是模仿性尝试，所以新月诗人的部分诗作在诗艺上还比较稚嫩，有的俨然是翻译作品，留有浓烈的翻译腔，胡适先生甚至索性将所译诗歌置于自己的诗集，宣称此诗是"新诗成立的新纪元"③。因此，可以说译诗成了新月派诗人借鉴西诗的一种主要方式。闻一多、徐志摩、朱湘、孙大雨等新月派诗人都有通过翻译借鉴英美诗歌的经历。鉴于译诗在新月诗人新诗创作中具有举足轻重的作用，下面将从原型诗学的角度对新月派诗人译诗的总体特征进行研究。

（一）原型诗学与浪漫诗风

原型诗学主张文学作品中的原型意象，原型结构会在文学作品中反复出现。原型意象，尤其是神话意象源于人类初民对世界的诗性认识，在文学作品中反复征引，常常以隐喻的形式存在，是一个民族特有的集体无意识。由于神话意象能与读者的集体无意识产生

① 梁实秋. 新诗的格调及其他［A］//. 杨匡汉，刘福春. 中国现代诗论（上）［C］. 广州：花城出版社，1985：142.

② 徐志摩. 诗刊放假［A］. //杨匡汉，刘福春编. 中国现代诗论（上）［C］. 广州：花城出版社，1985：132 - 133.

③ 刘丹，熊辉. 外国诗歌的"翻译体"与中国新诗的形式建构［J］. 社会科学战线. 2010（3）：146.

共鸣，能激发人的想象力，所以在浪漫主义诗歌中受到青睐，两者有一定的联系。下面将就原型诗学与浪漫诗风的关系展开探讨。

原型诗学强调意象的本源性与传承性，其理论源泉最早可以追溯到柏拉图的理念（Idea）世界，而其发展"至少分别受益于以下三个学科，它们是以弗雷泽（J. G. Frazer）为代表的文化人类学，以荣格为代表的分析心理学和以卡西尔为代表的象征哲学。"① 加拿大学者弗莱从神话原型的角度研究文学现象，取得了丰硕的成果，在学界产生了巨大的反响。原型与文学的联姻为文学翻译研究提供了一个新的视角。近年来，已有学者尝试从原型诗学的角度探讨翻译现象，如赵联斌等人。原型诗学在文学翻译研究领域已日益焕发出蓬勃的生机。

原型具有丰富的文化内涵。弗雷泽认为西方文化源于巫术和图腾，这些巫术和图腾是原型的主要内容。荣格从分析心理学的角度提出人类先民的神话传说是构成人类集体无意识的主要成分。他说："原型本质上是一种神话形象，当我们进一步考察这些意象时，我们发现，它们为我们祖先的无数类型的经验提供形式。可以这样说它们是同一类型的无数经验的心理残迹。"② 弗莱进一步发展了荣格的观点，认为神话是文学系统中最基本的模式，是所有其他文学模式的原型，文学是"移位（变形）的神话"③。原型理论引入中国后，在学界引起巨大反响，已有很多学者对原型的内涵进行过研究，如叶舒宪先生认为原型是"在文学中反复使用，并因此而具

---

① 叶舒宪. 神话—原型批评 [Z]. 西安：陕西师范大学出版社，1987：3-42.
② 杨丽娟. 原型理论与后现代语境下文学的文化批评建设 [D]. 长春：东北师范大学，2005：3.
③ 马新国. 西方文论史 [M]. 北京：高等教育出版社，2002：363.

有了约定性的文学象征或象征群"①。夏秀博士指出，原型的表现形式具有多维性，既可表现为具体的意象、程式，也可能表现为特定的文化观念或情境等等。它"具有鲜明的形式主义特征：它着力于对文学形式的考察，强调文学与神话、仪式等在形式方面的相似性。"② 从学者们的论述可以发现，尽管目前对原型内涵的表述有所差异，但都强调原型是一种反复出现的意象，尤其是神话意象。此外，原型也是一种形式结构或情境，体现了结构主义的一些特征，具有稳定性与承袭性，如诗歌的韵脚和格律。

原型诗学与浪漫主义诗学具有内在的一致性。在古法语中，"roman"主要是指用韵文形式描写骑士的冒险故事以及其他神秘莫测的传奇故事。③ 19世纪兴起的浪漫主义文学运动是对崇尚理性的古典主义的反拨，崇尚纵横捭阖的想象力，提倡运用神秘奇异的神话意象营造诗境，主张师法自然，张扬人性与生命力，认为"好的诗歌是人的强烈情感的自然流露"（华兹华斯），表现出了强烈的非理性主义倾向，与人类早期"以想象力为最突出特征"的"诗性智慧"相契合。④ 因此，脱胎于人类早期文化的神话原型意象在浪漫主义文学中被普遍采用，因为这些意象表现出强烈的非理性倾向，张扬着人类早期的原始生命力，能挽人类于异化之边缘。知道了这一点就不难理解为什么"浪漫主义先驱布莱克和康德对弗莱有着重要影响，原型理论的许多主张，诸如艺术的独立性和自足性，

---

① 叶舒宪. 神话—原型批评 [Z]. 西安：陕西师范大学出版社，1987：3－42.

② 夏秀. 原型理论与文学活动 [D]. 济南：山东师范大学，2007：4－5.

③ 宋协立. 浪漫主义及其美学理论的认知意义（上）[J]. 烟台大学学报，1995（3）：4.

④ 刘渊，邱紫华. 维柯"诗性思维"的美学启示 [J]. 华中师范大学学报. 2002（1）：86－92.

重视想象力和创造力等都与浪漫主义如出一辙"① 了。学者们把浪漫主义与神话原型联系起来，如哈特利·柯尔律治指出，"在济慈、雪莱和华兹华斯诗作中存在着当代神话复兴的现象，认为它导源于一种本能，这种本能导致各个民族'编制出各种寓言的混织品，以适应他们自己心灵的各种需要和渴求'，并且预言，神话将继续在诗中得到使用，因为'神话的各种象征蕴含丰富，又具有形成的能力，可以自动调节人类的幻想和情感。'"②

（二）新月派译诗特点的原型诗学阐释

新月派在译诗选材上的一大特点是倾向于选译浪漫唯美的西诗。这一点与新月派诗人留学英美的背景及在诗歌上的个人品味有很大的关系。新月派的三位主将闻一多、徐志摩、朱湘都有留学英美的经历，深谙西方文学，对英美浪漫主义文学有着浓厚的兴趣，翻译过西方浪漫诗歌。如徐志摩一生翻译诗歌 80 多首，他所译的题材多为赞美大自然、爱情与自由，深受 19 世纪浪漫主义诗人的影响，如译布莱克、华兹华斯、柯尔律治、拜伦、济慈、惠特曼等诗人的诗作。③ 在朱湘的译诗集中，"选译最多是浪漫主义诗歌，如布莱克、彭斯、华兹华斯、柯尔律治、雪莱、济慈等一大批浪漫主义诗人的诗作，达 20 多首。"④ 闻一多则译有拜伦、勃朗宁夫人、Sara Teasdale 等英美浪漫诗人的诗歌⑤，而其诗作《剑匣》《西

---

① 夏秀. 原型理论与文学活动［D］. 济南：山东师范大学，2007：4 - 5.
② M. H. 艾布拉姆斯. 镜与灯：浪漫主义文论及批评传统［M］. 郦稚牛，张照进，童庆生，译. 北京：北京大学出版社，1989：470.
③ 徐志摩. 一个译诗问题［A］// 晨光辑注. 徐志摩译诗集［Z］. 长沙：湖南人民出版社，1989：213 - 216.
④ 李红绿. 论朱湘译诗选本的诗学倾向［J］. 常州工学院学报，2011（3）：80.
⑤ 闻一多. 闻一多全集（1）［Z］. 孙党伯，编. 武汉：湖北人民出版社，1993：293 - 322.

岸》《李白之死》等受济慈诗歌的影响非常明显。《新月》是新月派的代表性刊物，"共出版43期，译介了23位英美作家，其中英国作家20位，浪漫主义时期的英国诗人就有10位，译有浪漫主义诗作40多首。"① 因此，从新月诗人选译的题材来看，他们的浪漫主义倾向非常明显。

新月派诗人选译的浪漫主义诗歌大多形式整饬，音韵优美，意境奇幻。徐志摩十分重视诗的音乐性，他说："正如一个人身的秘密是他的血液的流通，一首诗的秘密也就是它的内含的音节的匀整与流动。"② 闻一多也持相似观点，他的诗学三美论除了"绘画美""建筑美"外还包括了"音乐美"。他说："诗之所以能激发情感，完全在它的节奏；节奏便是情感。"③ 朱湘则呼吁"诗而无音乐"，简直与"花无香气，美人无眼珠相等"④。除了对诗体结构、音韵方面的重视，新月诗人也注重西诗中神话题材的运用，如济慈善于运用神话题材，"将细腻的情感触觉伸向遥远、神秘的历史时空和神话传说"，"这种抒情方式给闻一多以深刻的美学启发和艺术借鉴。《红烛·李白篇》套用了李白捞月逐鲸而亡的传说。"⑤ 可见，新月诗人追求完美的诗歌形式、优美的音节韵律与奇异的神话意象和题材。这些特征与原型理论的诗学诉求一致，充满体现了这一流

---

① 李玮炜. 新月诗派对英国浪漫主义诗歌的译介和接受［J］. 内江师范学院学报，2010（9）：54 – 56.
② 徐志摩. 诗刊放假［A］.//杨匡汉，刘福春编. 中国现代诗论（上）［C］. 广州：花城出版社，1985：132 – 133.
③ 闻一多. 诗的格律［A］.// 杨匡汉，刘福春编. 中国现代诗论（上）［C］. 广州：花城出版社，1985：122.
④ 朱湘. 中书集［M］. 北京：中国文联出版公司，1998：177.
⑤ 李玮炜. 新月诗派对英国浪漫主义诗歌的译介和接受［J］. 内江师范学院学报，2010（9）：54 – 56.

派译诗的原型诗学倾向。

　　新月派诗人在译诗方法上的特点是忠于原诗的意象和格律。新月派诗人选译了大量的浪漫主义诗歌，这类诗歌在意象的运用和诗歌的形式及音乐性方面很有特色。浪漫主义诗人善于运用奇异的意象来营造神秘浪漫的诗境，通过诗歌的音韵格律渲染诗境，烘托主题。诗人的想象力就体现在诗境、意象、韵律三者之间的张力中。由于神话原型意象充满神秘的色彩，所以在浪漫主义诗歌中被广泛地运用，正如黄石所言："神话不单是原（始）人的文学，也是最有趣的文学；其设想的奇妙，表现的美丽，情节之离奇，恐怕后世最佳的浪漫派作品，也赶不上呢！"①下面将以闻一多和朱湘的两篇译文为例，从原型意象与诗歌的韵律两个方面阐述新月派诗人译诗的方法。

　　原诗：

Sonnets from the Portuguese（1）

Elizabeth Barrett Browning

I thought /once how /Theori/tus had/ sung

Of the /sweet years, the dear/ and wished/ for years,

Who each /one in /a gra/cious hand /appears

To bear /a gift /for mor/tals, old /or young;

And, as /I used /it in /his an/tique tongue,

I saw//in gra/dual vi/sion through /my tears,

The sweet, sad years/ the me/lancho/ly years,

---

① 黄石. 神话的价值：中国神话学文论选萃（上）［C］. 马昌仪，编. 北京：中国广播电视出版社，1994：107.

Those of /my own /life, who /by turns /had flung

A sha/dow ac/ross me. /Straightway /I was ware,

So wee/ping, how /a mys/tic Shape /did move

Behind /me, and /drew me /backward /by the hair

And a /voice said /in mas/tery/while /I strove

"Guess now /who holds /thee?" "Death"/I said. /But, there

The sil/ver an/swer rang, "Not Death//but Love."

译诗：

勃朗宁夫人的情诗（一）

闻一多

我想起/昔年/那位/希腊的/诗人/，

唱着/流年的/歌儿/——可爱的/流年/，

渴望/中的/流年，/一个个的/宛然/

都/手执着/颂送给/世人的/礼品/：

我/沉吟着/诗人的/古调，/我不禁/

泪眼/发花了/，于是/我渐渐/看见/

那温柔/凄切的/流年，/酸苦的/流年/，

我自己的/流年/，轮流/掷着/暗影/，

掠过/我的/身边。/马上/我就哭起来/

我明/知道/有一个/神秘的/模样/

在背后/揪住/我的/头发/往后拽/，

正在/挣扎的/当儿，/我听见/好像/

一个/厉声/"谁/掇着你/，猜猜！/"

"死，" /我说。 / "不是死， /是爱，" /他讲/。①

勃朗宁夫人是 19 世纪英国维多利亚时代著名的浪漫主义女诗人。她与丈夫罗伯特·勃朗宁的爱情一直是英国诗坛的一段佳话。勃朗宁夫人一生写过很多诗，其诗集《葡萄牙人十四行诗》不仅是她自己诗歌中的精华，也是世界诗歌中的精品。在该诗中，诗人描写了一对葡萄牙人热烈的爱情，隐喻性地吟唱她和丈夫罗伯特·勃朗宁之间浓情蜜意，充满了浪漫主义色调，被其丈夫誉为自莎士比亚以来最优美的十四行诗。《葡萄牙人十四行诗》共收有 44 首诗，闻一多选译了 21 首，足见译者对这部诗集的倾心。上面这首诗为诗集中的第一首。在此诗中，诗人通过运用 Theoritus 这个原型使诗歌产生张力。Theoritus 是古希腊著名的诗人。他对田园诗歌进行了大胆的创新，在田园诗创作上有突出的贡献。在西方，人们一讲到田园诗就会想到 Theoritus，就会想到田园诗中优美的自然风光和浪漫的牧人情歌。这个意象所引发的潜在美感对中国读者来说是难以体会的。闻一多先生通过泛化处理保留了这个意象，将之意译成"那个希腊诗人"，尽量再现原文的意象，以取得原文对等的翻译效果。在音韵的处理上，闻一多先生运用音组理论，以 1～5 个字为一个音组，代译英诗中的音步，以基本一致韵脚对译原诗的韵脚 abbaabbacdcdcd，比较完美地再现了原诗的音韵美。从原型诗学的角度来审视这首译诗可以发现，闻一多尽量保留原诗中的意象与音韵效果，说明他对诗歌格律的重视，与他追求的诗学观体现出了高度的一致性。

---

① 闻一多. 闻一多全集（1）［Z］. 孙党伯，编. 武汉：湖北人民出版社，1993：293－322.

原诗:

Ode to a Nightingale

By John Keats

MY heart /aches, and /a drow/sy numb/ness pains

My sense, /as though /of hem/lock I /had drunk,

Or emp/tied some /dull o/piate to /the drains

One mi/nute past, /and Le/the – wards /had sunk:

'Tis not /through en/vy of /thy hap/py lot,

But being /too hap/py in /thine hap/piness,

That thou, /light – wi/ngèd Dryad /of the /trees,

In some /melo/dious plot

Of bee/chen green, /and sha/dows num/berless,

Singest /of sum/mer in /full – throa/ted ease.

译诗:

夜莺曲

朱湘

我的心/痛着, /困倦/与/麻木

沉淀入/感官, /如/饮了/鸩酒

不多时/, 又如/将/鸦片/吞服,

我/淹没/进了/里西的/川流:

这/并非/嫉妒/你的/好运气,

这是/十分/欣羡/你的/幸福—

欣羡着/你这/轻翼的/木仙

与/山毛榉/商议

好了，/在/重重/绿荫的/深处

安详的/扬起/歌喉/唱/夏天。①

　　上面这节诗节选自济慈 *Ode to a Nightingale* 的第一个小节。在这个小节，诗人济慈通过运用"Lethe""Dryad"等神话意象使原诗充满了神秘感，营造出了浪漫的诗境。"Lethe"是古希腊神话中的遗忘之河，亡魂饮此河的水可以忘却人世间的事情。"Dryad"在古希腊神话中是一位树林女神，或者树林女精灵，非常胆小害羞。朱湘将"Lethe"英译成"里西"，将"Dryad"意译"木仙"，保留了原诗的神话原型意象，对再现原诗浪漫的诗风起到了十分重要的作用。从诗体形式上来看，原诗共 8 节，每节 10 行，用抑扬格五音步写成，押韵方式为 ababcedced。朱湘在翻译此诗时"以顿代步"，以五顿代五步，用相同的韵脚译出，完美地保留了原诗的诗歌形式，从而取得了与原诗相当的音韵效果。

　　从上面两个翻译实例可以看出，新月诗人在诗歌翻译中所采用的方法符合原型理论的诗学规范，都以保留原诗的原型意象、诗歌音韵形式为主，取得了良好的翻译效果。原型诗学认为原型是文学作品中反复出现的神话意象和文学形式，是文学创作中作家深层的心理结构和集体无意识，容易唤醒读者深层的审美体验，具有重要的价值和意义。20 世纪 20、30 年代，新月派诗人徐志摩、朱湘等人译介了大量的浪漫主义诗歌。在诗歌翻译时，他们注重保留原诗的音韵模式，再现了浪漫主义诗歌中充满想象力的神话意象，与原型诗学所倡导的理念一致，取得了理想的译诗效果。

　　新月诗人情感细腻，想象丰富，有着天生的浪漫气质。他们能与西

---

① 洪振国. 朱湘译诗集［Z］. 长沙：湖南人民出版社，1986：151 - 152.

方浪漫主义诗歌结缘，与其自身固有的浪漫气质有一定的联系。徐志摩曾一度感叹："诗人中最好的榜样：我最爱中国的李白，外国的雪莱。他们的生平经历就是一首极好的长诗。"① 其实，在那个思想仍然保守禁锢的时代，徐志摩大胆地追求爱情，追求自己的理想，他的人生又何尝不是一首浪漫的"极好的长诗"呢？除了天生的浪漫气质，新月诗人偏好西方浪漫主义诗歌，也与当时诗歌变革的时代诉求有关。由胡适倡导的白话文学运动对旧诗体的破坏有余，但对新诗体的创建不足。当新诗处在这样一个尴尬的十字路口时，新月诗人把眼光投向异邦，希望能从他者身上找到建设新诗体的钥匙。雪莱、济慈、勃朗宁夫人等浪漫主义诗人的诗歌格律严谨，诗体整饬，音韵和谐，节奏清新，意象新奇，他们为此折服，因而译介纷纷模仿他们的诗歌。

　　通过译介西诗，新月诗人在新诗诗体建设方面做了大胆的尝试，取得了巨大的成就。在诗歌翻译中，新月诗人主要以保留原诗的意象和形式为主，正如徐志摩所言："翻译难不过译诗，因为诗的难处不单是它的形式，也不单是它的神韵，你得把神韵化进形式，像颜色化于水，又得把形式化进神韵，像玲珑的香水瓶子盛香水。"② 新月诗人"神""形"皆顾的译风与原型诗学所强调的"形式原型"和"意象原型"具有内在的一致性。闻一多、朱湘等其他新月诗人在译诗中也遵循着同样的诗学规范，这也说明了新月派主流诗学观对他们译诗活动的操控。新月诗人对西方浪漫主义诗歌的译介为当时的诗坛送来了屡屡清香，对中国后来的新诗诗体建设产生了深远的影响。

---

① 程国君. 新月诗派研究 [M]. 武汉：长江文艺出版社，2003：44.
② 徐志摩. 一个译诗问题 [A]. // 晨光辑注. 徐志摩译诗集 [Z]. 长沙：湖南人民出版社，1989：213 - 216.

专论：新月派诗人的翻译观及其译诗实践

一、胡适的翻译思想

胡适（1891年—1962年）是新月社的创办人之一，后来又是新月书店的创办人，在《新月》月刊和《诗刊》季刊上都有撰文。他的活动一直贯穿新月派活动的始终，可以称得上是新月派的精神领袖。不仅如此，胡适还是新文学运动的先驱，倡导白话文作文写诗，其白话文学观念产生了广泛的影响。应该说，新月派的同人都受到过胡适白话诗文的影响。徐志摩、闻一多、朱湘等人早年都用文言创作过诗歌，后来才逐渐用白话文作诗。此外，他们早期的白话译诗并不太注意诗歌的格律和诗体形式。诗行有长有短，以散体为主，这与胡适早期的白话诗风是有相似之处的，不能否认他们都受过胡适的影响。到了20世纪20年代中期，新月派诗人闻一多、朱湘等人逐渐意识到了胡适白话诗的不足之处：诗体形式不严谨、格律无规范等。于是，他们在《晨报副刊·诗镌》发文对此予以批评，并提出一些新诗诗体和格律建设的观点。实际上，在此之前，胡适也意识到了初期白话诗格律不足的问题。他还曾就如何处理新诗的格律和音节问题提出了一些看法和主张。因此，不管怎么说，胡适先生的观点对新月派同人的影响很大。这种影响主要来自两个方面：一是他们直接扛起胡适倡导的白话诗的大旗，用白话文创作诗歌；二是对胡适新诗诗体和格律不足进行了评判性反思，提出了新诗建设的一套诗学理论。由于胡适在新月派文学社团的影响力较大，所以在探讨新月派的译诗实践时很有必要对这个领袖人物的翻译思想做一番梳理。梳理胡适的翻译思想有助于我们在研究新月派其他人员的译诗实践后发现他们秉持的翻译观与胡适翻译思想的耦合程度和交互影响关系。

　　作为新文学运动中的主将和新月派的精神领袖，胡适翻译研究一直是学界的一个热点。近年来，又有更多的学者加入研究的阵营，对胡适翻译思想做了更深入的研究、挖掘和整理。其中具有代表性的学者为廖七一先生。廖先生就胡适译诗进行了专项研究，发表了系列论述，见其专著《胡适诗歌翻译研究》。另有学者对胡适翻译思想中所涉及的某些观点进行了研究，发表了很有见解的论文，如曹而云的《翻译实践与现代化白话文运动》、袁锦翔的《胡适与文学翻译理论》、马萧的《胡适的文学翻译与文学创作》、史国强的《也向西风舞一回——论胡适与白话翻译文学》等。这些理论著述从不同的角度对胡适翻译思想做出了颇有深度的剖析。然而，胡适思想在横论上具体包括哪些内容？在纵论上这些内容怎样有机地结合成一体？其翻译思想又是怎样体现在其翻译实践之中的？这些问题应予以进一步研究。下面将对胡适翻译的题材观、用语观、其提出的翻译标准和采用的翻译方法、对翻译与创作关系的解说以及其翻译批评观等五个方面进行描述与梳理，以再现胡适先生翻译思想本来的历史面貌。

（一）翻译题材观："只译名家著作"

翻译的题材往往决定翻译活动的价值及其成败。胡适很早就意识到翻译成果对创建新文学的示范与导向作用。[①] 1916 年，他在给陈独秀的信中就表达了从"输入欧西名著下手，使吾国中人士有所取法，有所观摩"，"然后创造新文学"的观点。[②] 1918 年 4 月，胡适在《建设的文学革命论》中明确提出"只译名家著作，不译第二流以下的著作"[③] 的翻译观，希望通过翻译西洋文学名著建设新文学。胡适提倡"只译名家著作"与晚清时期偏好侦探、冒险、猎奇的译风有着一定的关系，因为这种译风与当时文化革新的潮流格格不入，缺乏新文学运动所需要的思想营养。对此，鲁迅先生曾严厉地批评这些译作缺乏思想性，指出当时"我们的一部分的青年却已经觉得压迫，只有痛楚，他要挣扎，用不着痒痒的抚摩，只在寻切实的指示了。"[④] 1919 年 3 月，胡适在《论译戏剧》中也谈到了译作的思想性问题，希望借助翻译西洋戏剧名著，"输入这些戏剧里的思想"[⑤]。可见，胡适的翻译理念与当时的新文化运动不无关系。而对以往名著翻译的缺乏，胡适深表遗憾，称："近 30 年来，能读英国文学的人更多了，然英国名著至今无人敢译……这也是我

---

① 周靖旸.文学视阈中的胡适译学思想及价值取向 ［J］.温州大学学报，2007（2）：94.
② 胡适.胡适留学日记（下）［M］.合肥：安徽教育出版社，1999：269.
③ 胡适.建设的文学革命论 ［A］.1918.欧阳哲生编.胡适文集：第 2 卷 ［C］.北京：北京大学出版社，1998：57.
④ 鲁迅.鲁迅全集：第 4 卷 ［M］.北京：人民文学出版社，1956：351.
⑤ 胡适.答 T.F.C.（论译戏剧）［J］.新青年，1919（3）.

们英美留学生后辈的一件大耻辱。"① 将"耻辱"与"译英国名著"联系起来，足见他对名著翻译的重视。

胡适的翻译题材观在其翻译成果中得到了体现。他的《短篇小说》第一集收有翻译小说 11 篇，其中包括法国作家都德的小说《最后一课》和《柏林之围》，法国作家莫泊桑的《梅吕哀》《二渔夫》和《杀父母的儿子》，英国作家吉百龄的《百愁门》，俄国作家泰来夏甫的《决斗》，俄国作家契诃夫的《一件美术品》，瑞典作家史特林堡的《爱情与面包》，意大利作家卡德奴勿的《一封未寄的信》以及 1920 再版时加入的俄国作家高尔基的小说《她的情人》。这些译作均为名家名作，具有很强的思想性，证实了他在《短篇小说第一集》序中所说的："这些是我八年来翻译的短篇小说十种，代表七个小说名家。"②

在诗歌翻译方面也不乏名篇译作，早期他译了丁尼生的《六百男儿行》、堪白尔的《军人梦》和《惊涛篇》、郎费罗的《晨风篇》，留美学习期间翻译了拜伦的《哀希腊》、爱默生的《大梵天》，回国后翻译了英国诗人哈代的《月光里》，以及勃郎宁夫人的《清晨的分别》《你总有爱我的一天》（此两篇收入《尝试后集》）等名篇。

（二）翻译的语言形式："我们的工具就是白话"

胡适倡导文学革命，提倡白话文，反对文言文。他运用达尔文、赫胥黎的生物进化论研究中国文学，将其新文学观建立在文学

---

① 胡适 . 论翻译——与曾孟朴先生书［A］. 1928. 欧阳哲生编 . 胡适文集：第 4 卷［C］. 北京：北京大学出版社，1998：613.
② 胡适 .《短篇小说第一集》序［A］. 1919. 欧阳哲生编 . 胡适文集：第 8 卷［M］. 北京：北京大学出版社，1998：424.

进化论的基础上，认为"一时代有一时代之文学"，白话文学乃文言文学之进化，必定会"成为中国文学之正宗，又为将来文学必用之利器……"① 他通过对中国文学史料的考证，以"历史的眼光"论证白话文学是"活文学""真文学"，从而肯定白话文学的价值。他把中国文学分成并行不悖的两条线，指出："在上一级的一条线里的作家，主要是御用诗人、散文家、太学里的祭酒、教授和翰林学士、修编等人。他们的作品则是仿古的文学，半僵半死的古文学。同一个时期还有另一条线和它平行发展……这一堆数不尽的无名艺人、作家、主妇、乡土歌唱家、那无数的男女，在千百年无穷无尽的岁月里，却发展出一种以催眠曲、民谣、民歌、民间故事、讽喻诗、讽喻故事、情诗、情歌、英雄文学、儿女文学等方式出现的活文学。"② 胡适的双线文学观肯定了白话文学的价值，是对中国白话文学研究的巨大贡献。

由于胡适对白话文学的推崇，所以他视白话为文学革命的工具，称："我们要创造新文学，也必须预备下创造新文学的'工具'。我们的工具就是白话。"③ 胡适认为翻译是建构新文学的一种方式，必须使用白话。他强调："全用白话韵文之戏曲，也都译为白话散文。"④ 在对中国佛经翻译研究和梳理时，胡适从中国文学进化史的角度为白话翻译开路，指出："自佛书之输入，译者以文

① 胡适. 文学改良刍议［J］. 1917. 欧阳哲生. 胡适文集：第2卷［C］. 北京：北京大学出版社，1998：7–14.
② 胡适. 胡适口述自传［M］. 唐德刚，译注. 桂林：广西师范大学出版社，2005：252.
③ 胡适. 建设的文学革命论［A］. 1918. 欧阳哲生编. 胡适文集：第2卷［C］. 北京：北京大学出版社，1998：50.
④ 胡适. 建设的文学革命论［A］. 1918. 欧阳哲生编. 胡适文集：第2卷［C］. 北京：北京大学出版社，1998：57.

言不足以达意，故以浅近之文译之，其体已近白话。"① 胡适把白话翻译纳入文学革命，其目的是想借助翻译推动新文学的建设。他用白话翻译了很多优秀的诗歌和小说，如《老洛伯》《关不住了!》《短篇小说第一集》等。这些译作通俗易懂，一版再版，堪称新文学的典范。正如易竹贤先生在评胡译《短篇小说第一集》时所言："这本书的出版，对于那些致力于中国小说现代化的人们，无疑是及时提供了有益的借鉴和榜样。"②

（三）翻译与创作的关系："赶紧多多的翻译西洋的文学名著做我们的模范"

美国文论家庞德曾指出，"文学的伟大时代通常都是翻译的伟大时代"，翻译常常带来"文学的创新"③。新文学时期，胡适发起的文学革命推动了中国文学的现代化进程，而翻译在这个进程中功不可没，成为文学创新的利器。胡适从文学革命的角度审视翻译与创作的关系。他认为翻译是创造新文学的一种方法，应该为创造新文学服务。对于翻译为新文学创作服务的观点，胡适给出了两个理由："第一，中国文学的方法实在不完备，不够作我们的模范……第二，西洋的文学方法，比我们的文学，实在完备得多……"④ 因此，胡适强调："我们如果真要研究文学的方法，不可不赶紧翻译

---

① 胡适．文学改良刍议［A］．1917．欧阳哲生．胡适文集：第 2 卷［C］．北京：北京大学出版社，1998：14.
② 易竹贤．胡适传［M］．武汉：湖北人民出版社，2005：158.
③ Bassnett, S. *Intricate pathways：Observations on translation and literature*［A］．In S. Bassnett（ed.）．*Translating Literature*［C］．Cambridge：D. S. Brewer，1997：8.
④ 胡适．建设的文学革命论［A］．1918．欧阳哲生编．胡适文集：第 2 卷［C］．北京：北京大学出版社，1998：55－56.

西洋的文学名著做我们的模范。"①

　　翻译为新文学服务的观点与胡适渊深的学术背景有一定的联系。在其专著《白话文学史》中，胡适辟专章"佛教的翻译文学"介绍中国佛经翻译史，论述佛经翻译对于中国文学的三大贡献，"诸位大师用朴实平易的白话文体来翻译佛经，但求易晓，不加藻饰，遂造成一种文学新体……是一大贡献"；"中国的浪漫主义文学是印度的文学影响的产儿，这是二大贡献"；"印度的文学往往注重形式上的布局与结构……这种文学体裁上的贡献是三大贡献"。②胡适称中国的译经活动"这样伟大的翻译工作"不仅给"中国文学史开了无穷新意境"，而且"创了不少新文体，添了无数新材料"。③通过对《西游记》《封神榜》等文学著作的考证，胡适对其佛经翻译观加以论证，如对《西游记》中孙悟空形象，他说："我总疑心这个神通广大的猴子不是国货，乃是从印度进口的。也许连无支祁的神话也是受了印度影响而仿造的……因此我依着钢和泰博士的指引，在印度最古的记事诗《拉麻传》里寻得一个哈奴曼，大概可以算是齐天大圣的背影了。"④胡适对佛经翻译文学与中国文学关系的研究丰富了他"翻译为新文学建设"的翻译观。这一观点影响了 20 世纪 20、30 年代大批译家。他们积极地翻译西方名著，参与新文学的建设，留下了大批精彩的译本。正如余光中先生所

---

① 胡适．建设的文学革命论［A］．1918．欧阳哲生编．胡适文集：第 2 卷［C］．北京：北京大学出版社，1998：55.

② 胡适．白话文学史·佛教的翻译文学：下［A］．1928．欧阳哲生编．胡适文集：第 8 卷［C］．北京：北京大学出版社，1998：252－253.

③ 胡适．白话文学史·佛教的翻译文学：上［A］．1928．欧阳哲生编．胡适文集：第 8 卷［C］．北京：北京大学出版社，1998：231.

④ 胡适．《西游记》考证［A］．1923．欧阳哲生编．胡适文集：第 8 卷［C］．北京：北京大学出版社，1998：512.

言："我们几乎可以武断地说，没有翻译，'五四'的新文学不可能发生，至少不会像那样发展下来。"①

"翻译为新文学创作服务"的翻译观体现在胡适的翻译与创作活动中。在诗歌翻译与诗歌创作方面，胡适把翻译西方诗歌等同于创作，将翻译的诗作收到自己诗集里。在《尝试集·再版自序》中，他把自己的一首白话译诗《关不住了》当成自己创造的白话新诗，宣称这首诗是他"新诗"成立的纪元。② 对此，卞之琳先生说："胡适自己借一首译诗的顺利，为白话'新诗'开了路。"并称"通过模仿和翻译尝试，在五四时期促成了白话新诗的产生"③。由此看来，"胡适的译诗不仅是他诗歌创作的有机组成部分，同时也为中国白话新诗的草创提供了可资借鉴的范例和话语支持"④。除了白话译诗和白话新诗创作，胡适极力倡导短篇小说的白话翻译。他翻译的短篇小说在内容上一反"当时社会上流行的鸳鸯蝴蝶派的才子佳人小说"⑤，在语言上一反传统小说"千篇一律的滥调文字"⑥，令人耳目一新，"给中国文坛吹进了一股清风"⑦。在戏剧翻译与创作方面，胡适也做了大胆的尝试。1918年10月，胡适在《文学进化观念与戏剧改良》中，对中国旧戏的团圆神话，不经济的表演方法，虚假的表演形式，进行了猛烈抨击，指出："再看

---

① 余光中. 余光中谈翻译［M］. 北京：中国对外翻译出版公司，2002：36.
② 胡适.《尝试集》再版自序［A］. 1920. 欧阳哲生编. 胡适文集：第9卷［M］. 北京：北京大学出版社，1998：90.
③ 卞之琳. 五四以来翻译对于中国新诗的功过［A］. 1989. 王克非编. 翻译文化史论［C］. 上海：上海外语教育出版社，1997：219.
④ 廖七一. 胡适的白话译诗与中国文艺复兴［J］. 四川外语学院学报，2004（5）：135.
⑤ 易竹贤. 胡适传［M］. 武汉：湖北人民出版社，2005：158.
⑥ 同上.
⑦ 同上.

中国戏台上，跳过桌子便是跳墙；站在桌上便是登山；四个跑龙套便是 1000 人马；转两个弯，便是行了几十里路；翻几个筋斗，做几件手势，便是一场大战。这种粗笨愚蠢，不真不实，自欺欺人的做作，看了真可使人作呕！"① 而对西洋戏剧的悲剧观念、多样的体裁以及结构和描写的方式，大为赞赏："更以戏剧而论，2500 年前的希腊戏曲，一切结构的工夫，描写的工夫，高出元曲何止 10 倍。近代的萧士比亚和莫逆尔更不用说了。"② 由于胡适对中国传统戏剧的缺陷和对西洋戏剧的优势十分清楚，因此，他认为要改良中国的戏剧，必须"采用西洋最近百年来继续发达的新观念，新方法，新形式，如此方可使中国戏剧有改良进步的希望"③。1918 年 6 月，胡适在《新青年》上发表的论文《易卜生主义》是引进外国戏剧的一篇指导性文章，率先吹响了学习西洋戏剧的号角。从此，易卜生戏剧始被陆续译成中文本。《新青年》也加紧了对外国戏剧的翻译和介绍。胡适自己也身体力行，与罗家伦合译了《娜拉》。胡适写的独幕剧《终身大事》是易卜生类的社会问题剧，反映富有时代特色的婚姻自主问题，是仿效易卜生剧最早和最突出的例子。对此，易竹贤先生说："胡适先生'造了一个中国的娜拉'。"④ 1919 年 3 月，胡适在《论译戏剧》中谈到翻译西洋戏剧的宗旨："在文学的方面，我们译剧的宗旨在于输入'范本'。"⑤ 胡适的译

① 胡适. 文学进化观念与戏剧改良［A］. 1918. 欧阳哲生编. 胡适文集：第 2 卷［C］. 北京：北京大学出版社，1998：124.
② 胡适. 建设的文学革命论［A］. 1918. 欧阳哲生编. 胡适文集：第 2 卷［C］. 北京：北京大学出版社，1998：56.
③ 胡适. 文学进化观念与戏剧改良［A］. 1918. 欧阳哲生编. 胡适文集：第 2 卷［C］. 北京：北京大学出版社，1998：122.
④ 易竹贤. 胡适传［M］. 武汉：湖北人民出版社，2005：162 - 164.
⑤ 胡适. 答 T. F. C.（论译戏剧）［J］. 新青年，1919（3）.

剧宗旨明确地表达了戏剧翻译与戏剧创作的关系，即通过译剧输入"思想"和"范本"，从而为创作新剧本服务。

（四）翻译标准："与其译而失真，不如不译"；翻译方法："直译"

胡适受西方科学和民主的思想影响较大，崇尚西方科学求真之精神。在美国留学期间，他师从"实证主义"哲学家杜威，采用其"实验主义的求真态度"对人文知识寻求科学的实证。在《我们对于西洋近代文明的态度》中，胡适谈到"西洋近代文明的精神方面的第一特色是科学。科学的根本精神在于求真理"①。胡适对"求真""实证"科学精神的推崇反映在其翻译思想上就是提倡译文应该遵"真"的翻译标准。1914 年 2 月，胡适在《哀希腊歌·序》中指出了马君武和苏曼殊两家译文的不足："嫌君武失之讹，而曼殊失之晦。讹则失真，晦则不达，均非善译者也。"② 在胡适看来，如果译文"讹"而"失真"，不忠于原文，"晦则不达"，行文不通顺，就不是"善译"——好的译作。可见，胡适视"真"与"达"为翻译标准。他在给陈独秀的信中谈到："与其译而失真，不如不译。"③ 强调译文的"真"对于翻译的重要性。1923 年 4 月，胡适在《译书》中谈到译者的三个责任时指出"译书第一要对原作者负责任，求不失原意"④。"不失原意"即忠实于原文——译文要"真"。在《短篇小说第二集》序言中，胡适进一步阐述了他的翻

---

① 胡适. 我们对于西洋近代文明的态度［A］. 1926 . 欧阳哲生编 . 胡适文集：第 4 卷［C］. 北京：北京大学出版社，1998；6.

② 胡适.《哀希腊歌》序［A］1914. 欧阳哲生编 . 胡适文集：第 9 卷［C］. 北京：北京大学出版社，1998；90.

③ 胡适 . 胡适留学日记：下［M］. 合肥：安徽教育出版社，1999；269.

④ 胡适 . 译书［A］. 1923. 欧阳哲生编 . 胡适文集：第 10 卷［C］. 北京：北京大学出版社，1998；733.

译标准："文学作品的翻译更应该努力做到明白晓畅的基本条件……虽然我努力保存原文的真面目，这篇小说可算是明白晓畅的中国文字。"① 所谓"明白晓畅的基本条件"就是说译文应该通顺、通达，而"保存原文的真面目"就是译文应该"真"，忠于原文。在翻译实践中，胡适在"真"与"达"之间寻找平衡点，力求其译文忠于原文，行文通达。

　　胡适"求真"的翻译标准反映在翻译方法上就是提倡"直译"，即异化式的翻译策略；而"求达"的翻译标准，反映在翻译方法上就是"意译"，即归化式的翻译策略。胡适早期翻译倾向"意译"，但自倡导文学革命以来，他更重视"直译"。1928 年 3月，他在回复曾孟朴的信中写道："近年直译之风稍开，我们多少受一点影响，故不知不觉地走上谨严的路子上来了。"② 从中可以看出他译风的转变。1933 年 6 月，他又在《短篇小说第二集》序言中对此加以说明："这六篇小说的翻译，已稍稍受了时代的影响，比第一集的小说严谨多了，有些地方竟是严格的直译。"③ 将"直译"看成"严谨"的"路子"，显露了胡适"求真"的学者风范。胡适倡导译文的"真"，强调"直译"的方法也与他"翻译为新文学建设服务"的观点是息息相关的，因为他认为直译"这种译法是国语欧化的一个起点"④，而"欧化的白话文就是充分吸收西洋语

① 胡适 . 短篇小说第二集：序言［A］. 1933. 欧阳哲生编 . 胡适文集：第 8 卷［C］. 北京：北京大学出版社，1998：439.

② 胡适 . 论翻译——与曾孟朴先生书［A］. 1928. 欧阳哲生编 . 胡适文集：第 4卷［C］. 北京：北京大学出版社，1998：614.

③ 胡适 .《短篇小说第二集》序言［A］. 1933. 欧阳哲生编 . 胡适文集：第 8 卷［C］. 北京：北京大学出版社，1998：439.

④ 胡适 . 五十年来中国之文学［A］. 1923. 欧阳哲生编 . 胡适文集：第 3 卷［C］.北京：北京大学出版社，1998：257.

言的细密的结构，使我们的文字能够传达复杂的思想，曲折的理论"①。在胡适看来，欧化的白话文是丰富和发展白话新文学的需要。因此，他肯定直译的方法，说："凡具有充分吸收西洋文学法度的技巧的作家，他们的成绩往往特别好，他们的作风往往特别可爱。"②当然，这并不是说胡适先生对译文的"达"完全忽略。实际上，他的译文既"真"又"达"，这一点我们在阅读其白话译诗、小说译作中可得到证明。

（五）翻译批评观："用古文译书，必失原文的好处"

胡适的翻译批评观散见于他对中国佛经翻译的考证与评价，对严复、林纾以及周氏兄弟等译家译作的点评中。总的来说，倡导白话翻译，反对文言翻译，推崇勤奋严谨的翻译态度是他翻译批评观的主要内容。

就佛经翻译批评而言，胡适在其《白话文学史》《中国中古思想小史》等著作中都有过论及。由于他站在文学革新的角度审视佛经翻译活动，所以他对中国佛经翻译的口语化译风以及直译的方法都表示赞许，如他对"译经大师多以'不加文饰，令易晓，不失本义'"③的翻译策略加以肯定，指出："二世纪洛阳译的经虽都是小品文字，而那'不加润饰'的风气却给后世留下一个好的榜样。"④强调"鸠摩罗什的最大贡献在于他的译笔明白晓畅，打破当时的骈

---

① 胡适.《中国新文学大系》第一集导言［A］. 1935. 欧阳哲生编. 胡适文集：第1卷［C］. 北京：北京大学出版社，1998：130.
② 胡适.《中国新文学大系》第一集导言［A］. 1935. 欧阳哲生编. 胡适文集：第1卷［C］. 北京：北京大学出版社，1998：131.
③ 胡适. 白话文学史·佛教的翻译文学：上［A］. 1928. 欧阳哲生编. 胡适文集：第8卷［C］. 北京：北京大学出版社，1998：231.
④ 胡适. 白话文学史·佛教的翻译文学：上［A］. 1928. 欧阳哲生编. 胡适文集：第8卷［C］. 北京：北京大学出版社，1998：232.

丽文体，创造出一种朴素流利的语体，不加藻饰，自有真美"①。

　　胡适从翻译用语的形式着眼，点评了严复、林纾以及周氏兄弟等人的译作。对严复与林纾，胡适褒贬有加。他既赞许"严复是介绍西洋近世思想的第一人，林纾是介绍西洋近世文学的第一人"②，又批评他们"用古文译书，必失原文的好处"③；既肯定"林译的小说往往有他自己的风味……往往更用气力，更见精彩"④，又挖苦他"把莎士比亚的戏曲，译成了记叙体的古文！真是莎士比亚的大罪人"⑤。周氏兄弟用古文译《域外小说集》，在十年之中，只销了 21 册。胡适以此为例，宣告文言翻译的失败，称周氏兄弟的《域外小说集》是"古文翻译的最高作品"⑥，"比林译的小说确是高得多"⑦，但"用古文译小说……所得终不偿所失，究竟免不了最后的失败"⑧。但是，对周作人直译的翻译方法，胡适表示赞赏："欧洲新文学的提倡……在这一方面，周作人的成绩最好。他用的

---

① 胡适. 中国中古小史·佛教在中国的演变 ［A］. 1931. 欧阳哲生编. 胡适文集：第 6 卷 ［C］. 北京：北京大学出版社，1998：652.
② 胡适. 五十年来中国之文学 ［A］. 1923. 欧阳哲生编. 胡适文集：第 3 卷 ［C］. 北京：北京大学出版社，1998：211.
③ 胡适. 建设的文学革命论 ［A］. 1918. 欧阳哲生编. 胡适文集：第 2 卷 ［C］. 北京：北京大学出版社，1998：57.
④ 胡适. 五十年来中国之文学 ［A］. 1923. 欧阳哲生编. 胡适文集：第 3 卷 ［C］. 北京：北京大学出版社，1998：215.
⑤ 胡适. 建设的文学革命论 ［A］. 1918. 欧阳哲生编. 胡适文集：第 2 卷 ［C］. 北京：北京大学出版社，1998：57.
⑥ 胡适. 五十年来中国之文学 ［A］. 1923. 欧阳哲生编. 胡适文集：第 3 卷 ［C］. 北京：北京大学出版社，1998：201.
⑦ 胡适. 五十年来中国之文学 ［A］. 1923. 欧阳哲生编. 胡适文集：第 3 卷 ［C］. 北京：北京大学出版社，1998：216.
⑧ 胡适. 五十年来中国之文学 ［A］. 1923. 欧阳哲生编. 胡适文集：第 3 卷 ［C］. 北京：北京大学出版社，1998：216.

是直译的方法，严格的尽量保全原文的文法和口气。"① 可见，胡适还是比较公正地评价译者的优点和缺陷。

胡适也十分重视译者勤奋严谨的翻译态度。他说："严译的书所以能成功，大部分是靠着这"一名之立，旬月踟蹰"的精神。"② 一语道出了一个优秀译者所必须具备的品质。在《译书》中，胡适谈了他对译书的看法，称："我自己作文，一点钟平均可写八九百字；译书每点钟只能写四百多字。"③ 指出了"译书的难处"④。在分析这难处时，他认为这是因为译者要负三重责任："对原作者负责任""对读者负责任""对自己负责任"，结果承受着"这三重担子好重"⑤ 的心理压力。因此，翻译自然应该勤奋相加，严谨再三。

新文学时期，胡适先生就翻译问题提出了系列观点。翻译选材主张选译名著，翻译用语主张采用白话文，翻译标准力举求真，翻译方法主张直译，翻译批评坚持反对文言翻译等。胡适还主张翻译要为创作服务。他用白话翻译了拜伦的《哀希腊歌》、蒂斯代尔的《关不住了！》、莪默·伽亚谟的《希望》和安妮·林赛的《老洛伯》等诗歌，希望通过翻译西诗来发展新诗创作。胡适先生的这些翻译观点自成体系，与其新文学观和新文化观有着紧密联系，形成了其独特的翻译思想。

---

① 胡适. 五十年来中国之文学［A］. 1923. 欧阳哲生编. 胡适文集：第3卷［C］. 北京：北京大学出版社，1998：257.
② 胡适. 五十年来中国之文学［A］. 1923. 欧阳哲生编. 胡适文集：第10卷［C］. 北京：北京大学出版社，1998：212.
③ 胡适. 译书［A］. 1923. 欧阳哲生编. 胡适文集：第10卷［C］. 北京：北京大学出版社，1998：733.
④ 同上.
⑤ 同上.

胡适的翻译观主要散见于他的书信中，如《论译书寄陈独秀》《答 T. F. C〈论译戏剧〉》《论翻译——与曾孟朴先生书》《论翻译——寄梁实秋评张友松先生〈评徐志摩的曼殊斐尔小说集〉》等，以及其他的相关著作、论文、序跋中，如《白话文学史》《中国文学过去与来路》《五十年来中国之文学》《建设的文学革命论》《文学改良刍议》《历史的文学观念论》《译书》《论翻译之难》《短篇小说第一集》序、《短篇小说第二集》序言、《尝试集》再版自序等。胡适的翻译思想涉及面广，在翻译选材上，提倡翻译名著；在翻译用语上，倡导白话翻译；在翻译与创造的关系上，提倡翻译为创造服务；在翻译方法上，提倡直译；在翻译标准上，求真求达；在翻译批评上，肯定白话翻译，反对文言翻译，提倡勤奋严谨的译风。胡适的这些翻译思想紧跟当时文学革新的时代潮流，为国语文学的现代化做出了不可磨灭的贡献。胡适先生践行了他的翻译思想，用白话译介一批西方名著，激励影响了大批学人。易竹贤评说胡适先生"翻译有功"① 是不无道理的。

二、徐志摩译诗研究

徐志摩（1897 年—1931 年）浙江嘉兴海宁硖石人，现代诗人、散文家，留学英国时改名志摩。他是新月派的核心人物，准确地说应该是新月派的"盟主"。他的活动几乎贯穿整个新月派重要诗歌刊物创办与活动的始终，就连新月派这个名称中的"新月"二字都是他从泰戈尔的诗集《新月》借用而来的。1923 年，他与胡适等

---

① 易竹贤. 胡适传［M］. 武汉：湖北人民出版社，2005：158.

人在北京一手创建新月派的早期社团——新月社。1924 年年底，他与胡适、黄子美等人在北京松树胡同七号又办起了新月社俱乐部。1926 年 4 月，他在《晨报副刊》上开辟新月派的第一个诗歌阵地《诗镌》，并在上面发表了最能体现新月派诗学追求的格律体新诗。1927 年春，他与胡适、梁实秋、闻一多、邵询美、余上沅、张禹九等人在上海筹办了新月派的出版机构——新月书店。1928 年 3 月，他与胡适、梁实秋、闻一多、饶孟侃等人又在上海创办了新月派的第二份代表性刊物《新月》月刊。1931 年 1 月，他与陈梦家、方玮德、方令孺等人在上海又创办了新月派的第三份刊物《诗刊》季刊。后来这两份刊物都因徐志摩的逝世先后停刊。

　　徐志摩不仅是新月派重要刊物的创办者，而且也是新月派诸人之间的重要协调人。他与新月派绝大多数同人有着良好的个人往来，人际关系非常融洽。这可能和徐志摩的性格有很大的关系。胡适曾说徐志摩的人生观是"单纯的信仰"。他的信仰就是"爱""自由"和"美"三种简单的追求。正因为信仰单纯，徐志摩赢得了诸多好友。正如新月同人梁实秋在回忆录中所说的，徐志摩与人谈论的"常是人生哲理或生活艺术，他给梁任公先生做门生，与胡适之先生为腻友，为泰戈尔做通译等"①，这些都是因他的单纯所致。一言以蔽之，徐志摩卓越的诗学才华、组织能力与良好的人际关系及个人魅力成就了他在新月诗派中顶梁柱的地位。新月派这一文学团体因其组织而存在，因其逝世而消亡。

　　徐志摩翻译过各种不同文体的文学作品，包括诗歌、散文、小说、戏剧、演讲词等。因为他是一个诗人，所以诗歌翻译是他翻译

---

　　① 梁实秋. 梁实秋怀人丛录［M］. 北京：中国广播电视出版社，1991.

事业中的重中之重。诗歌译作数量 80 多首，在新月派同人中算较多的。在诗歌翻译质量上褒贬不一，既有优秀作品，也有乏力的作品。他翻译的诗包括哈代、泰戈尔、歌德、惠特曼、济慈、华兹华斯、柯勒律治等诗人的作品。徐志摩早期用传统的文言文翻译过西诗，后来受新文化运动的影响，逐渐转向白话新诗创作，用白话文翻译。有关徐志摩的译诗质量，赞扬者有之，新月派好友胡适、梁实秋等人对其翻译评价很高；但否定者也不少，徐志摩的学生新月派后期诗人卞之琳就对老师的译诗毫不掩饰地予以批评。这种情况，需一分为二来看待。首先，优秀的诗人不一定就是优秀的翻译家；其次，徐志摩翻译的作品较多，质量好的作品有之，劣质作品自然也不少。如果仅就一个方面说事，往往一叶障目，自然难以客观，难以发现徐志摩诗歌翻译活动中被遮蔽的真相。下面，将从译诗的选材、译诗用语、译诗策略、译诗态度等几个方面对徐志摩的译诗展开论述，以期解开徐志摩诗歌翻译活动中被遮蔽的真相。

（一）翻译选材：以翻译浪漫唯美的抒情诗为主

徐志摩翻译过诗歌、散文、小说、戏剧、演讲词等各种文体的文学作品，其中诗歌翻译较多，据学者们根据徐志摩的评传统计，他一生共翻译诗歌 80 多首，正式收入《徐志摩诗全集》和《徐志摩译诗集》两书的译诗共有 66 首，其中 51 首为英文诗，另 15 首为非英语国家诗人的作品。但这 15 首为非英语国家诗人的诗作是徐志摩根据其英语译文转译而来。徐志摩的译诗涉及到英国、美国、希腊、波斯、法国等诗人的作品，具体包括哈代、华兹华斯、布莱克、拜伦、柯勒律治、济慈、莎士比亚、E. B. 勃朗宁、席勒、歌德、欧文·梅瑞狄斯、俄克里托斯、嘉本特、D. G. 罗塞蒂、惠特曼、莪默、泰戈尔、弗莱克、波特莱尔、萨福、阿瑟·塞蒙斯、罗彻斯特、威廉·莫里斯、史温明等20多位诗人的诗作。①

在20余位诗人中，从诗歌流派来说，浪漫主义诗人显然占的比例最多，华兹华斯、布莱克、拜伦、柯勒律治、济慈等诗人都是英国18至19世纪最伟大的浪漫主义诗人。古典主义诗人也不少，如席勒、歌德等诗人。歌德（1749年—1832年）是德国著名思想家、作家、科学家，是古典主义最著名的代表，席勒（1759年—1805年）是德国古典文学中仅次于歌德的第二座丰碑。席勒早年也有过浪漫主义的激情，后来几近消失。他和歌德合作的那段时间被称为德国文学史上的"古典主义"时代。此外，徐志摩还翻译了法国19世纪最著名的现代派诗人，象征派诗歌先驱夏尔·皮埃尔·波德莱尔（1821年—1867年）的诗。

就诗歌的风格而言，抒情诗人、田园诗人占的比例非常高。如俄克里托斯（又译忒奥克里托斯）是西方牧歌（田园诗）的创始人。他早年在亚历山大城的诗人菲莱塔斯和阿斯克莱阿得斯门下学习，后来回到家乡西西里岛从事创作。忒奥克里托斯写过多种类别的诗，其中最负盛名的是牧歌。克里斯蒂娜·罗塞蒂（1830年—1894年）是英国"拉斐尔前派"杰出女诗人，她的抒情诗音韵和谐，富有乐感和节奏，明净清丽华美之中又有几分感伤。萨福（约公元前630年或者公元前612年—约公元前592年或者公元前560年）是古希腊著名的女抒情诗人，一生写过不少情诗、婚歌、颂神诗、铭辞等。据称她是第一位描述个人爱情和失恋的诗人。E. B.勃朗宁（又称勃朗宁夫人1806年—1861年）是英国维多利亚时代最著名的诗人之一。她的十四行诗情真意切，以描写她与丈夫的爱

---

① 杨全红. 诗人译诗，是耶？非耶？——徐志摩诗歌翻译研究及近年来徐氏翻译研究沉寂原因新探 [J]. 重庆交通学院学报，2001（2）：30-35.

情生活而闻名，有力压莎士比亚的十四行诗之势，是英诗中的精品。

就选译单个诗人的作品而言，哈代是徐志摩选译诗作最多的诗人。哈代（1840年—1928年）继承和发扬了维多利亚时代的文学传统，其晚年诗作对英国20世纪的文学产生了较大的影响。他的诗以冷峻、深刻、细腻、优美而闻名，在悲观中体现出现代意识，自成一格。徐志摩特别青睐哈代的诗，他说："哈代绝非一个武断的悲观论者，虽然他有时在表现上不能制止他的愤慨与抑郁……哈代在他最烦闷最黑暗的时刻，他也不放弃为他的思想寻求一条出路的决心，为人类前途寻求一条出路的决心。他的写实，他的所谓悲观，正是他在思想上的忠实与勇敢。"徐志摩专门撰写过几篇介绍哈代的文章，译介哈代的诗歌占到了二十余首。他对这位创作富有悲剧色彩诗歌的诗人是极为敬仰与推崇的。

统而观之，这20余位作家均是西方名家，甚至是全世界闻名的大诗人。徐志摩还曾在《小说月报》15卷第3期上发表的《征译诗启》一文中呼吁各位译者多多翻译西洋名诗，以飨中国读者。在这一点上，他与新月同仁胡适是有相同的翻译旨趣的。从徐志摩的译诗实践来看，他自己确实也做到了这一点。这说明徐志摩在选译诗歌时具有强烈的名著名篇意识。他对西方诗歌非常了解，具有扎实的西方文学根底。但是，徐志摩的学生卞之琳先生谈到徐志摩的译诗选本时竟然说："徐的翻译缺了古今、东西一些重要诗人……"① 这种说法应该是有失公允的。

---

① 郭著章. 翻译名家研究［M］. 湖北教育出版社，1999. 转引自杨全红. 诗人译诗，是耶？非耶？——徐志摩诗歌翻译研究及近年来徐氏翻译研究沉寂原因新探［J］. 重庆交通学院学报，2001（2）：30 – 35.

徐志摩偏爱浪漫主义诗歌、抒情诗、田园诗与哈代的诗歌。这种诗歌爱好是多重因素叠加的结果。首先，徐志摩从事大规模的诗歌翻译与创作时正值青春年华，大约 20 岁出头。处于这个时段的年轻人自然对赞美爱情、抒发情感的浪漫主义诗歌和唯美诗歌情独有钟。

其次，偏爱浪漫唯美的抒情诗和田园诗与徐志摩的个性与文学爱好也有一定联系。徐志摩视自由、爱与美为人生信条，坚持为艺术而艺术的文学理念，喜欢此类诗歌也是自然而然的事情。

再次，大凡理想主义者、浪漫主义者难免会在现实生活中栽些跟头，碰点壁，遭遇些挫折。而一旦遭受挫折，理想主义者往往会放大挫折所带来的创伤，多少会染上悲观主义的色彩。浪漫主义、理想主义往往是悲观主义的孪生姊妹。徐志摩在追求爱情、追求艺术的过程中一定也遭遇过挫折，例如，他曾在追求林徽因时受挫，所以他的诗歌有的浪漫而充满激情，有的却流露出消极悲观的情绪。这种情感上的变化，自然也会影响到徐志摩的诗歌翻译选本，因此除了选译浪漫唯美的情诗，徐志摩也选译了不少哈代的悲观主义色彩的诗歌。

最后，徐志摩偏爱浪漫唯美的抒情诗与古典诗歌与他的留学经历不无联系。1918 年，徐志摩离开北大从上海启程赴美国乌斯特的克拉克大学（Clark University）学习，立志将来做一个中国的"汉密尔顿"。1921 年，在英国作家高尔斯华绥·狄更生帮助下，徐志摩以特别生的资格进了康桥大学（现剑桥大学）皇家学院学习。在剑桥学习期间，徐志摩接受了西方贵族教育的熏陶及欧美浪漫主义和唯美派诗人的影响。他喜欢与英国名士交往，广泛地涉猎了世界上各种名家名作，接触了各种思潮流派，进一步发展了他的理想主义人格。他立志成为一名"不可教训的个人主义者"。经过在剑桥大学两年的学习和熏陶，他崇拜的偶像不再是美国的汉密尔顿，而是英国的浪漫主义诗人雪莱和拜伦。这种人生信仰的转变也是导致他译介浪漫主义、唯美主义与古典主义诗歌较多的原因。

（二）翻译用语：倡导白话翻译

徐志摩转向白话文学的兴趣与胡适引领的新文化运动有较大关系。1917 年 1 月，胡适在《新青年》第 2 卷第 5 号上发表《文学改良刍议》，产生了很大的社会反响。一大批具有革新思想的文学同仁纷纷撰文声援。至 1918 年 1 月《新青年》出版第 4 卷第 1 号时，发表的文稿全部改用白话文，采用新式标点符号，陆续刊登一些白话新诗。当年，徐志摩离开北大从上海启程赴美国留学。在留学期间，陈独秀、胡适等人倡导的新文化运动正步入高潮，徐志摩也受到了较大冲击，开始阅读《新青年》《新潮》等杂志，对白话文学产生了兴趣。1921 年夏秋，徐志摩进了康桥大学（现剑桥大学）皇家学院学习。在剑桥学习期间，他开始创作白话新诗。1922 年 9 月自英国回国后，徐志摩基本上放弃用文言体译诗，此后的译诗几乎全是用白话文完成。

徐志摩早年曾用文言翻译过西诗，但发表的文言译诗不多。据学者统计，徐志摩的文言译诗仅五首。① 这些文言译诗正如他自己后来在改用白话译诗后所指出的那样，文言译诗效果差强人意，尤其是他翻译英国诗人济慈的《致范妮·勃朗》（*To Fanny Brown*），第三节的最后一句经常招人诟病，用以说明他译诗质量不佳的铁

---

① 杨全红. 诗人译诗，是耶？非耶？——徐志摩诗歌翻译研究及近年来徐氏翻译研究沉寂原因新探［J］. 重庆交通学院学报，2001（2）：30 - 35.

证，甚至引以为译坛上的笑柄。实事求是地说，徐志摩的最后一句译文"况复凝凝濯濯款款融融甜美无尽之酥胸"确实不甚高明，不仅因诗句过长、拖拉不符合汉诗的基本规律而导致节奏感不强，违反了他本人一直倡导的诗歌应该具有音乐性的诗学原则，而且意义也晦涩难懂，全无美感可言。但是，我们不能以偏概全，不能因这首文言译诗而否定了徐志摩的译诗成就。下面我们再读一读徐志摩用白话翻译的布莱克《猛虎》第一节的译文，也许对徐志摩译诗质量的看法就会大为改变：

原文：	译文：
Tyger! Tyger! Burning bright	猛虎，猛虎，火焰似的烧红
In the forests of the night,	在深夜的莽丛，
What immortal hand or eye	何等神明的巨眼或是手
Could frame thy fearful Symmetry?	能擘画你的骇人的雄厚？①

对比一下原诗和译诗，我们不难发现译诗在意思上是忠实于原诗的。原诗采用 aabb 的押韵模式，但这个诗节除第四句外，全压 [ai] 的音。徐志摩的译诗采用 aabb 的押韵模式，与原诗一致。整个译文用白话译成，意思明白畅晓，音韵和谐，几乎和原诗取得了一样的效果，译文质量很高。在刚提倡白话文的时代，徐志摩的白话译诗能取得这样的效果已实属不易。

徐志摩曾多次谈到用文言译诗不能再现原诗的格律和美感。在《征译诗启》中，他明确提出了用白话译诗的主张，他说：

我们所期望的是要认真的翻译研究中国之文字解放后表现

① 杨全红. 诗人译诗，是耶？非耶？——徐志摩诗歌翻译研究及近年来徐氏翻译研究沉寂原因新探 [J]. 重庆交通学院学报，2001 (2)：32.

细密的思想与有法度的声调与音节可能，研究这种新发现的达意的工具究竟有什么程度的弹力性与柔韧性与一般的应变性，究竟比我们旧有方式是如何的各别，如其较为优胜，优胜在哪里？……为什么旧诗格所不能表现的意致的声调，现在还在草创时期的新体即使不能令人满意，却至少可以约略的传达，如其这一点是有凭据的，大可以共认的，我们岂不应该依着新开辟的途径，凭着新放露的光明，各自的同时也是共同的努力，上帝知道前面没有更可喜更可惊的更不可信的发现。①

在这段话中，徐志摩对"新达意的工具"——白话文是寄予很大的希望的。他认为用文言写成或译成的"旧诗格"所不能表达的"意致"和"声调"用白话新体至少可以传达，这一点是大家公认的，应该沿着这个方向努力前进。他提倡用白话译诗，这样或许有不可预测的惊喜和新发现。

徐志摩不仅提倡白话译诗，鼓励大家用白话译诗，自己也身体力行，坚持用白话译诗。徐志摩公开发表的译诗，绝大多数都是用白话翻译的。下面，我们再以徐译哈代的《公园里的座椅》为例，赏析一下他的译诗效果。

Its former green is blue and thin,

褪色了、斑驳了，这公园里的座椅，

And its once firm legs sink in and in:

原先站得稳稳的，现在陷落在土里；

Soon it will break down unaware,

早晚就会凭空倒下去的。

---

① 郭著章. 翻译名家研究［M］. 武汉：湖北教育出版社，1999.

Soon it will break down unaware.

早晚就会凭空倒下去的。

At night when reddest flowers are black

在夜里大红的花朵看似黑的。

Those who once sat thereon come back：

曾经在这里坐过的又回来坐它；

Quite a row of them sitting there,

他们坐着，满满的一排全是的，

Quite a row of them sitting there.

他们坐着，满满的一排全是的，

With them the seat does not break down，

他们坐着这座椅可不往下沉，

Nor winter freeze them，nor floods drown，

冬天冻不着他们洪水也冲不了他们，

For they are as light as upper air，

因为他们的身子是空气似的轻，

They are as light as upper air！

因为他们的身子是空气似的轻。[1]

　　哈代的原诗以公园的座椅为主题，虽然没有直接陈述时间改变万物的魔力，却又巧妙地将时间与座椅的衰败和人事的变迁联系起来，似乎在讲述尘封的往事，一切皆因时间的改变而改变，感叹世

---

[1]　徐志摩. 徐志摩全集（第七卷）翻译作品［M］. 天津：天津人民出版社，2005.

事无常。全诗洋溢着一种悲观、神秘的情绪。徐志摩在翻译的时候很好地再现了原诗的主题。在诗歌主题上是忠实于原诗的；在个别诗句、表达的翻译上，我们当然还可以读到译者创造性的发挥。如第一句，原诗是讲公园座椅所漆的绿色在时间的打磨下变淡，最后因植被、苔藓等微生命的影响变成青色。徐志摩将其译成"斑驳了"。"斑驳"一词与原诗的"青色"多少有点差别，但更符合汉语诗歌的时间可以改变一切那种意境感。译诗上呈现出一种归化的倾向。从译诗的语言来看，全诗晓白通畅，白话文能有这个样子，在当时已无可厚非。

从韵律上来看，原诗用抑扬格四音步写成，采用 aabb 的押韵模式。徐志摩在翻译的时候也尽量采用 aabb 的押韵模式，但有些音，如"的"因为押韵效果不佳，属阴韵，在传统汉诗中一般是不用来押韵的。徐志摩在这首译诗中用上了，这是翻译中的不得已之举。从格律形式来说，译诗显然不如原诗节奏清晰，显得凝滞，乐感不强。徐志摩没有从音节或音组或停顿上去考虑与原诗取得相当的效果，这是他译诗忽略的一个方面。这也很好理解，因为当时以音组对译西诗的音步，或以顿代步的译法还处于探索阶段，徐志摩并不是这方面的突出功臣，所以徐志摩的译诗也一直没有得到最广泛的认可。

从整体上来看，徐志摩的这首白话译诗还是比较成功的，语言畅晓易懂，内容忠实而不失可读性，准确地把握了原诗的主题。这也说明徐志摩对哈代的诗是非常喜欢、非常用心的，完美地证明了他 1924 年初在《东方杂志》第 21 卷第 2 号发表的《汤麦士·哈代的诗》一文中，就哈代的诗歌提出的观点："哈代诗歌体现了他本人对于人生的不满足，发现他努力地探讨着人生这猜不透的谜，发现他冷酷的笑声与悲惨的呼声，发现他迷失了'跳舞的同伴'的伤感。"因为有"同伴"般的共鸣，徐志摩对哈代的原诗理解比较透彻，尽管在表达上不是很完美，但仍不失为哈代诗歌的优秀译文。

（三）翻译策略：神形兼顾，率性而为

徐志摩就诗歌翻译策略发表的观点并不多。关于他诗歌翻译策略的观点主要见于他 1925 年 8 月在《现代评论》上发表的文章《一个译诗的问题》一文中。在这篇文章中，徐志摩就译诗策略谈了看法："翻译难不过译诗，因为诗的难处不单是它的形式，也不单是它的神韵，你得把神韵化进形式，像颜色化于水，又得把形式化进神韵，像玲珑的香水瓶子盛香水。有的译诗专诚的拘泥于形式，原文的字数协韵等等，照样写出，但这样一来往往神味浅了；又有专注重神情的，结果往往是另写了一首诗，竟许与原作差太远了，那就不能叫译……"① 这段话主要表达了两个观点：（1）译诗是一件很难的事情；（2）译诗不仅要注意保留原诗的形式，而且要保留原诗的神韵。简而言之，译诗须神形兼顾。在译诗实践中，徐志摩在大多数情况下还是践行了自己的翻译策略。下面以徐译布莱克（William Blake）的 *To See a World in Grain of Sand* 为例加以说明。

> To See a World in Grain of Sand
>
> William Blake
>
> To See a World in Grain of Sand
>
> 一沙一世界，

---

① 海岸编. 中西诗歌翻译百年论集［M］. 上海：上海外语教育出版社，2007：46.

And a heaven in a wild flower,

一花一天堂。

Hold infinity in the palm of your hand

无限掌中置，

And eternity in an hour.

刹那成永恒。—徐志摩译

对比一下原文和译文可以发现，徐志摩的译文在神形两个方面都做得不错，不仅保留了原诗的"佛哲"神韵，而且还巧妙地保留了原诗 abab 的格律形式。译文在格律感、音乐性等诗歌形式上都不逊原诗。

徐志摩对译诗形式和神韵的重视与其诗学理念是分不开的。作为高举新诗格律运动大旗的新月"盟主"，他曾经反复倡导诗歌的格律形式与音乐性，强调"诗的灵魂是音乐的，所以诗最重音节"①，"一首诗的秘密也就是它的内含的音节的匀整与流动"②。由于徐志摩非常重视诗歌的格律形式，所以他在译诗的时候对诗歌的形式也是非常关注的。

尽管徐志摩在理论上对译诗的形式和神韵非常重视，在大部分译诗实践中他也会努力做到忠实原诗的形式和神韵，但是徐志摩在本性上崇尚自由，他思想和情感有时会如脱缰的野马，打破自己曾经拥有的信念，任诗意任意驰骋。如果说这种率性而为的诗性冲动是诗歌创作中必不可少的灵感，那么在诗歌翻译中则可能偏离航向，产生出与原诗迥异的译文，成为持异议人士批评的把柄和瞄准

① 徐志摩. 诗人与诗 [A]. 徐志摩全集（卷8）[C]. 上海：上海书店，1995.
② 徐志摩. 诗刊放假 [A]. 徐志摩全集（卷4）[C]. 上海：上海书店，1995.

的靶心。下面我们再以徐译英国诗人罗切斯特（John Wilmot, Earl of Rochester）《致情侣》（*To His Mistress*）的第一节为例，来看看在译诗时徐志摩是如何率性而为的。

> Why dost thou shade thy lovely face? O why
> Does that eclipsing hand of thine deny
> That sunshine of the Sun's enlivening eye?
>
> 我爱！为什么掩盖着
> 你娥眉蹙首？
> 为什么不让阳光照耀，
> 这方蚀的手？
> 为什么不让你妙眼
> 闪电似流走？①

原诗第一句是说"你为什么要遮掩你可爱的脸庞"。原诗较为含蓄，仅说到了"可爱的脸庞"，徐志摩先生率性而发出感叹"我爱!"似乎有一种强烈的情感冲动无法抑制。接下来，一张可爱的西方少女的脸庞被他活生生地想象成了"娥眉蹙首"——典型的中国古代美女的形象。在率性而为的情感冲动下，徐志摩先生忘记了曾经反复强调的诗歌形式问题，将原诗三行翻倍译成六行。幸亏译文格律形式变化有序，隔行押韵，读起来节奏感强，不然读者还真怀疑他是否将诗歌的音乐性也一并抛弃了，仅留下了赤裸裸的情感宣泄。

徐志摩是一个率性而为的性情中人。他对自己在译诗过程中因

---

① 徐志摩.徐志摩译诗集［M］.晨光，编.长沙：湖南人民出版社，1989：18.

自由不羁的个性而导致的各种问题从来不加避讳和遮掩。他说，"我性成的大意是出名的，尤其在翻译上有时一不经心闹的笑话在朋友中间传诵的事实繁有徒"①。一个译者能坦率到这个份上，我们实在也不必再多苛求，何况他的译作大部分还是可以接受的。

（四）翻译态度：严肃认真，反复琢磨

徐志摩对诗歌有着天然的热爱，这种诗歌情感上的倾向性反映在译诗态度上就是极其认真严肃。一方面，他对译前准备工作比较重视，绝不马虎。这一点可以从他写给泰戈尔的信中得到证实。在泰戈尔访华期间，徐志摩曾做过他的翻译，所以他们两人之间有书信往来。在写给泰戈尔的信中，他曾经要求泰戈尔先将稿子寄来。这样他可以预先翻好了，等泰戈尔讲演时，他就可以将译文连着原文一并油印好了分给听众。他进而解释说，这样他就可以免了粗陋的翻译的麻烦，可以让读者不间断地领会原作优美的声韵曲调特征。在另一封信中，徐志摩也表达了同样的意思，希望泰戈尔先将演讲稿寄过来，这样他可以克服很多困难，事先把演讲词译成中文。徐志摩称，事先翻译好稿子可以避免他在做现场翻译时因准备不足而导致无法传送原文美妙动人的神韵的弊端，而且译前准备至少可以使翻译做到表达清楚流畅的地步。② 其对待译诗是非常认真扎实的。可以看出，徐志摩较为重视译前准备工作，对待翻译工作严肃认真。

另一方面，徐志摩对诗歌译作从严审慎的要求也反映了他秉持严肃认真的翻译态度。在他的译评《葛德的四行诗还是没有翻好》

---

① 郭著章. 翻译名家研究［M］. 武汉：湖北教育出版社，1999.
② 沈益洪. 泰戈尔谈中国［M］. 杭州：浙江文艺出版社，2001.

一文中，他从语言、诗歌形式、意境、神韵等方面对胡适、郭沫若、朱家骅、周开庆和自家译文进行了比较，然后称，译诗不易，不仅要注意字面意义，而且要注意内涵意义，坦承自己的译文质量欠佳，其他三人的译文也不满意，好的译文只能等待后来能者。①由于徐志摩对诗歌翻译要求甚高，所以他显得很谦逊，往往对自己的译作不满意，这都是由于他严谨认真的翻译态度所致。例如，在《波特莱尔〈死尸〉诗序》一文中，他对自己的译作做了一番自我开脱式的嘲讽，"这首《死尸》是波特莱尔的《恶之花》诗集里最恶亦最奇艳的一朵不朽的花，翻译当然只是糟蹋……我这里大胆也仿制了一朵恶的花。冒牌；纸做的，破纸做的；布做的，烂布做的；就像个样儿；没有生命，没有灵魂，所以也没有他那异样的香与毒，你尽闻尽尝不碍事，我看过三两种译文也全不成"②。字里行间透露出自己对译文极不满意，而这正是过于认真的翻译态度和要求所致。

诗人都有追求完美的倾向。一旦将完美视为译诗的标准，翻译要求难免较高，翻译态度就会随之较真起来。但是在译诗实践中，如果没有找到特别可行的方法和策略，或者说没有琢磨出解决的途径，凑合着翻译出来的译文在质量上可能无法达到译者设置的标准，这样自然就会出现对自己的译文不满意的情况。徐志摩抱怨自己译文质量不佳很可能出于这种情况。另一方面，过于较真的翻译态度可能使译者将翻译中的各种因素都考虑进去，希望将原文所有的美都在译文中得到保留，产生一个完美的译文。但这样做风险很大，往往顾此失彼，有时可能反而忽视了原诗中最重要的美的元

① 郭著章. 翻译名家研究 [M]. 武汉：湖北教育出版社，1999.
② 文木. 徐志摩经典 [M]. 海口：南海出版公司，1999.

素。例如，在下面这首译诗中，徐志摩就存在顾此失彼的现象：

Lucy Gray or Solitude

You yet may spy the fawn at play，

The hare upon the green；

But the sweet face of Lucy Gray

Will never more be seen.

葛露水

精灵的雏麑嬉嬉茸茸，

玲珑的野兔逐逐猱猱，

可怜露水儿的香踪

已经断绝了尘缘。①

在上面一篇译文中，徐志摩将华兹华斯的名篇"Lucy Gray"的诗歌标题译为"葛露水"，让读者很是费解。实际上，徐志摩为这个译名花了不少心思，考虑了很多因素。他采用音、意皆译的方式将"Lucy Gray"与"Solitude"结合在一起，"露水"遇阳光而逝，隐喻为时光短暂，在语意上对应标题中"Solitude"，揭示诗中女孩不幸夭逝的命运，在语音上是"Lucy"的音译。"葛"可指"葛衣"，土布、粗布，暗示诗中女孩出身贫苦；"葛"也可指"葛藤"，荒藤野树，象征着孤寂、荒凉。可以说，徐志摩在翻译原诗标题时，考虑了很多因素，是非常严肃认真的。他将原诗标题译为"葛露水"一定反复斟酌过。但从汉语标题本身的效果来看，可能并不理想，因为"葛露水"在普通汉语读者看来最多是一个外国人名，并无太多联想意义，而且将"露水"作名字，给人一种奇兀的

---

① 徐志摩. 徐志摩译诗集［M］. 晨光编. 长沙：湖南人民出版社，1989：18.

感觉，更要命的是在前面还加了一个"葛"让人更难理喻。因此，尽管徐志摩翻译时费解心思，读者并不买账，将"Lucy Gray"译为"葛露水"远不如译为"露西·格雷"或者"孤独"来得简单，更让人容易接受。

此外，译文中，徐志摩还用了一些重叠词"嬉嬉茸茸""逐逐猭猭"来加强译文的音韵效果，但这些词语意较为模糊，让人费解，词法搭配也多少有些问题，成了因音害义的典型。这些都是徐志摩在译诗的时候所表现出的顾此失彼的情况。卞之琳先生曾说过，"徐志摩的译诗里失败借鉴有余，成功榜样不多"①。这是不无道理的。造成这种情况应该与徐志摩过于较真的翻译态度有一定联系。

徐志摩翻译了 80 多首诗。这些诗绝大多数都是用白话译出，以浪漫唯美的诗歌为主，当时也不乏古典诗歌、田园诗歌、抒情名篇。在译诗理念上，徐志摩主张既要保留原诗的形式，也要保留原诗的神韵，译诗须神形兼顾。在译诗实践中，徐志摩努力践行他的译诗理念。但是，徐志摩是一个追求"爱""美"与"自由"的诗人，有时他会冲出译诗理论的藩篱，依据心中"爱""美"与"自由"的指引率性而译，译出一些和原文气质不同，但与自己理念契合的译文。由于逞一时思想与情感之冲动，徐志摩的译文有些不太忠实，有时过于忠实，导致读者对徐译诗歌评论不一。有人说好，也有人说坏。例如，陆耀东高度评价徐志摩的哈代诗歌译文。他在《徐志摩评传》中说徐志摩"对英国的文化，了解很深，他译的哈代的一些诗，能将其神韵乃至细微之处也能较好地表现"②。徐志

---

①　郭著章．翻译名家研究［M］．武汉：湖北教育出版社，1999．

②　陆敬东．徐志摩评传［M］．重庆：重庆出版社，2000．

摩的腻友胡适先生则对徐译《曼殊斐尔小说集》如此评价："他的译笔很生动，很漂亮，有许多困难的地方很能委屈保存原书的风味，可算是难得的译本。"① 也许在诸多认可徐志摩翻译的人中，梁实秋先生是称赞徐志摩最多的一个，他曾说过，"志摩在几年之内发表了那么多的著作，有诗，有小说，有散文，有戏剧，有翻译，没有一种形式他没有尝试过，没有一回尝试他没有出众的表现。"② 赞赏之情溢于言表。如果说徐志摩的好友称颂他是因为有情感因素的掺杂，那么吴咏先生在《天坛史话》中一段关于徐氏英语演讲翻译的话足可以说明徐志摩先生的翻译能力还是很强的："徐氏在翻译泰戈尔的英语演讲，用了中国语汇中最美的修辞，以碳石官话出止，便是一首首的小诗，飞瀑流泉，淙淙可听。"③

但是由于徐志摩先生是一个要求完美的人，翻译态度过于认真，导致在翻译的时候考虑的因素较多，费解心机翻译出来的东西可能遭人误解，或者因为诗人诗兴激发，率性而译，忘记了翻译与创作的边界，翻译的译文或不太忠实，或介于原作者与自己之间，似译非译，似作非作，从而招致了朋友甚至后辈的批评。例如，胡适先生曾批评徐志摩在翻译葛德诗歌时用方言叶韵，"志摩，你趁早做诗别叶韵吧，你一来没有研究过音韵，二来又要用你们的蛮音瞎叶，你看这四行诗你算是一三二四叶的不是，可是'饭'哪里叶得了'待'，'坐'哪里跟得'父'，全错了，一古脑子有四个

---

① 杨全红. 诗人译诗，是耶？ 非耶？ ——徐志摩诗歌翻译研究及近年来徐氏翻译研究沉寂原因新探 [J]. 重庆交通学院学报，2001（2）：32.
② 梁实秋. 梁实秋怀人丛录 [M]. 北京：中国广播电视出版社，1991.
③ 梁实秋. 梁实秋怀人丛录 [M]. 北京：中国广播电视出版社，1991.

韵。"① 徐志摩的学生卞之琳先生也批评老师的译译诗里"失败借鉴有余，成功榜样不多"。郭著章先生在《翻译名家研究》一书中对徐志摩先生的诗歌译作做出了较为严厉的批评：

> 徐氏的诗歌创作虽成形于诗歌翻译，而所译与所写之间却存在着风格上的天壤之别；他接受过良好的英文教育，却常常在理解原文方面栽跟头；他是一位词句优美的抒情诗人，但译笔里硬是出现了许多诸如"我不能走凡是我的活者的 永永远远和你一起在着"之类的令人卒读的诗行；他不赞成文言译诗，可白话译文中又夹杂着"美而且都"等一些古奥陈腐的字词；他是"形式美"和"音乐美"的热情拥护者与实践者，而在其大部分译诗中，则根本看不到些微"音美"或"形美"的影子……总之，纵观徐氏译诗全貌，可以说他创作中的一切优点在此大都不翼而飞了。②

从译诗的语言到译诗的形式和音韵，郭著章先生几乎全盘否定了徐志摩的译诗成就。实事求是地讲，纵观徐志摩先生的 80 多首译诗，有些确实存在这些问题，但也不乏译诗佳作。由于徐志摩先生译诗的时代刚好处在文言向白话转换的过渡年代，新的规范的白话文在文学领域尚未完全确立，所以语言表达上存在文白夹杂或方言与文言夹杂的现象是不可避免的，语言表达不够地道也是可以理解的。这一点读一读同时代其他作家的作品就不难得到确认，如鲁迅先生的译作在语言表达上也或多或少存在这些问题。我们要历史

---

① 海岸编. 中西诗歌翻译百年论集［M］. 上海：上海外语教育出版社，2007：47.
② 郭著章. 翻译名家研究［M］. 武汉：湖北教育出版社，1999.

地看待徐志摩译诗中语言不规范、不完美的现象。另一方面，徐志摩先生译诗的时代也正好是旧诗诗体刚被打破，而新诗诗体尚未建立，处于一个诗歌格律探索的阶段。诗人们对于如何实现新诗"音美"或"形美"没有理论上的指导，或者说缺乏统一认可的理论指导和新诗诗学规范，译诗理论也同样正处于探索期，所以翻译出来的诗歌主要凭借兴致，导致译诗质量良莠不齐，有的受灵感差遣，质量较好，有些发挥不佳，质量较差。因此，如果历史地看，徐志摩的译诗并不如我们想象的好，但肯定也不会比我们设想的差。

三、朱湘译诗研究

朱湘于 1904 年出生于湖南沅陵，故名湘，字子沅，清华四子之一，被誉为"诗人的诗人""中国的济慈"，与郭沫若、闻一多、徐志摩并称为 20 世纪 20 年代新诗尝试后期的"四大诗人"。1919 年，朱湘入清华大学学习，自此开始了他的诗歌创作与翻译活动。他的译诗活动和他的诗歌创作生涯几乎同时开始。他从事诗歌创作时，便着手翻译丁尼生、布朗宁、雪莱和莎士比亚等著名英国诗人的诗作。诗人正式从事诗歌翻译和创作的时间不长，自 1922 年开始在《小说月报》上发表新诗和翻译作品算起，到 1933 年 12 月在长江采石矶献祭诗坛，只有十来年，但是他却在这短暂的时间里创作并翻译了许多优美的诗歌，著译甚丰，留有诗集《夏天》（1925）、《草莽集》（1927）、《石门集》（1934）均为文学研究会丛书。散文、书信集有《中书集》（1934）、《海外寄霓君》（1934）、《朱湘书信集》（1935）。翻译作品有《路曼尼亚民歌一斑》（译诗集，1924）、《英国近代短篇小说集》（已散失）、《番石榴集》（译诗集，1936）。

朱湘的诗歌研究起始较早。早在20世纪三四十年代，沈从文、苏雪林等学者就对朱湘的诗歌做了探讨。1931年，沈从文在《文艺月刊》第一期上发表论文《论朱湘的诗》，分析了朱湘诗歌的特征，并肯定了朱湘对中国新诗发展所做的贡献。1932年，苏雪林在《青年界》5卷2号上发文《论朱湘的诗》，称这部诗集"技巧之熟练，表现之细腻，丰神之秀丽，气韵之娴雅"，"比久负盛名的郭沫若的《女神》亦无多让"。对朱湘留美后的诗集《石门集》，柳无忌曾撰文《朱湘：诗人的诗人》，称朱湘为"新诗形式运动的健将"，因为朱湘在该诗集中大量地引进回环调、巴俚曲、十四行英体和意大利体等西方诗体，西化倾向非常明显。改革开放以来，学术界对朱湘诗歌的关注热情愈发高涨，不仅发表了较多朱湘研究的论文，而且这一时期也有朱湘研究的专著出版，如钱光培的《现代诗人朱湘研究》（1987）、丁瑞根《悲情诗人：朱湘》（1992）等。这些论文和专著从不同的角度对朱湘的诗歌、诗论及人生做了剖析。

与朱湘的诗歌研究相比，其译诗研究相对薄弱。1936年，朱湘的译诗集《番石榴集》出版。常风先生立刻在天津《大公报·文艺副刊》上发文《〈番石榴集〉书评》评论朱湘的译诗。他说："从曼殊大师翻译外国诗开始迄今日，没有一本译诗赶得上这部集子选择的有系统，广博，翻译的忠实。"这篇评论开启了朱湘译诗研究的源头。但是自此以后，诗人的译作受到了冷落。20世纪70年代以来，香港等地又开始不断再版他的著述及开展研究工作。到了20世纪80年代，大陆对朱湘的研究也一度热了起来，人们又记起了这位新月派的"大将兼先行"，先后有洪振国和张旭博士发表了关于朱湘译诗研究的论文。例如，洪振国先生在其论文《试论朱湘译诗的观点与特色》（1985）中分析了朱湘译诗的观点，即译诗是创作，译诗是为了把外国的"真诗"介绍过来，译诗歌在一国的诗学复兴上占有重要地位等。张旭博士在其论文《"桃梨之争"的美学蕴涵——朱湘译诗中文化意象传递的现代诠释》（2007）中，从文化意象传递的角度分析了朱湘译诗所遵守的翻译规范。1986年，湖南人民出版社出版了由洪振国先生整理加注的《朱湘译诗集》。该集子以《番石榴集》为基础，增补了《路曼尼亚民歌一斑》14 首译诗，另外还将朱湘零散的 5 首译诗选编入集，已搜集了朱湘绝大部分译诗。《朱湘译诗集》的出版既是对作古诗人的告慰，也为研究朱湘译诗的学者提供了难得的资料。随后，钱光培为朱湘写了专著《现代诗人朱湘研究》。在此书中，钱光培先生独辟一章《朱湘的译诗及其它》以总结朱湘译诗的观点及其译诗成就。2008年，中南大学教授张旭博士出版了他的博士论文《视界的融合：朱湘译诗新探》。全书分五章，主要探讨了朱湘的译诗成就，朱湘译诗译入语的特点，以及朱湘译诗的"建筑美"等，吹响了朱湘诗歌研究的号角。

总的说来，自 20 世纪 30 年代以来，学者们对朱湘的诗艺和诗作关注的热情一直不减。有关朱湘诗艺和诗作的研究不乏力作。相比而言，朱湘译诗研究显得乏力。只有张旭博士对朱湘的译诗做了较为系统的论述，这与朱湘译诗的成就极不相称。因此，朱湘译诗研究以下几个方面仍有待进一步关注。首先，朱湘的译诗选本与其诗学观两者之间关系的研究值得深入；其次，朱湘译诗特点和方法方面的研究值得加强；再次，朱湘诗歌创作与诗歌翻译两者之间的互动关系目前研究较欠缺，也是一个有待研究的问题。接下来将从这几个方面对朱湘的译诗进行研究，并对以上几个问题做出回答。

（一）朱湘译诗选本的诗学倾向

安德烈·勒菲弗尔（Andre Lefevere）在分析古希腊喜剧《吕西斯忒拉忒》（Lysistrata）的不同英译本时提出翻译操控的观点①，认为意识形态和诗学两个因素操控着译者的翻译策略。② 这种理论视角避开翻译研究中语言对等的微观分析，从文化语境等宏观视角探讨翻译活动的运行轨迹。这种研究视角对于分析译者的翻译活动有一定的价值和意义，有利于从总体上把握其翻译特点。在这里将运用这一理论探讨朱湘译诗的选本特点。朱湘是我国 20 世纪 20 年代著名的诗人兼译家，终其一生共译诗歌 120 多首。作为新月派的"大将兼先行"③，朱湘与闻一多、徐志摩等其他新月诗人有着相同的诗学诉求。他主张新诗创作应该讲究格律与韵脚，注重音韵的锤炼，应该"在脚镣手铐中追求有格律的新诗"④。他的这种诗学观不仅体现了他自己的诗学追求，而且代表着当时新月派同人对新诗格律和诗体建设的诗学方向，影响着他自己的诗歌翻译策略和选材。在这一部分将尝试从这一角度探讨朱湘诗歌翻译选材的特征。

① 勒菲弗尔. 翻译策略：生命线，鼻子，腿，把手：以阿里斯托芬的《吕西斯忒拉忒》例［A］. 2004. 马会娟，苗菊，编. 当代西方翻译理论选读［C］. 北京：外语教学与研究出版社，2009：169.
② 勒菲弗尔. 翻译策略：生命线，鼻子，腿，把手：以阿里斯托芬的《吕西斯忒拉忒》例［A］. 2004. 马会娟，苗菊，编. 当代西方翻译理论选读［C］. 北京：外语教学与研究出版社，2009：173.
③ 徐志摩. 诗刊放假［A］. 1926. 李书敏，严平，蔡旭等编. 徐志摩散文小说选［C］. 重庆：重庆出版社，1999：541.
④ 罗皑岚. 二罗一柳忆朱湘［M］. 北京：生活·读书·新知三联书店，1985：56.

1. 朱湘的诗学观

朱湘的诗学观是一种非功利的唯美浪漫的诗学观。他主张"为艺术而艺术"，追求纯诗。在寄徐霞村的信中，他区分了两种不同的文学道路，"唯美的文学道路"与"唯用的文学道路"①，他更倾向于"唯美的文学道路"。在早期的游记散文《北海纪游》中，他对此做了论述，提出诗人应该不因世俗的利益而降低自己的诗品。他说："我们如想迎合现代人的心理，就不必作诗；想作诗，就不必顾及现代人的嗜好。"② 他的这种诗学观是超俗而唯美的。因为这种诗学追求，朱湘创作了经典的诗歌，翻译了大批佳作。朱湘的诗学观具体体现在对诗歌音乐性的追求、对中西格律诗歌的倚好、对浪漫主义诗歌的倡导和对古典民歌的认同等诸方面上。

朱湘对唯美诗学的追求。朱湘的诗学观是唯美的诗学观，1924年10月，朱湘在《时事新报》上著文《吹求的与法官式的文艺批评》。在这篇论文中，他阐述了诗歌唯美的观点，主张"读诗，读文学，是来赏活跳的美"，除此之外，可以"不再问别的事"③。他进而解释"最简单而美好的"东西"是'诗的'两字的注释"④。溯其源，这种观点主要受英国 19 世纪著名浪漫主义诗人济慈的影响。朱湘推崇济慈的诗歌，在文学评论中，他曾多次援引济慈做例证。济慈倡导诗歌的真和美，认为诗歌应该有审美上的享受，如他在名篇《希腊古瓮颂》 （*Ode on a Grecian Urn*）中写下的名句

---

① 乐齐. 精读朱湘［M］. 北京：中国国际广播出版社，1998：422.

② 朱湘. 北海纪游［A］. 孙玉石编. 朱湘散文选集［C］. 天津：百花文艺出版社，2004：10.

③ 朱湘. 吹求的与法官式的文艺批评［A］. 1924. 蒲花塘 晓非编. 朱湘散文（下集）［C］. 北京：中国广播电视出版社，1994：314.

④ 朱湘. 吹求的与法官式的文艺批评［A］. 1924. 蒲花塘 晓非编. 朱湘散文（下集）［C］. 北京：中国广播电视出版社，1994：316.

"Beauty is truth，truth beauty"（美即真，真即美），就蕴含着唯美主义的萌芽。因此，济慈的美学观也被学界看成是英国唯美主义的主要源头之一。朱湘受了济慈的影响，提出"诗的真理即是美"① 的观点。可见，济慈的唯美诗学观是朱湘诗学观的源头。此外，朱湘唯美的诗学倾向在其戏剧评论《谈〈沙乐美〉》中也有所体现。他赞美唯美主义者王尔德的《沙乐美》"是一件完美的艺术品，奇特的艺术品"②，"可看作是一幅给希腊最美的女子赫命（海伦）绣的五色陆离的帷幔"③。这番赞誉显露了他唯美的诗学立场。

追求艺术形式的独立与完美是唯美主义的一大主要特征。朱湘在诗歌创作中践行着这些诗学主张。他所创作的名篇《采莲曲》《摇篮曲》《情歌》等都是现代格律新诗的典范。在诗歌创作中，他讲求诗歌形式的完美与音乐美，提出诗歌在形式上应该"顾到行的独立"与"行的匀配"，并解释"行的独立便是说每首'诗'的各行每个都能站得住，并且每行从头一个字到末一个字是一气流走，令人读起来不至于生疲弱的感觉，破碎的感觉；行的匀配便是说每首'诗'的各行的长短必得要按一种比例，按一种规则安排，不能无理的忽长忽短，教人读起来时得到紊乱的感觉，不调和的感觉"④。这些观点反映了朱湘对诗歌形式美的追求。除了讲求诗歌的形式美，朱湘也追求诗歌的音乐美。在评徐志摩与闻一多的诗歌

① 朱湘. 吹求的与法官式的文艺批评［A］. 1924. 蒲花塘 晓非编. 朱湘散文（下集）［C］. 北京：中国广播电视出版社，1994：315.
② 朱湘. 谈《沙乐美》［A］. 孙玉石编. 朱湘散文选集［C］. 天津：百花文艺出版社，2004：185.
③ 朱湘. 谈《沙乐美》［A］. 孙玉石编. 朱湘散文选集［C］. 天津：百花文艺出版社，2004：189.
④ 朱湘. 评徐君志摩的诗［A］. 王彬编. 中书集［C］. 北京：中国文联出版公司，1998：158.

时，朱湘多次批评他们押韵不够严谨，并具体分析这些音韵瑕疵给诗歌美感带来的负面影响。在《评徐君志摩的诗》一文中，他批评徐志摩的土音入韵"教人家看起来很不畅快"，如"吸凉粉正吸得滑溜有趣"时候，突然"一个隔逆"，"把趣味隔去了九霄云外。"① 在《评闻君一多的诗》一文中，他同样批评了闻一多用韵不讲究②，并告诫之"诗而无音乐"，简直与"花无香气，美人无眼珠相等"③。因此，在诗歌创作与诗歌评论中，朱湘注重诗歌形式与音韵上的美感，体现了他唯美的诗学倾向。

朱湘对浪漫诗学的追求。朱湘的诗学观也是浪漫主义的诗学观，他在文学评论中曾多次以浪漫主义诗人为例论述他的诗学观，如英国的柯勒立基（Coleridge）、济慈（Keats）、雪莱（Shelly）、拜伦（Byron）等浪漫主义诗人是他引用较多的诗人。在其评论《郭君沫若的诗》一文中，他以柯勒立基为例说明浪漫主义的含义在于寻找"新"的题材；并解释取得"新"的题材的途径——在"古代文明"里找不出新题材时，要转向"现代文明"里寻找；在"经验世界"中受狭隘时，便"展开玄想之翼"飞向"超验世界"。④ 这番解释说明了朱湘对浪漫主义诗歌的看法。

朱湘的浪漫主义倾向主要表现在他对浪漫主义诗人赞赏的态度上。他曾多次流露出对济慈、华兹华斯、柯勒立基等英国浪漫主义

---

① 朱湘．谈《沙乐美》［A］．孙玉石编．朱湘散文选集［C］．天津：百花文艺出版社，2004：162.
② 朱湘．评闻君一多的诗［A］．王彬编．中书集［C］．北京：中国文联出版公司，1998：165.
③ 朱湘．评闻君一多的诗［A］．王彬编．中书集［C］．北京：中国文联出版公司，1998：177.
④ 朱湘．郭君沫若的诗［A］．王彬编．中书集［C］．北京：中国文联出版公司，1998：186 - 187.

诗人的倾羡之情。比如，他称赞柯勒立基是"英国的第一流的诗人"①，"最浪漫"的诗人。② 除了外国的浪漫主义诗人，朱湘对本国的浪漫主义诗人也赞赏有加，如屈原、李白等诗人他推崇备至。在《诗的产生》一文中，他以《采莲曲》的创作为例说明屈原诗歌对他的影响。③ 在第21首意体十四行诗中，他表达了对屈原的仰慕之情："你留下了'伟大'的源泉，我庆贺；//我更庆贺你能有所为而死亡，//……在你诞生的地方，呱呱我堕地"④。朱湘不仅推崇浪漫主义诗人，而且他也十分重视浪漫主义文学的教化功能。⑤ 他认为浪漫主义文学可以"培养出想象丰富、魄力坚强的国民"⑥。因为这种浪漫主义诗学倾向，朱湘创作了很多浪漫主义诗歌。我们在他的诗集《夏天》《草莽集》《石门集》中可以读到很多想象丰富、意境优美的浪漫主义诗歌。

朱湘浪漫主义的诗学观也体现在他对古代民歌的倡导上。在《古代的民歌》一文中，他论述了英国古代民歌对浪漫主义诗歌的影响。朱湘认为，当浪漫主义承古典时代之敝，徘徊于绝路的时候，是白西主教（Bishop Percy）搜集的古代诗歌遗珍集（Reliques of Ancient Poetry）使英国浪漫主义的想象"白热起来"，使之"另外走出一条美丽的路"来。⑦ 在此文中，他总结了古代民歌的五种

---

① 朱湘.中书集［M］.王彬编.北京：中国文联出版公司，1998：110.
② 朱湘.中书集［M］.王彬编.北京：中国文联出版公司，1998：18.
③ 朱湘.诗的产生［A］.孙玉石编.朱湘散文选集［C］.天津：百花文艺出版社，2004：206.
④ 朱湘.朱湘诗集［M］.周良沛编.成都：四川文艺出版社，1987：260.
⑤ 朱湘.文学与年龄［A］.孙玉石编.朱湘散文选集［C］.天津：百花文艺出版社，2004：198.
⑥ 朱湘.文学与年龄［A］.孙玉石编.朱湘散文选集［C］.天津：百花文艺出版社，2004：199.
⑦ 朱湘.中书集［M］.王彬编.北京：中国文联出版公司，1998：102.

特点：题材不限，抒写真实，比喻自由，句法错落，字眼游戏。①
这些技法——自由地运用奇特的比喻，自然地抒发真情实感，不拘
一格地选择句法和题材，也是浪漫主义诗歌创作的主要手法。因
此，朱湘对古代民歌的倡导蕴含他对浪漫主义诗学的追求。

总的来说，朱湘的诗学观是唯美浪漫的非功利诗学观。唯美主
义与浪漫主义的结合是朱湘诗学观的一大主要特点。他既追求诗歌
艺术的独立性与美的超现实性，强调诗歌审美感觉上的享受，也注
重诗歌中情感的自然抒发，想象的大胆瑰丽、超现实手法的运用与
理想化人物与世界的塑造。这些诗学诉求是朱湘诗学观的主要特
点。在文学创作中，他避开文学作品的思想性和功利性，反对古典
主义的冷漠与理智，强调文学作品形式的完美，反映了他唯美浪漫
的诗学追求。

2. 译诗选材上的唯美主义倾向

朱湘译诗选材上的第一个特点便是译诗的唯美主义倾向。自 18
岁开始在文学刊物上发表译诗以来，他共译诗歌 120 多首，生前出
版译诗集一部《路曼尼亚民歌一斑》，1936 年出版译诗集《番石榴
集》，收集了 90 多首译诗。1986 年 5 月，由洪振国先生编辑整理
《朱湘译诗集》出版。该集收有朱湘生前的绝大多数译诗，选本广
博而精致，分别译自 16 个不同国家诗人的诗作。其中，印度诗 4
首，波斯诗 10 首，阿拉伯诗 4 首，斯堪的纳维亚、俄国、荷兰、
西班牙、哥伦比亚各 1 首，德国诗 4 首，英国诗 41 首，法国诗 7
首，罗马诗 6 首，意大利诗 2 首，希腊诗 17 首，埃及诗 2 首，罗马

---

① 朱湘. 中书集 [M]. 王彬编. 北京：中国文联出版公司, 1998：103.

尼亚诗歌 14 首，共计 116 首。① 在 110 多首诗中，具有唯美倾向的诗歌多达 20 多首，占译诗集全部译诗的五分之一以上。

朱湘选译的唯美诗歌艺术性强，都是从古至今诵读不衰、经得起时间考验的佳作，如他选译印度迦梨陀娑（Kalidasa）、伐致呵利（Bhartrihari），波斯莪默·伽亚谟（Omar Khayyam）、萨迪（Sa'di）、哈菲兹（Mohammad Hagez），维吉尔（Vergilius）、卡图鲁斯（Catullus）、马希尔，但丁，萨福（Sappho）、阿那克里翁（Anakreoon）等诗人的诗歌。这些诗人的诗歌或描写景物，或抒发感情，或情景交融，都能以优美的笔调揭露出生命的律动以及人生的普世价值，在语言、韵味、诗趣以及创作技法等各方面成熟而优美，经久不衰。例如，他所选译的迦梨陀娑是梵文文学中公认的最伟大的诗人②，他的诗不仅音韵工整，语言优美，而且内容艳丽，很能刺激人的感官，具有唯美诗歌的特点。现节引朱译迦梨陀娑的诗歌《秋》如下③：

> 秋天来了，是一个女郎，
>
> 修长内兼有苗条，
>
> 嘉禾颤动在她的鬓上，
>
> 面庞是菡萏轻描，
>
> 衣衫织就了草花热闹；
>
> 翩然的行过秋乡，

---

① 据学者考证，朱湘共译诗歌 120 多首（张旭，2008：60）。1986 年 5 月，湖南人民出版社出版洪振国先生整理加注的《朱湘译诗集》。该集共收朱译诗歌 106 首，收有朱湘生前的绝大多数译诗。本文援引的译诗以及数据的采集主要参照该译诗集中的译诗。

② 朱湘. 朱湘译诗集 [M]. 洪振国编. 长沙：湖南人民出版社，1986：4.

③ 朱湘. 朱湘译诗集 [M]. 洪振国编. 长沙：湖南人民出版社，1986：4 – 5.

迎了她鸟雀齐声喧叫，

有如那环珮铿锵。

……

在稻田里有穗茎修长

对了风一身颤抖；

垂垂的花树舞蹈颠狂，

拦了腰被风紧搂；

花儿与花儿接吻，点头，

在风吹皱的莲塘——

是风把一点恋情挑逗

秋天的年少儿郎。

限于篇幅，这里只节选了两节诗节。这两节诗节选自《秋》的第一节和第三节。原诗共 3 节，每节 8 行，交叉押韵，音韵优美，语言华丽。在这首诗中，迦梨陀娑把"秋天"比喻成一位婀娜多姿的女郎。她身着美丽的衣裳，顾盼生情，款款地行走在乡间，伴随着秋天的微风，挑逗着人们的情思，很富有美感。整首诗充分显示了诗人迦梨陀娑丰富的想象力和唯美的情调。不仅迦梨陀娑的诗歌艺术精美，上述其他诗人的诗歌也同样精湛，如被誉为波斯文学柱石之一的哈菲兹创作了波斯最优美抒情诗。[1] 朱湘选译了他两首诗歌。现节引第一首译诗《曲》如下：

蔷薇算不得蔷薇，除非看见；

没有美酒来赏，便不算春天。

---

① 朱湘. 朱湘译诗集 [M]. 洪振国编. 长沙：湖南人民出版社，1986：21.

没有你那张郁金香的面庞，

花园里，草坪上便失去芬芳。

你那蔷薇的肢体，除非搂抱，

就我看来便失去一半娇好；

你那朱唇，除非我口对了口

来吮吸，并没有甜蜜在上头。①

以上四节诗节选自《曲》的前四节。原诗共 8 节，每节 2 行，按波斯"玛斯纳维"韵体写成，双行押韵，音韵清新，抑扬顿挫，音调十分优美，读起来朗朗上口。朱湘在翻译此诗时亦步亦趋，再现了原诗的音韵。在这首诗中，诗人通过把他心中的恋人喻为美丽的蔷薇，芬芳的郁金香使之具体可感，魅力诱人。诗人丰富的想象力配合着诗中"美酒""面庞""肢体""朱唇"等语言的使用很能刺激读者的感官，显露了唯美诗歌的特点。再如朱湘选译但丁的诗《〈新生〉一首》与迦梨陀娑的诗《秋》和哈菲兹的《曲》也有异曲同工之妙。现引如下：

翩然自道上行来，她致敬意。

那仪容显得又纯洁又温柔；

说不出话来，我的舌尖尽抖，

想看，那光华又教双目迷离。

夸美她的言词在四边蜂起，

仍然谦逊的，她行走去前头；

---

① 朱湘. 朱湘译诗集［M］. 洪振国编. 长沙：湖南人民出版社，1986：22.

好比是仙人，天上来的，迤逗

在凡间，显现出生动的灵奇。

望见了她，那双眸真是怡悦，

有一丝甜蜜袅娜入了心血；

想知道这滋味的必得亲尝：

从她那朱唇之内，仿佛飘来

有润神的脂泽，饱含着恋爱，

向了灵魂毕生的说，"去悲伤！"①

《新生》（*La Vita Nouva*）是但丁给少年时代的恋人贝亚特里奇（Beatrice）写的情诗。他九岁时遇到和他年龄相仿的贝亚特里奇，并对她一见钟情。九年后重逢，贝亚特里奇的一声问候让他兴奋不已。随后诗人开始给这段恋情写诗，并结成诗集《新生》，以赞美贝亚特里奇给他带来了精神上的重生。朱湘选译的这首诗是一首十四行诗，押韵方式为 abba abba cc deed，押韵严谨而工整。诗中但丁对恋人的描写非常唯美。他把他爱恋的人比喻成天上的仙女，既纯洁又温柔，见到她让他双目迷离，舌头颤抖得说不出话来。这种感觉若非亲身经历则难以在作品中再现。和心怡的人邂逅是非常美好的，但是如果这种爱可遇而不可求时，在美丽的外表下也难掩淡淡的忧伤。这首诗正好描写了这种情景。因此，整首诗读起来显得有些凄美。总的说来，朱湘选译的这类诗歌在艺术形式上追求完美，注重音韵、形式和语言的锤炼；在内容上追求感官体验，并通过譬喻和想象创作唯美的形象。朱湘选译此类诗歌与他唯美的诗学观是分不开的。

---

① 朱湘. 朱湘译诗集［M］. 洪振国编. 长沙：湖南人民出版社，1986：272.

3. 译诗选材上的浪漫主义倾向

朱湘选本的第二个特点是选材上的浪漫主义诗歌倾向。在朱湘翻译的诗歌中，他选译最多的诗歌要数浪漫主义诗歌。他翻译了德国诗人歌德、海涅，英国诗人布莱克、彭斯、华兹华斯、柯尔律治、雪莱、济慈，法国诗人拉马丁等浪漫主义诗人的诗作，共有 20 多首。浪漫主义诗歌注重主观情感的表达，正如 19 世纪英国浪漫主义诗人华兹华斯所言，"好的诗歌是人的强烈的情感的自然流露"。在诗歌创作中，浪漫主义诗人敢于采用新的语言和技法，突破传统的创作手法，运用大胆而瑰丽的想象，以宣泄心中的情感。他们或表达对现实世界的不满，或讴歌心中的理想世界，或崇尚内心的安宁，或赞美浪漫的爱情和深厚的友情，都讲求抒情的真实与自然。例如，朱湘选译海涅的诗歌 Du bist wie ein Blume （译为《你好比一朵花儿》）就是其中一例。现引如下：

> 你好比一朵花儿，
>
> 美丽，纯洁，又天真，
>
> 我凝视着，慢慢的
>
> 有忧愁入了寸心。
>
> 我真想抬起了手
>
> 轻放在你的发里，
>
> 求天保佑你永远
>
> 纯洁，天真，又美丽。①

这首诗是海涅的早期诗作。海涅早期的诗作深受民歌和浪漫主

---

① 朱湘. 朱湘译诗集［M］. 洪振国编. 长沙：湖南人民出版社，1986：48 – 49.

义诗歌的影响。原诗 2 节，每节 4 行，押韵方式为 abab cddc，音韵优美，语言明快而通俗，风格质朴，颇有民歌的特征。诗人在诗中把心中的恋人比喻成美丽、纯洁又天真的花儿，并对她一往情深，情真意切，希望她永远如此。整首诗唯美而浪漫，诗中既寄托着诗人对心中理想恋人的憧憬，又对这种憧憬的现实性抱有丝丝的忧愁，两者紧密地交织在一起，给这首诗增加了独特的韵味。朱湘在翻译此诗时以顿代步，并把原诗的押韵方式改为 abab cdcd，使之符合汉语诗歌的音韵特征，取得了与原文相当的音韵效果。这类诗歌既具有浪漫主义诗歌的特点，也具有唯美主义诗歌的特征，因出自浪漫主义诗人之手，所以在分析时把它归入浪漫主义诗歌之列。除了翻译具有浪漫主义色彩的情诗，朱湘也翻译过具有宗教色彩的浪漫主义诗歌，如他选译歌德的《夜歌》（又译为《流浪人的夜歌》）：

> 暮霭落峰巅，
>
> 无声，
>
> 在树杪枝间
>
> 不闻
>
> 半丝轻风；
>
> 鸟雀皆已展翼埋头；
>
> 不多时，你亦神游
>
> 睡梦之中。①

这首诗是歌德短诗中的名篇，被译为多国文字，并谱曲传唱。原诗共 8 行，37 个音节，押韵方式为 ab ab cd dc，短小精湛，为世

---

① 朱湘. 朱湘译诗集［M］. 洪振国编. 长沙：湖南人民出版社，1986：46.

界诗歌中的精品。通读这首诗可以发现诗中笼罩着浓浓的幽寂与宁静：暮色已至，悄无声息；树尖无风，不闻声响；倦鸟归林，展翅入梦；有感于斯，诗人亦将入梦。诗人在诗的最后一句"不多时，你亦神游睡梦之中"使用了隐喻，加深了诗中幽远意境，使之着上了宗教冥想的色彩，表达了诗人祈求祥和的心情。在翻译此诗时，朱湘使用37个汉字，采用与原诗同样的押韵方式 ab ab cd dc，完美地再现了原诗的音韵美，匠心独具，实属不易。除了选译德国浪漫主义诗人海涅和歌德的诗作，朱湘选译最多的还是英国浪漫主义诗人的诗歌。其中，他选译了济慈六首诗歌。因此，济慈是整个译诗集中朱湘选译诗歌最多的诗人之一。下面节选的朱译诗歌《夜莺曲》就是济慈的名篇。

> 我的心痛着，困倦与麻木
> 沉淀入感官，如饮了酖酒
> 不多时，又如将鸦片吞服，
> 我淹没进了里西的川流：
> 这并非嫉妒你的好运气，
> 这是十分欣羡你的幸福——
> 欣羡着你这轻翼的木仙
> 与山毛榉商议
> 好了，在重重绿荫的深处
> 安详的扬起歌喉唱夏天。①

　　《夜莺曲》原诗共8节，每节10行，用抑扬格五音步写成，押韵方式为 ababcedced，音韵工整而优美。上面节选的诗节为原诗的

---

① 朱湘. 朱湘译诗集 [M]. 洪振国编. 长沙：湖南人民出版社，1986：151 – 152.

第一个诗节。在这节诗中，诗人先写自己因罹患疾病而遭受的痛苦，希望走进里西的川流（Lethe）① 忘却一切不幸；然后写他听到了夜莺欢快的叫声，联想到了自由洒脱的木仙（Dryad），不由得羡慕起自由快乐的夜莺。通过这节诗可以看出济慈在诗歌创作中善于运用神话典故来构建理想化的人物和世界，表达心中的情感，从而扩大诗歌的张力。这种运用传奇和神话创造理想的境界表情达意的方法是济慈诗歌创作的一大特点，也是浪漫主义诗歌创作的典型特征。选译济慈等浪漫主义诗人的诗歌体现了朱湘在译诗选材上的浪漫主义诗学倾向。

朱湘选译浪漫主义诗歌的倾向还体现在对古代民歌的翻译上。在朱湘的译诗集中，所译古代民歌达 20 多首，占译诗总数的五分之一左右。这些民歌风格朴实清新，自然而真实，写作手法不拘一格，反映了朱湘选译诗歌时独到的诗学眼光。1924 年 3 月，朱湘发表了第一部译诗集《路曼尼亚民歌一斑》。这是一部民歌汇总集。他在该集后作《重译人跋》，表明了对民歌的看法。他认为"民歌是民族的心声"，"从一个民族的民歌可以推见这个民族的生活环境、风俗和思路"②。时隔一年，他又在《古代的民歌》中详细地分析了民歌创作的技法，并建议中国的新诗应该学习古代民歌的长处，因为他认为古代民歌的创作技法是"有望的花种"，"如能将它们撒在膏腴的土地上，它们一定能发出极美丽的花来"③。朱湘把这种观点付诸于实践，翻译了大量优美的外国民歌，如他从阿拉

---

① 相传西的川流（Lethe）是希腊神话中的冥河，喝了这条河的水人们可以忘却往事（洪振国，1986：151）。

② 朱湘. 朱湘译诗集 [M]. 洪振国编. 长沙：湖南人民出版社，1986：332.

③ 朱湘. 中书集 [M]. 王彬编. 北京：中国文联出版公司，1998：114.

伯民间故事集《一千零一夜》中选译的民歌《水仙歌》就是民歌翻译中的佳作：

> 有了娇容我并不醉狂，
> 看这慵困的双目；
> 我匀称如乐歌；
> 华贵的是我这家门。
>
> 我凝视着百花，
> 我与百花密谈于月夜。
> 娇容虽是高位我于花丛，
> 我还是一个奴隶。①

　　诗中的主人公"我"指《一千零一夜》中宰相的女儿山鲁佐德。她为了拯救无数无辜的少女，自愿嫁给残暴的国王山鲁亚尔，并通过讲故事吸引国王以避开杀身之祸。在此诗中，她以水仙自喻，讲述自己人生的痛苦。她虽然出身豪门，有水仙之美丽，独压群芳，但却如同一个奴隶，没有人生安全与自由。这首系朱湘从马克·多伦（Mark Van Doren）编辑的英文诗集《世界诗库》中转译而来。② 他采用交叉押韵的方式翻译。译文音韵优美，体现了诗人对诗歌音乐美的追求。除了选译阿拉伯民歌，朱湘还翻译了印度、罗马尼亚、俄国等国家优秀的民歌，如他所译罗马尼亚民歌《吉普赛的歌》就具有浪漫主义的色彩：

---

① 朱湘. 朱湘译诗集 [M]. 洪振国编. 长沙：湖南人民出版社，1986：31.
② 张旭. 视界的融合：朱湘译诗新探 [M]. 北京：清华大学出版社，2008：78.

我手颤着轻摸你白汗衣的折叠，

与绕在你颈子上的碧珠串。

从前我的帐篷前火光熊熊，

现在你看，——火光灭了。

从前在山下，当黄昏的迷人时候，

你把新鲜，甜美的双唇给了我；

那时我的心乐的怦怦跳荡，

现在你听，——他不跳了。

在早地上，白杨的树荫下，

午日射不到处，我们高兴的散步；

那时爱情初生，强壮而好看，

你可知道？——爱情现在死了。

因为你的心黑，趋向堕落，

所以就是爱情，它也无力止得住你。

我的帐篷前火光曾熊熊过，

现在你看，——火已冷了。①

　　这首诗共 4 节，每节 4 行，用民谣体写成，音韵回环反复，富有音乐性，适于吟唱，尤其是每节诗的后两句通过安排相似的韵脚，取得了一唱三叹的效果，富有感染力。从诗的内容上来讲，全诗以回忆的方式描写了一对恋人从相识相恋，分享爱情，到最终爱

---

① 朱湘. 朱湘译诗集［M］. 洪振国编. 长沙：湖南人民出版社，1986：313－314.

情完结，诗人独品失恋痛苦的过程。全诗抒发的情感自然而真实，再加上诗中"艳情"诗句的装点使这首诗着上了浪漫主义的色调。因此，朱湘转译这首民歌折射出他对民歌中浪漫主义元素的倚重，以及选译民歌时的浪漫主义倾向。

　　朱湘是一位兼有浪漫主义与唯美主义气质的诗人。他既追求浪漫主义自然与真实的抒情，瑰丽与华美的想象，也追求唯美主义愉悦的美感，独立与完美的艺术形式。他的诗学观不仅代表着自己的诗学追求，也代表这主流诗学的方向。他的浪漫主义与唯美主义的诗学倾向影响了他的译诗选材。在朱湘翻译的120来首诗歌中，浪漫主义与唯美主义的译诗达60多首，占他全部译诗的一半以上。朱湘对在翻译选材上的浪漫主义与唯美主义倾向说明了诗学观对他翻译活动的操控。

　　（二）朱湘的译诗特点与方法之一———以意象的改写为例

　　"诗无达诂"地理解诗歌是一项创造性活动。读者或译者因不同的知识素养、诗学观念、文化背景对同一首诗的理解也有所不同。因此，跨文化跨语际的译诗活动具有一定的创造性，对原诗进行改写是译诗创造性的一种表现。20世纪二三十年代，新月派著名诗人朱湘大力译介西方诗歌，成绩斐然，共译诗歌120多首。对比朱译诗歌的原文和译文可以发现译诗中存在着大量的改写现象。以朱译英诗为例，在36首译诗中①，八成以上的诗歌都存在改写现象，充分体现了译诗活动的创造性。在他某些译诗中，改写甚至成为主流，从边缘走向中心，产生与原诗不同的诗境。其中，意象的

---

　　① 本文援引的译诗以及相关数据统计主要参照洪振国先生整理加注的《朱湘译诗集》。该译诗集于1986年5月由湖南人民出版社出版，共收朱译诗歌106首，朱译英诗36首，除少数几首挂漏外，收有朱湘的绝大多数译诗。

改写尤为明显。由于意象的改写，原诗的意境随之转变，朝译者所追求的诗境演进。这种转变和演进揭露了诗人潜在的诗学诉求。因此，译诗、意象改写、诗学诉求等有着内在的联系。分析这些因素之间的内在关联，对朱湘诗歌意象改写的方式和原因进行探讨，可以勾勒出诗人独特的译诗理念。

1. 意象改写的方式

在译诗中改写意象的手段可谓繁多，如增添意象、删除意象、拆解意象、替代意象、重复意象等。朱湘运用过多种方式对原诗的意象进行改写。其中，替代、增添、删除是他改写意象的三种主要方式。当然，这三种方式他有时单独使用，有时混合使用，不能一概而论，因诗而异。下面分别探讨朱湘在译诗中如何采用这三种方式改写原诗的意象。

第一，朱湘译诗中意象的替代。意象替代即用译语中的意象替代原诗中的意象。这是一种比较常见的意象改写方式。朱湘在译诗中使用得最为常见，如在译诗《老舟子行》中，他对原诗多处意象做了替代处理，现引其中一例如下：

The Rime of the Ancient Mariner

老舟子行

He holds ｜ him with ｜ his skin ｜ ny hand，

他用｜如柴｜手掌｜抓住：

'There was ｜ a ship，' ｜ quoth he. 10

"我当初｜在一｜舟中——"

'Hold off! ｜ unhand ｜ me，grey - ｜ beard loon!'

"站开!｜放手，｜羊须｜老汉!"

Eftsoons ｜ his hand ｜ dropt he.

　　　　他闻言│立刻│手松。①

　　　　　　　　　　　　　　　　（Coleridge）

　　《老舟子行》是英国 18 世纪末 19 世纪初著名浪漫主义诗人柯尔律治（Samuel Taylor Coleridge）的代表作。原诗共 7 章，每章由数十个诗节组成，每个诗节有 4 行诗，单行抑扬格四音步，双行抑扬格三音步，双行押韵，音韵优美，为英美浪漫主义诗歌名篇。朱湘译此诗时，用汉语的"顿"代英诗中的"步"，隔行押韵，完美地再现了原诗的音韵美。上面的小节选自第一章第三个诗节。在这个诗节的第三行，原诗中的"grey – beard loon"是个贬义词，主词"loon"意为"懒汉""笨蛋"，而其修饰词"grey – beard"意为"灰白胡子"，整个词组译为汉语为"白胡子笨蛋"，或"白胡子懒汉"，含有责备、谩骂的意思。但朱湘并没有这么译。他顺应汉语文化，通过将"grey – beard"译为"羊须"，将"loon"译为"老汉"，将"grey – beard loon"译为中性词"羊须老汉"，对原诗意象进行了替代性改写。这样一译自然就弱化了原诗贬损的语气，更符合汉语文化圈尊敬长者的价值取向。此外，在这个诗节的第一行诗中，朱湘将"skinny"译为"如柴"，增加了一个意象"柴"，使原诗向汉语文化靠拢，反映了他译诗时归化的文化立场。在这节诗中，意象替换并不算多，仅有一例。在下面这首译诗，朱湘对原诗的多处意象做了替换：

---

　　① 朱湘. 朱湘译诗集［M］. 洪振国编. 长沙：湖南人民出版社，1986：115.

Where the Bee Sucks，There Suck I

仙童歌

Where the bee sucks，there suck I；

我与蜜蜂同饮花杯，

In a cowslip's bell I lie；

半展芙蕖是我床帏，

There I couch when owls do cry.

催眠歌有水蚓低吹，

On the bat's back I do fly

绿眼蜻蜓负我南飞，

After summer merrily.

想把春神半路追回——

Merrily，merrily shall I live now

春神归去温暖南方，

Under the blossom that hangs on the bough.

我也淹留不想家乡。①

(Shakespeare)

原诗节选自莎士比亚的悲剧《暴风雨》（洪振国，1986：64），共七行，押韵方式为 aaaaabb。朱湘以顿代步，采用相同的押韵方式，基本上再现了原诗的音韵美。在诗的第二行，朱湘用"芙蕖"（荷花的别名）替换了"cowslip"。"cowslip"是一种开着黄花的小植物，名为"黄花九轮草"。在我国不常见，不为国人所熟悉。而"芙蕖"则不同，在我国比较常见。所谓春兰、夏荷、秋菊、冬梅

---

① 朱湘．朱湘译诗集［M］．洪振国编．长沙：湖南人民出版社，1986：65.

已经沉淀成我国的一种文化。提到荷花，无人不知。因此，朱湘在
译"cowslip"时采用了归化的翻译策略。他用我国读者喜闻乐见的
意象"荷花"进行替代，获得了与原诗对等的审美效果。此外，在
这行诗中，他同样采用意象替代的方式将"bell"译为"床帏"。
"bell"在诗中是暗喻，喻指"黄花九轮草"所开的喇叭形花朵。
朱湘将其译为"床帏"，意象与原诗相去甚远。在下面几行诗中，
朱湘继续采用汉语文化圈认可的意象对原诗中的相关意象进行替
代。在诗的第三行，他将原诗意象"owls"（猫头鹰）替换为"水
蚓"；在诗的第四行，他将意象"bat"（蝙蝠）替换为"绿眼蜻
蜓"；在诗的第五行，他将"summer"译为"春神"，直接改写原
诗的季节。关于译夏为春的争论，学术界有很多讨论。因为夏天在
英国是最好的季节，而春天在我国是最好的季节，所以有赞成改写
的，但也有反对改写的，暂无定论，这里不做详论。援引此例旨在
说明朱湘从本国的文化立场出发对原诗的相关意象做了替换。

　　第二，意象的添加。在译诗中添加原诗没有的意象是朱湘改写
诗歌的第二大主要方式。诗人译诗比一般译者译诗更见精彩，其中
一个原因就是他们敢于发挥译者的创造性，打破常规，根据本国的
诗学传统添加意象，如美国诗人庞德译李白的诗。朱湘译诗也是如
此。在译诗中，他勇于发挥自己的创造性给原诗添加意象，如他译
罗伯特·彭斯（Robert Burns）的诗《美人》（*Bonnie Lesley*）：

Bonnie Lesley

美人

O SAW | ye bon | nie Les | ley

我 | 那 | 娇娆的女郎

As she | gaed o'er | the Bor | der?

离了｜家｜远去｜他乡，

She 's gane, ｜ like A ｜ lexan ｜ der,

美貌｜让｜人人｜瞻仰

To spread ｜ her con ｜ quests far ｜ ther.

好比｜是｜空中｜太阳。

……

……

Thou art ｜ a queen, ｜ fair Les ｜ ley,

你｜好比｜温暖｜阳春

Thy sub ｜ jects we, ｜ before ｜ thee：

教｜我们｜心血｜沸腾，

Thou art ｜ divine, ｜ fair Les ｜ ley,

秋岭｜上｜最鲜｜枫叶

The hearts ｜ o´men ｜ adore ｜ thee.

也｜不如｜你的｜双唇。①

（Robert Burns）

罗伯特·彭斯（Robert Burns）是 18 世纪末英国著名的浪漫主
义诗人。他创作的诗歌很多源于苏格兰民歌，乐感很强，适于吟
唱。而且，他喜欢用苏格兰的民族语言进行诗歌创作。上面两个诗
节的原诗《美人》就是用苏格兰民族语言写成的，为彭斯的名篇之
一。这两个诗节分别选自原诗的第一和第三个诗节。原诗共 6 个诗
节，每节 4 行，用抑扬格四音步写成。朱湘译诗时以顿代步，比较

---

① 朱湘. 朱湘译诗集［M］. 洪振国编. 长沙：湖南人民出版社，89.

完美地再现了原诗的音韵。在第一个诗节的第三行，原诗用类比的手法把美丽的女郎类比为"Alexander"。"Alexander"（亚历山大）是古希腊著名的帝王。他远征他乡，凭借自己的雄才大略灭掉古希腊强大的敌人波斯帝国，建立了一个横跨亚、非、欧的强大帝国，而"美丽的女郎"则如同"Alexander"用她的美貌征服远方。因此，原诗本来的意思是"我那美丽的女郎像亚历山大远走他乡，用她的美貌去征服远方"，但彭斯并没有明确写出"用美貌征服远方"，这层意思只是暗含在字里行间。朱湘翻译时用"美貌"替换了"Alexander"，虽然译出了原诗暗含的意思，但减少了原诗的含蓄美。由于原诗的第四行是承接第三行"美丽的女郎"与"亚历山大"的类比关系而来的，所以当朱湘对第三行做了改写后，他必须对第四行做更多的改写。因此，他在翻译第四行诗时，增加一个意象"太阳"，以弥补第三行译诗的不足，将原诗的"征服远方"译为"好比空中太阳"。

在第二个诗节中，朱湘做了更多的改写。在这个诗节的第一行，他用汉语文化圈中美丽的意象"阳春"代替英语文化中喜闻乐见的"queen"（女土），导致第二行不得不做更多的改写。原诗为"我们愿意做您的子民"，意即拜倒在你美丽的石榴裙下，而译诗则为你的美丽"教我们心血沸腾"。这个小小的改动实际上折射出一种文化现象：在朱湘所处的年代，男子的地位高，不愿受女人主宰，所以他不愿紧随原诗逐字翻译。这种改写可能是大男子主义文化意识起了作用。在本节的第三行，他增加了一个汉语文化圈中认同感较强的意象"枫叶"，导致第四行不得不做更大的变动，将原诗"男人的心崇拜你"改译为"也不如你的双唇"。整节诗看起来近乎于创作。可见，每增加一个意象或改动一个意象对原诗的整个结构和诗境都会产生很大的影响。在下面这首译诗中，朱湘同样通过增加意象的方式改变原诗的诗境。

给西里亚	To Celia
我呈与你一朵玫瑰，	I sent thee late a rosy wreath，
因为名花须傍佳人——	Not so much honouring thee
日光永驻你的身畔，	As giving it a hope that there
将使花儿四季长新。	It could not wither'd be；
你低下颈略亲花蕊，	But thou thereon didst only breathe，
拿它插我的衣襟——	And sent'st it back to me；
女郎，从此我吻花瓣，	Since when it grows，and smells，I swear，
便如吻你柔软双唇。①	Not of itself but thee！
	(Ben Jonson)

原诗（*To Celia*）共两个诗节，为本·琼森（Ben Jonson）所作。本·琼森是英国 16 世纪末、17 世纪初著名的剧作家兼诗人。由于他的古典主义诗学倾向，他的诗韵律工整，抒情诗（lyric poems）不乏名篇佳作。上面这节诗选自原诗的第二个诗节，押韵方式为 abcb abcb。朱湘的译诗以顿代步，以同样的押韵方式押韵，比较完美地再现了原诗的音韵美。但是就诗歌的意象而言，译诗就有了很大的变化。例如，诗的第一二行意思为"我送你一个玫瑰花冠，并不是为了给你太多荣耀"。朱湘将之译为"因为名花须傍佳人"。对比一下原诗可以发现，译诗的第二行增加了汉语文化圈两个常见的意象"名花""佳人"，从而与原诗的相去甚远。诗的第三四行原意为"我对花儿寄予希望，但愿它永不枯萎"，但译诗则

---

① 朱湘．朱湘译诗集［M］．洪振国编．长沙：湖南人民出版社，1986：78.

为"日光永驻你的身畔，将使花儿四季长新"，增加了一个意象"日光"，与原诗的诗境有了很大的不同。后面四行译诗近乎创作，与原诗大相径庭，在此不再赘述。

第三，删除意象。替换意象与增添意象是朱湘改写原诗意象的两种主要方法。除了这两种方法，朱湘还通过删除意象的方式对原诗意象进行改写，如译诗《眼珠》中，朱湘删除了原诗的多处意象。

> To Dianeme
>
> 眼珠
>
> SWEET，be not proud of those two eyes
>
> 不要夸你的那双眼睛，
>
> Which starlike sparkle in their skies；
>
> Nor be you proud that you can see
>
> All hearts your captives，yours yet free；
>
> Be you not proud of that rich hair
>
> Which wantons with the love – sick air；
>
> 与明珠一样圆润晶莹，
>
> Whenas that ruby which you wear，
>
> Sunk from the tip of your soft ear，
>
> Will last to be a precious stone
>
> 耳上的真珠仍将熠耀
>
> When all your world of beauty's gone.
>
> 在你眼珠紧闭的时辰。①
>
> （Robert Herrick）

---

① 朱湘. 朱湘译诗集［M］. 洪振国编. 长沙：湖南人民出版社，1986：82.

原诗 *To Dianeme* 系英国 17 世纪著名诗人罗伯特·赫里克（Robert Herrick）所作，共 10 行，押韵方式为 aabbccddee。朱湘译此诗时只用了 4 行，省略了原诗的许多意象。原诗的第二行意思为"像星星一样在繁天闪耀"。他将之译为"与明珠一样圆润晶莹"，用"明珠"替换"星星"，改换了原诗的诗境。原诗的三、四、五、六行朱湘省略不译，导致"心""秀发"等意象从译诗中消失。这样，译诗就少了原诗的几分丰润，而且这些意象和原诗三个排比句式"be not proud of"一道所产生的强势语气在译诗中也荡然无存。原诗说"你不要夸自己的眼睛，尽管它们灿若星辰；你不要夸能俘虏所有人的心，因为你不能俘虏自己的心；你不要夸自己的秀发，因为它们会因相思而失去光泽"。与原诗对比一下可以发现译诗只有两行，没有形成排比句式，在语势上远不如原诗强劲。从第七行开始，诗人笔锋一转，为戴安（Dianeme）耳朵上佩戴的宝石唱起了赞歌，认为即使戴安（Dianeme）的美消失了，宝石依然是宝石，永远漂亮，与前六行在意思上构成转折关系。朱湘将后四行删译成两行，但成功保留了原诗前六行与后四行诗意上的承接关系，难能可贵。纵观原诗和译诗可以发现，朱湘在翻译赫里克的诗时，虽然删掉了原诗的一些意象如"心""秀发"等，导致译诗不如原诗生动，语势也不如原诗强烈，但是他却抓住了原诗两个最重要的意象"眼珠"和"真珠"，以及这两个意象之间的对比关系。因此，朱湘在译诗中的删除式改写仍有其可取之处。

从上面这些译诗中可以发现替换、增添与删除意象是朱湘改写原诗意象的三种主要方式。但是，他不总是单独使用这三种方式。有时，他综合使用这些方法，如他在译丹尼尔·塞缪尔（Daniel Samuel）的诗时，将原诗的第二个诗节统统删去，只保留了原诗的

第一个诗节：

Love is a Sickness

怪事

LOVE is | a sick | ness full | of woes,

痛苦 | 充满了 | 爱情 | 这病,

All re | medies | refusing;

但是 | 它 | 不肯 | 就医：

A plant | that with | most cut | ting grows,

爱情 | 这花 | 越掐它 | 越盛,

Most bar | ren with best | using.

珍护时 | 花朵 | 转稀——

Why so?

为何？

More we | enjoy | it, more | it dies;

你 | 去俯就时 | 它 | 偏远飏,

If not | enjoy'd, it | sighing | cries—

你 | 冷淡时 | 它 | 又来身边——

Heigh ho!

嗐呵!①

（Daniel Samuel）

原诗 *Love is a Sickness* 共 2 节，每节 8 行，除第五行和第八行外，其他各行用抑扬格四音步写成，押韵方式为 ababcddc，富有音韵美。朱湘选译了第一个诗节，采用与原诗一样的韵脚，"以顿代

① 朱湘. 朱湘译诗集［M］. 洪振国编. 长沙：湖南人民出版社，1986：62 – 63.

步"的方式进行翻译。除第六行的"飔"和第七行的"边"押韵不严谨外，译诗比较完美地再现了原诗的音韵美。原诗的标题 *Love is a Sickness* 本意为"爱情是病"。朱湘将之译为"怪事"，是一种创造性改写。原诗第三行中的"plant"是泛指，泛指所有的植物。朱湘将之译为"花"，进行意象替代，使原诗的意象具体化。由于原诗的第四行是承接第三行而来，朱湘进行意象替代后，不得不对后面的诗节做相应的改写。因此，在译诗的第四行，他又增加了一个意象"花朵"。由于原诗是 plant（植物），因而在第四行中"没有开出花来"，所以诗境远不如译诗美丽。原诗第六行中的"it"是指"plant"，所以它（"it"）枯萎了（"die"）。但在译诗中，由于在第四行增加了一个意象"花朵"，所以在译诗的第六行中，它（"花朵"）是"远飔"而不是枯萎（"die"）了。原诗第七行诗承第六行而来，原诗是叹气"signing cries"，而译诗则在"远飔"后"又来到身边"。从这节译诗可以发现，朱湘在译诗中采用了替代、增添等多种意象改写方法，既有得也有失。总的来说，瑕不掩瑜，整个意象的改写比较成功。

2. 意象改写的原因

朱湘对诗歌意象的改写涉及多方面的原因，其主要原因是文化立场和诗学倾向。正如列夫维尔（Lefevere）所言，意识形态（ideology）和主流诗学（the dominant poetics）是操控译者翻译策略的两个主要因素①。下面分别对这两个原因进行分析。

首先，文化因素是朱湘意象改写的主要原因。朱湘六岁开始启

---

① 列夫维尔. 翻译策略：生命线，鼻子，腿，把手：以阿里斯托芬的《吕西斯忒拉忒》例［A］. 马会娟，苗菊. 当代西方翻译理论选读［C］. 北京：外语教学与研究出版社，2009：173.

蒙教育，学习中国古典文学，八九岁读完了《四书》以及《左传》的一部分①，深受传统文化的影响。在对待传统文化的问题上，他与新文化时期胡适等人倡导的"全盘西化"的观点是截然不同的。他认同并一直肯定本国文化。在书信和散文中，他曾多次表明自己的文化立场。如在致友人彭基相信中，他郑重地说，我们要"创造一个表里都是'中国'的新文化"②。在致友人赵景深的信中，他说自己是"嫡生的中国诗人"③，并宣称："《哭孙中山》末章用到耶稣，不过因为孙中山是耶教徒，所以我这样譬喻。这所谓逼得不得不用，否则我决不肯在诗中引入异种的材料的。"④ 在《评徐君志摩的诗》一文中，他赞扬中国文字自有的优势。他说："'三百篇'同五言的简洁，七言的活泼，乐府长短句的和谐，五绝的古茂，七绝的悠扬，律体的铿锵，'楚辞'的嘹亮，词的柔和，曲的流走，这从中国文字产生出的诗体拿来同西方古今任何国的相比，都是毫无逊色的。"⑤ 另一方面，在诗歌创作中，朱湘也充分表现出对传统文学的倚重。他的诗歌"善于融化旧诗词"⑥，如在《南归》中，他写道："殊不知我只是东方一只小鸟，我只想见荷花阴里的鸳鸯，我只想闻泰岳松间的白鹤，我只想听九华山上的凤凰。"既道出了他的文化立场也揭示他对古典文学的传承。而他的名篇《采莲曲》则更具有古典诗词的味道，现引第一节如下：

---

① 朱湘. 朱湘散文选集［M］. 孙玉石，编. 天津：百花文艺出版社，2004：88 - 89.
② 朱湘. 朱湘书信集［M］. 罗念生编. 上海：上海书店出版社，1936：16.
③ 乐齐. 精读朱湘［M］. 北京：中国国际广播出版社，1998：415.
④ 乐齐. 精读朱湘［M］. 北京：中国国际广播出版社，1998：414.
⑤ 朱湘. 中书集［M］. 王彬，编. 北京：中国文联出版公司，1998：155.
⑥ 孙玉石. 中国现代作家选集—朱湘［M］. 北京：人民文学出版社，1985：258.

小船呀轻飘，

杨柳呀风里颠摇；

荷叶呀翠盖，

荷花呀人样妖娆。

日落，

微波，

金丝闪动过小河。

左行，

右撑，

莲舟上扬起歌声。①

沈从文评此诗时曾说，朱湘"用一个东方民族的感情"，写成一首诗，"用东方的声音，唱东方的歌曲"，非常中肯地指出了朱湘创作诗歌时文化特征。在朱湘的代表作《草莽集》中，有很多诗歌如《序诗》《葬我》《雌夜啼》《有一座坟墓》《秋》《尾声—梦》等都善于化用古诗词，充分显示了朱湘倚重传统文化的立场。

朱湘认同传统文化的文化立场对他的译诗产生了很大的影响。一般说来，崇尚本国文化，认为本国文化优于他国文化的人在翻译时倾向于采用归化的翻译策略；而推崇异国文化，认为外国文化优于本国文化的人在翻译时倾向于采用异化的翻译策略。由于朱湘倚好传统文化，有很强的民族自尊心和文化认同感，因而在译诗时就表现出强烈的归化倾向，如他在译英国诗人菲茨杰拉尔德·爱德华（Fitzgerald·Edward）的诗 *Old Song*（朱译为"往日"）时就删去了原诗中具有异国文化风味的意象：

---

① 朱湘. 草莽集 [M]. 北京：人民文学出版社，1984：17.

And there I sit

我坐在火旁，

Reading old things，

读着古代的诗文，

Of knights and lorn damsels，

咏春的词章，

While the wind sings——

这时候风儿悲吟———

O，drearily sings！（Fitzgerald·Edward）

寂寞的悲吟！①

　　这节诗是原诗的第三个诗节。在这节诗的第三行，朱湘将原诗中两个具有西方文化特征的意象"knights"（骑士）和"lorn damsels"（孤独的少女）删掉，改为具有中国文化特征的"咏春的词章"，反映他在译诗时强烈的归化倾向。可见，在译诗中，朱湘的文化立场成了他改写原诗意象一个最主要的原因。

　　诗学因素也是朱湘译诗意象改写的主要因素。列夫维尔在翻译改写论中曾说主流诗学观操控着译者翻译策略选择。作为文学研究会的一员，新月派的创始人之一，朱湘所持的诗学观其实就代表着当时主流诗学的方向。而且，像他这种性格桀骜的人，不太受其他人的影响。因此，实际上朱湘自己所持的诗学理念成了他改写原诗意象的另一个主要因素。

　　朱湘的诗学理念集中体现在对诗歌音乐性的追求上，相关论述主要见诸于他的散文和文学评论。如在散文《北海纪游》中，朱湘

---

① 朱湘. 朱湘译诗集 ［M］. 洪振国编. 长沙：湖南人民出版社，1986：180.

论述了诗歌与音乐的关系。他说："文学与音乐的关系是很密切的，好的抒情诗差不多都已谱入了音乐，成了人民生活的一部分。"① 在《评闻君一多的诗》一文中，他批评了闻一多用韵不够讲究②，并告诫之"诗而无音乐"，简直与"花无香气，美人无眼珠相等"③。在《评徐君志摩的诗》一文中，他批评徐志摩不该土音入韵。在《说译诗》一文中，他间接地批评了胡适等初期白话诗人所提倡的自由诗理念，并表达了他对诗歌韵式的看法。他说："自从新文化运动发生以来，只有些对于西方文学一知半解的人，凭借着先锋的幌子在那里提倡自由诗，说是用韵如裹脚，西方的诗如今都解放成自由诗了，我们也该赶紧效法，殊不知音韵是组成诗之节奏的最重要分子，不要说西方的诗如今并未承认自由体为最高的短诗体裁，就说是承认了，我们也不可一味盲从，不运用自己的独立判断。"④ 此外，在致友人的信中，朱湘也多次表达他对诗歌音乐性的看法。如在致曹葆华的信中，朱湘引用英国著名诗人柯尔律治（Coleridge）的话来论证诗歌音乐性在诗歌中的重要性地位。他说，"要看一个新兴的诗人是否真诗人，只要考察他的诗中有没有音节"，"音节之于诗，正如完美的腿之于运动家"，"想象，情感，思想，三种诗的成份是彼此独立的，惟有音节的表达出来，它们才能融合起来成为一个浑圆的整体"⑤。在致赵景深的信中，他以自己的诗歌创作实践来说明他的诗学理念。他说："我在《婚歌》首章中起首用'堂'的宽宏韵，结尾用'箫'的幽远韵，便是想用

① 朱湘. 朱湘散文选集［M］. 孙玉石编. 天津：百花文艺出版社，2004：20.
② 朱湘. 中书集［M］. 王彬编. 北京：中国文联出版公司，1998：165.
③ 朱湘. 中书集［M］. 王彬编. 北京：中国文联出版公司，1998：177.
④ 朱湘. 中书集［M］. 王彬编. 北京：中国文联出版公司，1998：210.
⑤ 乐齐. 精读朱湘［M］. 北京：中国国际广播出版社，1998：407.

音韵来表现出拜堂时热闹的罗鼓声，撒帐后轻俏的箫管声，以及拜堂时情调的紧张，撒帐后情调的温柔。《采莲曲》中'左行，右撑''拍紧，拍轻'等处便是想以先重后轻的韵表现出采莲舟过路时随波上下的一种感觉……《草莽集》以后我在音调方面更是注意，差不多每首诗中我都牢记着这件事。"① 从这些散文、评论、信件中我们可以看出朱湘是一个有着纯诗理念、追求诗歌音乐性的诗人。

朱湘追求诗歌音乐性的诗学理念影响了他的译诗。在一些译诗中，他为了押韵，有时不惜对原诗的意象进行改写。如他在译柯尔律治（Coleridge）的诗歌《老舟子行》（*The Rime of Ancient Mariner*）时，为了协韵，多处添加意象。以第二章第五个诗节的翻译为例：

> The fair breeze blew, the white foam flew,
>
> 浪花纷飞，拂拂风吹，
>
> The furrow follow'd free；
>
> 舟迹随有如燕尾：
>
> We were the first that ever burst
>
> 以往无人，惟有我们
>
> Into that silent sea. （Coleridge）
>
> 第一次航行此水。②

在上面这节诗中，为了第一行诗能与第二行诗协韵，他在第二行诗增加了一个意象"燕尾"。朱湘甚至因为协韵而改写原诗意象，

---

① 乐齐. 精读朱湘 [M]. 北京：中国国际广播出版社，1998：413.
② 朱湘. 朱湘译诗集 [M]. 洪振国编. 长沙：湖南人民出版社，1986：119 - 120.

导致与别的学者发生论战。1925 年 2 月 25 日，一个署名为王宗璠的学者在《晨报》副刊《文学旬刊》上发文，批评朱湘将布朗宁（Robert Browning）原诗（*Home Thoughts from Abroad*）中的"Pear-tree"改译为"夭桃"，引发了一场论战。后来，朱湘给《文学旬刊》去信，发文《在白朗宁的〈异域乡思〉与英诗——一封致〈文学旬刊〉编辑的公开信》，为他的意象改写辩护。他说："第一句的梨树我将它改作夭桃，因为想与第三句协韵"①，一语道出了他改写原诗意象的主要原因。由此可见，朱湘所持的诗学理念是他改写原诗意象的另一个主要原因。

朱湘翻译了大量的诗歌。在译诗中，他对许多诗歌的意象做了改写。通过对比分析译诗和原诗可以发现朱湘主要采用替代、删除、增添等方式改写原诗的意象，以求获得对等的翻译效果。由于"意象是诗人借助客观物像或图像完成自己对心理世界的呈现，是主观之思与客观之象的复合体，是诗人内心世界的客体化"②，所以朱湘对原诗意象的改写表面上看虽然只改变了原诗的"情趣"③，但深层却折射出他的诗学诉求和文化立场。朱湘宣称自己是"东方的一只小鸟"④"嫡生的中国诗人"⑤"极端爱国之人"，认可并倚重中国传统文化。在诗歌王国里，他孜孜不倦地追求着富有音韵美感的纯诗，极力传承传统诗歌的精华。在翻译诗歌时，他顺应自己的文化立场和诗学诉求对原诗的意象进行改写。在诗歌、散文、书

---

① 朱湘. 朱湘散文（下集）[M]. 蒲花塘，晓非，编. 北京：中国广播电视出版社，1994：328.
② 王泽龙. 中国现代诗歌意象论 [M]. 北京：中国社会科学出版社，2008：16.
③ 王泽龙. 中国现代诗歌意象论 [M]. 北京：中国社会科学出版社，2008：15.
④ 朱湘. 朱湘诗集 [M]. 周良沛，编. 成都：四川文艺出版社，1987：30.
⑤ 乐齐. 精读朱湘 [M]. 北京：中国国际广播出版社，1998：415.

信、文学评论等作品中，朱湘间接地表明了改写意象的缘由。朱湘的文化立场和诗学诉求是他改写原诗意象的两大主要原因。朱湘在译诗中表现出强烈的归化倾向，以及对诗歌音乐性的执着追求。这两点构成了他译诗的两大主要特征。朱湘对原诗意象的改写印证了列夫维尔改写理论的合理性。

（三）朱湘的译诗特点和方法之二——文化词汇的翻译

早在20世纪30年代，就有学者对朱湘的诗作和译诗进行评价，其中具代表性的学者有沈从文、苏雪林、常风等人。1936年，常风先生在天津大公报《文艺副刊》发表《〈番石榴集〉书评》，充分肯定朱湘的译诗成就，称"没有一本译诗集赶得上这部集子选拣的有系统，广博，翻译得忠实"①。20世纪80年代，洪振国先生倾力收集了朱湘生前的译诗，于1985年出版《朱湘译诗集》。在该书的《序》言中，罗念生先生指出了朱湘译诗的一大主要特征，即"朱湘译诗讲究'形体美'"②。洪振国先生也撰写论文分析朱湘译诗的特点，阐述朱湘译诗注重原诗的格律，语言力求朴实优美等观点。③ 2008年，张旭先生在其专著《视界的融合：朱湘译诗新探》对朱湘译诗的语言美、译诗的形体美、译诗的音韵美三个方面的特点做了总结和研究。不难看出，这些学者主要从朱湘的译诗语言、诗体特征等宏观层面对朱湘的译诗特点进行分析。相较而言，对朱湘译诗中微观层面语言现象的研究还不够深入。因此，下面将以朱湘译诗中文化词汇这一微观语言现象的处理为例，窥探朱湘的译诗

---

① 朱湘. 朱湘译诗集 [M]. 洪振国，编. 长沙：湖南人民出版社，1986：5.
② 朱湘. 朱湘译诗集 [M]. 洪振国，编. 长沙：湖南人民出版社，1986：6.
③ 洪振国. 试论朱湘译诗的观点与特色 [J]. 湘潭大学学报（社会科学版，1985（2）：4 - 5.

方法、策略和特点。

1. 文化词汇的特点及其翻译

文化词汇也称文化负载词。这类词通过长时间的互文运用而具有丰富的联想意义，高度的互文性和民族性，承载着一个民族的文化基因。阅读这类词能给人们带来独特的审美体验。一般说来，文化词汇除了本身的所指意义外，还具有独特的引申意义。这两类词义的叠加给文化词汇的翻译带来了很大的难度。

根据不同国家文化词汇的对应程度，可以将文化词汇的对应关系分为对应空缺、所指意义对应、引申意义对应、完全对应四种。所谓对应空缺就是说某一个国家的文化词在另一国家的语言中找不到对应词，如英语中大量的神话、典故等文化词汇在汉语中找不到对应的词汇，反之亦然。所指意义对应就是说不同国家文化词汇所指的事物一致，但引申意义不同，如英语的"chrysanthemum"和汉语中"菊花"所指的事物一致，但汉语中的"菊花"比英语中的"chrysanthemum"内涵丰富得多。引申意义对应就是说不同国家文化词汇所指的事物有所区别，但引申意义大体一致，如英语的"heaven"与汉语中"天堂"所指不同，一个是基督教教徒向往的圣地而另一个是则是佛教徒渴望的理想净土，但引申意义差别不大，都是指圣洁的地方。完全对应则是指不同国家文化词汇的所指意义和引申意义都对应。一般来说，不同语系的语言很少有完全对应的文化词汇。这种情况多见于同一语系下语言之间的互相借用，如中日两种语言之间文化词汇的互相借用，英法两种语言之间文化词汇的互相借用等。弄清这四种对应关系对理清文化词汇的翻译策略有一定的指导意义，如对应空缺的文化词汇一般宜采用音译和删译，完全对应的则宜直译，所指意义对应的文化词汇一般宜采用直译或意译，而引申意义对应的词汇一般采用替代、删译等翻译手段。

朱湘的译诗选本绝大多数源自英诗或者从其他语种转译而来的英诗。由于中英两国分别代表着东西方两种不同的文化，在物质条件、历史沿袭等诸多方面相差甚远，所以两国语言中的文化词汇差异性较大，对应性较小。在对应空缺、所指意义对应、引申意义对应、完全对应等四种对应关系中，以前三种情况较为普遍。下面将以朱湘所译英诗为例，探讨他就文化词汇所采取的翻译策略。

2. 朱湘译诗中文化词汇的翻译方法

朱湘的诗歌创作与诗歌翻译几乎同步。1922 年，他开始在《小说月报》上发表译诗和自己创作的诗歌。终其一生，朱湘共译诗 120 多首，涵盖英、法、德等 16 个国家的名篇名作。有学者考证，他的译诗绝大多数都是从英文转译而来。1986 年，洪振国先生整理出版的《朱湘译诗集》共收录 106 首译诗，收集了朱湘生前绝大多数译诗。其中，有 41 首译诗的源文本是英诗。在译诗中，朱湘主要采用了音译、直译、替代、删译等翻译方法处理原诗中的文化词汇。

首先是音译的运用。所谓音译就是译者按译入语的读音习惯将原文直接翻译过来。当英诗中某些文化词的指称意义和引申意义在汉语中都找不到具有对应词义的词语时，朱湘多采用音译，如宗教信仰、古希腊罗马神话中的文化词汇等一般音译。在下面两首诗中，朱湘都采用音译的方法翻译原诗中的文化词。

The Rime of the Ancient Mariner

老舟子行

The very deep did rot：O Christ！

连海都霉烂了，基督！

That ever this should be！

这真是骇人听闻——

Yea, slimy things did crawl with legs

你瞧，在那污湿水面

Upon the slimy sea.

污湿的虫豸爬行。①

（Samuel Taylor Coleridge）

上面这节诗节为柯勒律治（Samuel Taylor Coleridge）的名篇《老舟子行》第二部分的第十个诗节。在这个诗节的第一行，作者使用一个宗教文化词 Christ（基督耶稣）来表达恐怖的海面。西方人普遍信奉基督耶稣，而在中国，人们主要信仰佛教和道教，所以宗教文化词"基督耶稣"在汉语中找不到对应词。朱湘采用音译的方法，将 Christ 译成基督。除了宗教信仰上的不同，中英两国在文化传承上差异也很大。英国文化受古希腊罗马文化的影响很大，因此古希腊罗马文化词在英国文学作品中出现的频率很高，而在些词在汉语中没有，由此而形成的词汇不对应现象比较普遍，这类文化词成了翻译中的难点。在下面这首诗中，原诗通过使用古希腊文化词加深诗歌的主题，朱湘采用音译以求保留原诗审美效果：

Summer Night

夏夜

Now droops the milk – white peacock like a ghost，

如今乳白的孔雀垂下头有如鬼魂，

---

① 朱湘. 朱湘译诗集［M］. 洪振国，编. 长沙：湖南人民出版社，1986：120.

And like a ghost she glimmers on to me.

鬼魂般伊飘来了我的身边。

Now lies the Earth all Dana? to the stars，

如今大地整个象丹尼样向星而卧，

And all thy heart lies open unto me.

*你的心也整个向我展开了。*①

（Alfred Tennyson）

原诗是英国桂冠诗人丁尼生（Alfred Tennyson，1809 年—1892 年）的一首著名的抒情诗，共 5 个诗节，第一个诗节和最后一个诗节每节 4 行，中间 3 个诗节每节 2 行，上面节选的两个诗节分别节选自原诗的第二、第三两个诗节。在第三个诗节的第一行诗中，丁尼生通过使用希腊文化词 Dana? 与宙斯的关系来隐喻主人公与她的情人之间的关系。Dana? 是古希腊神话中 Acrisius 国王的女儿。她出生时，国王得到神谕启示，他女儿今后所生的儿子长大成人后会杀死他。Acrisius 非常失望，于是就把女儿关在黄铜塔中。黄铜塔虽能防凡人却防不了神。Dana? 长大后，宙斯 Zeus 被她的美貌所吸引，就变成金雨来到她身边和她约会。Dana? 后来生下 Perseus。Perseus 长大后在一次运动比赛中失手杀死了 Acrisius，兑现了预言。在西方文化中，Dana? 美丽纯洁，具有丰富的联想意义，在汉语中找不到对应的词汇。朱湘采用音译，将这个词译成"丹尼"，以求保留原诗中文化词的指称意义和联想意义。

当原诗中的文化词汇在汉语中找不到对应的词汇时，朱湘多采用音译的方法保留原诗文化词所产生的诗韵。当然，这并不是说音

---

① 朱湘. 朱湘译诗集［M］. 洪振国，编. 长沙：湖南人民出版社，1986：183.

译是处理此类文化词唯一的方法。有时，为了求韵或美化原诗，朱湘也采用删除、替代等灵活的手法翻译。

其次，直译的运用。直译也是朱湘翻译文化词的一种主要方法。当英诗中的文化词在汉语中能找到与其指称意义或引申意义相对应的词时，朱湘主要采用直译的方法翻译，如在下面这首诗 Aubade（《晨歌》）的翻译中，朱湘就采用直译的方法翻译原诗中的文化词。

> Aubade
> 晨歌
> HARK！hark！the lark at heaven's gate sings，
> 天门外有云雀歌唱，
> And Phoebus 'gins arise，
> 日神举首东山，
> His steeds to water at those springs
> 放龙马在百花坪上
> On chaliced flowers that lies；
> 吸饮金色流泉，
> And winking Mary – buds begin
> 5 金盏花从梦中醒转，
> To ope their golden eyes：
> 舒开闪灼双眼，
> With everything that pretty bin，
> 让鸟语在枝头巧啭，
> My lady sweet，arise！
> 催起楼上佳人，

Arise，arise！

催起佳人。①

（William Shakespeare）

　　这首诗选自莎士比亚的剧作《辛白林》。原诗描写了早上太阳升起、花朵盛开、百鸟歌唱的喜庆场面。在诗的第二行，莎士比亚通过使用文化词"Phoebus"以增加诗歌的意境。"Phoebus"就是太阳神阿波罗，是古希腊神话中一位十分重要的神，其意是"光明"，象征着真理，具有丰富的文化内涵。据传"Phoebus"（福伯斯）擅长音乐、箭术、医术等，多才多艺，而且长得十分英俊，是男性美的典型。显然，在汉语中，与"Phoebus"的引申意义相对应的词语空缺，但是与这个词的指称意义相对应的词语"太阳"却存在。翻译时，朱湘根据这个词与汉语中的"太阳"在指称意义上的对应性将之直译为"日神"。这样一译虽然舍弃"Phoebus"的引申意义，但却保留了它的指称意义。

　　在上面这首译诗中，"Phoebus"在汉语中可以找到与其指称意义对应的词语，但是找不到与其引申意义对应的词语。有些文化词则刚好相反，可以在汉语中找到与其引申意义对应的词语，但是却找不到与其指称意义对应的词语，如在下面这首诗中，文化词"Stygian"就存在这种情况：

Dirce	多西
STAND close around, ye Stygian set,	靠拢，奈河船上的人，
With Dirce in one boat convey'd!	你们把多西围起来：

---

①　朱湘. 朱湘译诗集［M］. 洪振国，编. 长沙：湖南人民出版社，1986：69.

Or Charon, seeing, may forget　　怕的迦仑忘她是魂，

That he is old and she a shade.　　他自家年纪已老迈！①

(Walter Savage Landor)

　　上面这首诗系英国诗人蓝德尔（Walter Savage Landor）所作。原诗四行，抑扬格四音步，隔行押韵，音韵非常优美。朱湘在译此诗时以顿代步，隔行押韵，比较完美地再现了原诗的音韵美。在原诗的第一行，诗人使用希腊神话中的文化词"Stygian"预设诗的情景。"Styx"是"Stygian"的名词形式，在希腊神话中是指"人间通往地狱的河"，是死者进入地府的必经之地，朱湘将其译为"奈河"。"奈河"与"Styx"的指称意义并不一致。"奈河"是佛教"地狱"中一条河的名称，其河水皆血，里面爬满了毒虫毒蛇。河上有桥，名曰"奈河桥"。据民间传说，人死后魂都要过"奈河桥"。善者有神灵庇佑，能顺利过河；而恶者则会跌入血河，被虫蛇吃掉。虽然"奈河"与"Styx"的指称意义差别很大，但是这两个词的引申意义相似，都会让人联想人死后所经历的恐怖场面，使读者产生相似的反映。朱湘根据"Stygian"的引申意义直译，比较圆满地保留了原诗的效果。

　　再次，替代的使用。音译和直译都以保留原诗文化词汇的语义、意境为旨归。在译诗中，朱湘多采用这两种方法翻译原诗中的文化词汇。但是，有时为了美化译文，迎合译语读者的审美兴趣，他也采用其他灵活的技巧翻译原诗中的文化词汇。这些技巧主要包括替代和删除。下面先谈谈朱湘如何在译诗中使用替代的手法翻译原诗中的文化词汇。

----

① 朱湘. 朱湘译诗集［M］. 洪振国，编. 长沙：湖南人民出版社，1986：144.

替代可以分为两种情况。其一，原诗中的文化词在译语中找不到对应词，因而选用译语中的词汇替代；其二，原诗中的文化词汇在译语中虽然可以找到对应词，但译者出于某种考虑，不用对应词翻译而用译语中别的词汇进行替代。在下面这首译诗中，由于译语中没有原诗文化词的对应词，朱湘采用替代的方法进行翻译。

Bright star, would I were steadfast as thou art
最后的诗
Bright star, would I were steadfast as thou art
明星，愿我能如你那样不移—
Not in lone splendour hung aloft the night
并非愿如你那样孤寂的高张，
And watching, with eternal lids apart,
永远的下望着，双目不闭，
Like nature's patient, sleepless Eremite,
好象有耐性不睡眠的月亮。①
(John Keats)

上面四行诗是济慈十四行诗《星星，假如我像你那般永恒》的前四行。据学者考证，这首诗是诗人济慈一生中所写的最后一首情诗。济慈迷恋 Fanny Brawne（1800 年—1865 年），写此诗献给她。在本诗中，他将 Fanny Brawne 喻为明亮的星星（bright star），写得非常唯美。在翻译此诗时，朱湘对原诗的标题进行了改写。他根据济慈作诗的时间直接译为《最后的诗》，将原诗的长标题压缩成四个汉字。这样译可能是出于对汉语读者倾向于喜欢短标题的缘故。

---

① 朱湘. 朱湘译诗集 [M]. 洪振国，编. 长沙：湖南人民出版社，1986：160.

在诗的第四行，济慈把"bright star"（心爱的女友）比喻成"Eremite"。"Eremite"源于拉丁文"eremita"，指"远离社会，独自信教尤其是基督教的隐士"。该词在汉语中找不到对应的词汇，只能作注加以解释。而且，把心爱的女人比喻成宗教隐士也不符合汉文化的要求。在汉语文化圈中，献身宗教的女士如尼姑等都是单身的，这与西方的女性教徒在某些方面有一定的区别。因此，朱湘将"Eremite"译成了"月亮"。"月亮"一词在汉语中是强互文性词汇，有很深的文化底蕴。中国历代的文人骚客都曾创作过"咏月"诗词，其中有许多表达离愁别恨的情诗与"月亮"有千丝万缕的联系，因而与原诗的主旨一致。这样一来，朱湘通过用汉语文化圈深度认可的意象替代原诗的意象，使译诗更符合汉语文化圈读者的旨趣。

在上面这首译诗中，朱湘由于在汉语中找不到原诗文化词"Eremite"的对应词，因而对原诗进行了替代性改译。有时，即使原诗的文化词在汉语中可以找到对应词，朱湘也进行替代性改译，如在下面这首诗中，朱湘就对其中的文化词（cypres）做了替代性改译：

> Dirge of Love
> 自挽歌
> COME away, come away, Death,
> 同归吧，同归吧，死之神，
> And in sad cypress let me be laid;
> 让玄色的殓衣把我遮蔽——
> Fly away, fly away, breath;
> 高飞吧，高飞吧，我的魂，

I am slain by a fair cruel maid.

我被狠心的她逼得身亡。

My shroud of white, stuck all with yew（紫杉），

我的掩尸白布，中缀柏片，

O prepare it!

唉，把它预备起来

My part of death no one so true

怜惜我的亲友，就是情愿，

Did share it.

也无从分我悲哀。①

（William Shakespeare）

上面这节诗节选自莎士比亚 的 *Dirge of Love* （《自挽歌》）。原诗共两节，上面这节诗为原诗的第一个诗节。在这个小节的第二行，诗人写到主人公死后希望用柏树（*cypres*）把"他"包起。但朱湘却把这句诗译为"让玄色的殓衣把我遮蔽"，对"cypres"进行了替代性改写，将其译为"殓衣"。柏树（*cypres*）在汉语中象征着长寿，有松柏延年之说，而 *cypres*（柏树）则可能是西方人火葬的材料。两个词尽管指同一种植物，但是引申意义则有所区别。此外，汉族人过去多土葬，一般用衣服布料包裹尸体；而西方人多用火葬，松柏树常常成为包裹尸体进行火葬的材料。因此，朱湘对这个词进行替代性改写有两方面的原因。一方面是因为这两个词的引申意义不同，另一方面也出于中西葬礼习俗的差异。在朱湘的译诗中，此类替代性改译的例子比较多。有时是文化差异的原因使然，

---

① 朱湘. 朱湘译诗集［M］. 洪振国，编. 长沙：湖南人民出版社，1986：67.

有时则与译者的诗学追求有关。后者如朱湘在译布朗宁（Robert Browning）的 *Home Thoughts from Abroad* 时，将诗中的"Pear－tree"改译为"夭桃"。王宗璠在《晨报》副刊撰文批评这是误译。朱湘当即在该报发文进行反驳，称这样改写是为了"协韵"。后两人发生了论战，导致双方的友人都卷入纷争。①

第四，删译的运用。除了上面几种译诗方法外，朱湘也采用删译的方法翻译原诗的文化词汇。所谓删译就是说在译诗中删除原诗的文化词不予翻译，如在下面这首诗中，朱湘就删译了其中的文化词汇，近乎创作。现引如下：

To Celia	给西里亚
DRINK to me only with thine eyes，	整天里我与酒为伴，
And I will pledge with mine；	它象你的眼光闪灼
Or leave a kiss but in the cup	因它灿烂如你眼波——
And I'll not look for wine．	我要抱着空杯狂吸，
The thirst that from the soul doth rise	倘若你曾吹气轻呵：
Doth ask a drink divine；	情炽我心有如热炭，
But might I of Jove's nectar sup，	熄灭还须大雨滂沱——
I would not change for thine．	但你如有同情一滴，
(Ben Jonson)	它将胜似整条天河。②

上面这节诗节选自英国 16 世末 17 世纪初著名剧作家、诗人本·琼森（Ben Jonson）的诗作《致西里亚》（*To Celia*）。原诗是

---

① 朱湘．朱湘散文：下集［M］．蒲花塘，晓非，编．北京：中国广播电视出版社，1994：328．

② 朱湘．朱湘译诗集［M］．洪振国，编．长沙：湖南人民出版社，1986：78．

琼森从希腊诗转译而来，是著名的抒情诗歌，共两个小节，上面这节诗为原诗的第一节诗。上面这节诗的大意是"请用你的眼神为我祝酒，我也用我的眼神为你祝酒；或者你只需在酒杯上留下一吻，我就无须觅酒。从心中燃起的渴望需要圣酒才能解渴；但是即使我能喝上为朱庇特酿造的琼浆玉液，也不愿用你的酒来交换他的圣酒。"对照一下朱湘的译诗就可以发现，译诗与原诗有很大的区别。首先，译诗比原诗多出一行；其次，译诗和原诗的内容也有很大的区别。在这节诗的第七行，源自希腊神话的文化词 Jove's nectar（朱庇特的琼浆玉液）在译诗中不见。朱湘在译诗中删译了这个词。通读译文，感觉译者是在用自己的语言进行创作。

　　朱湘是一个唯美浪漫的诗人。他追求诗的音韵美、形体美、意境美。[①] 在译诗中，当英诗文化词在汉语中找不到对应的词语，而音译又影响译诗的美感时，他对这些文化词的删译就比较多。当然，有时也有诗人出于其他考量对原诗文化词进行删译。如在译罗伯特·赫里克（Robert Herrick）的 *To Dianeme*（《致戴安》）时，朱湘将原诗 10 行删译成 4 行，导致原诗中的大部分文化词在译诗中消失。

　　文化词汇具有丰富的联想意义和审美价值，与一个国家的历史地理、人文掌故、风土人情紧密相连，因而成为翻译中的难点。中英两国的文化传承、语言文字差异甚大，且因曾经相隔遥远交往甚少，文化通融性差。因此，诗歌中的文化词在译入语中难以找到相对应的词语，而且诗歌的音韵、诗体等要求更给文化词汇的翻译造成了大障碍。诗歌中文化词汇的翻译难度可想而知。但是，朱湘克

---

　　① 李红绿. 论朱湘译诗选本的诗学倾向 ［J］. 常州工学院学报（社科版），2011（3）：78 – 82.

服了因文化差异而造成的翻译困难，顺应着诗歌诗体、音韵的要求，带镣舞蹈，成功地译出了英诗中的名篇名作。他根据英诗文化词在汉语中的对应性与非对应性，分别采用音译、直译、替代、删译等不同译法，圆满地处理了文化词汇的翻译。对于在汉语中具有对应词的文化词汇，朱湘以直译为主；而对于在汉语中没有对应词的文化词汇，则以音译、替代、删译等方法为主。由于诗有诗学要求，而朱湘对诗歌的要求甚严，所以有时难免以作代译，充分彰显诗人译诗的魅力，与原文一较高下，导致译作近乎创作。朱湘翻译文化词汇的方法灵活多变，这些译法的使用主要有两个方面的原因。其一，与文化词汇的特性有关。因为文化词汇与一个国家的风土人情、地理历史紧密相连，因而在译入语中很难找到甚至找不到对应的词汇，因此在翻译时不得不灵活变通；其次，与译者本人的诗学追求、文化立场也有一定的联系。通过对比译诗和原诗可以发现朱湘这些译法是成功的。译诗取得了与原文相当的审美效果，实现了文化传播之目的。总的说来，朱湘的绝大多数译诗不仅忠于原诗，而且能取得与原文相当的诗学效果。朱湘译诗所取得的巨大成就打破了诗不可译的神话。

（四）朱湘诗歌创作与翻译的关系——以"死亡"主题诗歌为考察对象

　　著名诗人余光中先生在论述翻译与创作的关系时曾说过："在普通情况下，翻译与创作的相互影响是巨大的。"[①] 20 世纪 20 年代，中国文学处在世界文学多元系统的边缘。翻译成为一种引进异域文学建构本国文学的方法和手段。翻译与创作之间的互动关系愈

---

① 余光中 . 余光中谈翻译 ［M］. 北京：中国对外翻译出版公司，2002：35.

发明显。新月派"大将兼先行"朱湘是这一时期著名的诗人兼译家。① 他的译诗和诗作烙上历史的印迹，相互影响。他曾说过要改造中国的旧诗，就只有"移去别处新的多藏的矿山"。他提到"第二处矿苗是研究英诗"②。后来，他又在《说译诗》中说，倘若能"将西方的真诗介绍过来"，便可以为中国的新诗开辟新的道路。③他的这些观点折射出时代的诉求，希望通过译诗促进新诗的发展。少年时代，朱湘因父母早逝缺少关爱；青年时代，因与好友闻一多等人生分而愈感孤寂。自安徽大学卸职后在社会上四处碰壁，最终自投长江，"跨鲸背"追诗神而去。④ 朱湘独特的人生经历使他翻译和创作了不少死亡诗歌。虽然已有学者对他诗歌集中的"死亡"诗歌做过研究，但目前鲜有学者对他译诗集中的"死亡"诗歌以及诗歌集与译诗集中"死亡"诗歌之间的关系做过相关探讨。本文拟以朱湘翻译和创作的"死亡"诗歌为例，探讨他诗歌创作与翻译之间的互动。

1. 诗歌创造中的"死亡"诗歌

朱湘的童年是不幸的，3 岁丧母，11 岁丧父亲。父母之爱过早的缺失在他的心里留下一个巨大的伤疤，尤其是母爱的缺失更使他一直不能释怀。朱湘常常在作品中提及幼年丧母给他带来的痛楚。父亲过世后，朱湘由哥哥抚养。由于哥哥对他寄予的希望太大，对他的要求过于严格，这也给他留下很大的心里阴影。⑤ 这种人生经

---

① 徐志摩. 诗刊放假 [A]. 李书敏，严平，蔡旭等编. 徐志摩散文小说选 [C]. 重庆：重庆出版社，1999：541.

② 朱湘. 中书集 [M]. 王彬，编. 北京：中国文联出版公司，1998：102.

③ 朱湘. 中书集 [M]. 王彬，编. 北京：中国文联出版公司，1998：210.

④ 朱湘. 朱湘诗集 [M]. 周良沛，编. 成都：四川文艺出版社，1987：165.

⑤ 钱光培. 现代诗人朱湘研究 [M]. 北京：北京燕山出版社，1987：5 – 6.

历使朱湘更多地看到了人生的阴暗面。即使少年得意，考上清华大学前途一片光明之时，他的诗表达的不是光明和欢乐，而是阴沉与抑郁。如在他的早期诗作《废园》中，我们就可以读到这种忧郁的色调：

> 有风时白杨萧萧着，
>
> 无风时白杨萧萧着；
>
> 萧萧外更不听到什么：
>
> 野花悄悄的发了，
>
> 野花悄悄的谢了；
>
> 悄悄外园里更没什么。①

在《小说月报》上发表该诗时朱湘 18 岁，在清华大学读书。作为青年人，他本应该对生活充满自信，对未来充满希望，可他却一反常态，看到的却是满目萧条的"废园"。简单的几行诗就勾勒出了诗人对人生阴暗面的思考。

《废园》收入朱湘的第一个诗集《夏天》，是这个时期的代表作品之一，从中可以看出这个时期的诗歌呈现出淡淡的灰色调。这种忧郁的灰色调构成那段时间他情感体验的主旋律。《夏天》过去以后，朱湘生活中的挫折多了起来。因此，他第二个诗集《草莽集》与第一个诗集《夏天》就有了明显的不同，生活中的苦闷与"死亡"情绪开始走进他的诗篇。当时诗界对这部作品评价很高，认为该集所收诗作意象圆润，音韵工整，"于外形的完整与音韵的

---

① 朱湘. 朱湘诗集［M］. 周良沛，编. 成都：四川文艺出版社，1987：8.

柔和上达到一个为一般诗人所不及的高点"①，"比之在新诗界负有盛名的郭沫若的女神亦无多让"②。《草莽集》共收诗 34 首，其中至少有 6 首诗间接或直接写到了"死"，如在格律诗《雌夜啼》中，朱湘把自己隐喻成一只"孤独"的小鸟，要求猎人扣响扳机终结他的"生趣"。③ 在创作这首诗的两个月前，朱湘刚与指腹为婚的刘霓君女士完婚。也许诗人对这桩婚事不太认同，使原本不太"温存"的家"巢"飘进了"露水"，因而倍感凄凉。④ 后来，在致友人罗皑岚的信中，他告诫好友："牵头式的婚姻是非人的，你如在此圈套中，就得赶快挣脱……我便是已入圈内的牺牲。"⑤ 这种无爱婚姻显然是朱湘悲剧人生中的一个重要因素。

朱湘的第三个诗集《石门集》在诗人弃世后由商务印书馆出版，收有诗人后期创作的大部分作品，诗体上和《草莽集》时期典雅的风格截然不同，诗人大量运用西方诗歌如十四行英体、意体、散文诗等，从中可以清晰地看出诗人从古典主义向现代主义的转型。虽然诗人的诗体发生了变化，但诗歌的主题并没有改变，诗人的心情更加凄苦、幽愤，如在《死之胜利》《十四行英体 7》等诗中都浸润着这种情感。

2. 译诗中的"死亡"诗歌

诗歌可以表达人的情志。朱湘不仅通过诗歌创作表达忧愤弃世的情志，而且也通过译诗来抒发这些情感。他早期翻译过罗马

---

① 沈从文. 论朱湘的诗［A］. 孙玉石. 中国现代作家选集——朱湘［C］. 北京：人民文学出版社，1985：255.
② 苏雪林. 论朱湘的诗［A］. 孙玉石. 中国现代作家选集——朱湘［C］. 北京：人民文学出版社，1985：262.
③ 朱湘. 草莽集［M］. 北京：人民文学出版社，1984：9.
④ 朱湘. 草莽集［M］. 北京：人民文学出版社，1984：9.
⑤ 朱湘. 朱湘书信二集［M］. 合肥：安徽文艺出版社，1987：228 – 229.

尼亚民歌，后来翻译了丁尼生（Tennyson）、布朗宁（Browning）、济慈（Keats）、华兹华斯（Wordsworth）等人的作品，但他的绝大多数译诗是在留美期间完成的。经学者考证，朱湘译诗多达120 多首。① 1986 年 5 月，由洪振国先生编辑整理的《朱湘译诗集》共收朱译诗歌 116 首。在这个集子中，至少有 10 多首以诗"死亡"为主题。在这些译诗中，有的诗歌表现出诗人对现实世界的不满与嘲讽，如朱湘早期翻译本·琼森（Ben Johnson）的《告别世界》：

> FALSE world, good night! since thou hast brought
>
> 再会了，虚伪的世界！
>
> That hour upon my morn of age;
>
> 是你教我生下地来；
>
> Henceforth I quit thee from my thought,
>
> 恋你的心我已消灭，
>
> My part is ended on thy stage.
>
> 我再不登你的戏台。
>
> ……
>
> Where nothing is examined, weigh'd,
>
> 满目只见聋子，瞎子，
>
> But as tis rumour'd, so believed;
>
> 风传奉为玉律，金科；
>
> Where every freedom is betray'd,
>
> 自由被人欺卖，杀死，

---

① 张旭. 视界的融合：朱湘译诗新探 [M]. 北京：清华大学出版社，2008：60.

And every goodness tax'd or grieved.

善人受尽忧郁，折磨。①

……

（Ben Jonson）

原诗共9个小节，每个小节4行。以上两个小节分别节选自第一、第五个小节。原诗四音步抑扬格，隔行押韵，音调压抑而忧郁。朱湘在翻译此诗时"以顿代步"，交叉押韵，基本上再现了原诗的音韵。从诗的内容上来说，整首诗洋溢着对现实世界的批评与讥讽，体现了强烈的弃世思想。除了翻译批判现实世界的诗歌，朱湘也译了不少不惧死亡的诗歌，如他翻译华特生（William Watson）的《死》：世间的人不须惧怕死亡：/天堂既无，也便不愁地狱……在这首诗中，华特生通过否定"天堂"和"地狱"的存在，号召人们无须"惧怕死亡"。而且在译诗邓恩（John Donne）的《死》中，朱湘进一步予以阐释：死神，你莫骄傲，虽然有人/说你形状可怕，法力无边：/试想古来多少豪杰圣贤/视死如归，至今依旧留名！……②在这首诗中，诗人邓恩通过对比死神与"豪杰圣贤"身后留名，说服人们无须害怕死亡，认为死亡不过是"永生"的另类方式。整首诗体现了诗人邓恩蔑视死亡的高傲神态，这些都对朱湘的创作产生了影响。

总的说来，译诗中的"死亡"诗歌虽然不是写朱湘自身的体验，但是这些译诗引起了他的共鸣，宣泄了他的悲愤情绪，解除了他对死亡的恐惧。通过译诗，朱湘也完成了对死亡的拷问，从最初

---

① 朱湘. 朱湘译诗集［M］. 洪振国，编. 长沙：湖南人民出版社，1986：80.
② 朱湘. 朱湘译诗集［M］. 洪振国，编. 长沙：湖南人民出版社，1986：75-76.

对现实世界的不满，再到无惧死亡、通过死亡寻求解脱，这些译诗好像是为他最终献祭诗坛埋下的伏笔、所做的铺垫。它们就像朱湘死亡历程上的节点，组合在一起演绎出了他的弃世轨迹。

3. 作诗与译诗中"死亡"诗歌的互相影响

朱湘创作过"死亡"诗歌，也翻译过"死亡"诗歌。从最初创作死亡诗歌表达对人生的迷茫、不满与绝望，再到翻译死亡诗歌，从译诗中吸取营养进行诗歌创作，他的诗歌翻译与创作交织在一起，互相联系，互相影响。这种影响主要体现在以下三个方面。

首先，对死亡意义的理解上。朱湘早期诗集中的诗歌常常流露出落寞与虚无的人生观。例如，在第一个诗集《夏天》中的第一首诗《死》中，他就表达了"死亡"的空虚与迷茫感："油灭了，灯一闪，熄了。"① 第二首诗《废园》则隐含着诗人对现实生活的不满，感慨人生的萧瑟与落寞。由于对人生感到不满、空虚、迷惘，朱湘把眼光投向异域文学，希望在那里找到解决人生困惑的答案，如他译布里吉斯（Seymour Bridges）的《冬暮》：

> Winter Nightfall
> 冬暮
> THE day begins to droop, —
> 短促的冬日已暮，
> Its course is done：
> 来了夜长。
> But nothing tells the place
> 那太阳有谁知道

---

① 朱湘. 朱湘诗集［M］. 周良沛，编. 成都：四川文艺出版社，1987：7.

Of the setting sun.

去了何方？

……

He thinks of his morn of life，

他回想幼年时代，

His hale，strong years；

回想中年，

And braves as he may the night

如今他耐心等待

Of darkness and tears. （Robert Bridges）

入土长眠。①

　　上面两个小节分别节选自布里吉斯《冬幕》的第一个小节和最后一个小节。原诗音韵优美，4 行为 1 小节，共 7 个小节。每个小节隔行押韵，第一、第三行三音步抑扬格，第二、第四行二音步抑扬格。在翻译此诗时，朱湘以顿代步，以三顿对应原诗的三步，两顿代两步，隔行押韵，比较完美地再现了原诗的音韵美。此外，译诗偶数行缩进一个汉字，发挥汉语的优势，使译诗看成去非常整齐，比原诗更富有形体美，颇具匠心。从原诗的主题来看，诗人布里吉斯在诗的第一节以冬天的黑夜象征着人的老年，以太阳的消失象征着人的死去。在诗的最后一节，诗人通过描写老人追忆他的幼年和壮年，平静地面对死亡。诗人像一个长者告诉年轻人如何面对人生，正视死亡，俨然是朱湘为他的诗歌《死》《废园》等寻找的

---

① 朱湘. 朱湘译诗集［M］. 洪振国，编. 长沙：湖南人民出版社，1986：227 – 229.

答案。这种平静的态度影响了朱湘后来的创作，如《草莽集·序诗》中表达了十分相似的主题：

> 我与光明一同到人间，
>
> 光明去了时我也闭眼：
>
> 光明常照在我的身边。
>
> ……
>
> 圆月在夜里窥于窗隙，
>
> 缺月映着坟上草迷离：
>
> 月光照我一生的休息。①

在《序诗》中，诗人想象了他未来的归宿，通过"月亮"的意象把死亡描绘得安静而祥和。不仅该集的《序诗》如此，而且该集的最后一首诗《尾声—梦》对死亡的态度也表现得极为洒脱："梦罢，/坟墓里面的梦呀无尽无终。"②可见，到《草莽集》时期，诗人对死亡的看法渐趋稳定，少了《死》中的虚空感与《废园》中的荒凉感。这种转变与诗人翻译死亡诗歌有一定的联系。

其次，对待死亡的方式与态度上。迫于人生的困惑，创作的需要，朱湘把眼光投向异域文学，翻译了不少外国诗歌。同时，朱湘也注重从西诗中译中吸取创作的营养，尤其是当外国诗歌中"死亡"态度引起他强烈的共鸣时，他就可能做"横的移植"。这种现象在下面几首诗中表现得非常明显。1924 年 3 月，上海商务印书馆出版了朱湘的第一部译诗集《路曼尼亚民歌一班》。该集所收《军人的歌》反映了军人对待死亡坦率从容的态度：

---

① 朱湘. 草莽集 [M]. 北京：人民文学出版社，1984：1.

② 朱湘. 草莽集 [M]. 北京：人民文学出版社，1984：108.

> 我真情愿年轻时在苹果树的绿荫里死了,
> 好令树上的百花能雨似的洒在我的身上。
> 如果我死在被风刮干的玉米杆间,
> 玉米杆仍旧会象从前在风里沙沙的响的;
> 或者我死在那面古井的旁边,
> 人家也仍旧象从前从井里汲他们的水的。①

　　这是朱湘的早年译诗,音韵译得较为松散。在上面这节诗中,军人表达了他对"死亡"的看法:他愿意死在"苹果树的绿荫里",让"百花"洒在他的身上;他也愿意死在"古井旁边",不为人们所知,好像什么也没有发生,人们照旧在井里汲水。这种对待人生的超脱态度与朱湘 1925 年创作的诗歌《葬我》表达的态度有异曲同工之妙:

> 不然,就烧我成灰,
> 投入泛滥的春江,
> 与落花一同漂去
> 无人知道的地方。②

　　在《葬我》这首诗中,朱湘将自己的"死"想象得非常唯美,表达了诗人对待死亡的率性与洒脱,酷似《军人的歌》。两首诗不同的地方是朱湘对诗歌音韵做了熔炼,对意象做了改换,把"苹果树的百花"换成了"马樱花",把"井水"换成了"江水"。后来,朱湘又翻译了类似的诗歌,如莎士比亚的歌《自挽歌》:

---

① 朱湘. 朱湘译诗集 [M]. 洪振国,编. 长沙:湖南人民出版社,1986:315.
② 朱湘. 草莽集 [M]. 北京:人民文学出版社,1984:8.

棺木上，棺木上，无须要

美人样的鲜花撒在上头，

坟墓上，坟墓上，用不到

任何朋友为我悲泪双流——

在一片无人知道的茔地，

唉，葬起我的尸身，

免得失恋人到那儿叹气

或者是大放悲声！①

在这首诗中，诗中的主人公希望自己死后朋友、亲人率性地对待他的死。"棺木"上无须有"鲜花"，"坟墓"上朋友无须悲伤，最后把他葬在"无人知道"的地方。纵观这三首诗可以发现：在语言、意象等方面形似，在对待死亡的态度上神似。在安葬的方式上，《葬我》中使用的是"马樱花"与"落花"，而《军人的歌》使用的是"苹果花"，《自挽歌》则用的是"鲜花"。在安葬的场所上，《葬我》选择"春江"与"无人知道的地方"；《军人的歌》选择"苹果树下"，"玉米杆间"与无人注意的"古井旁"；而《自挽歌》则选择了一个与《葬我》相同的地方："无人知道的茔地"。彼此之间的影响十分明显。

最后，为诗艺献身的精神上。朱湘的译诗与作诗在为诗艺献身的精神上也极为相似。有目击者称，朱湘在跳江自沉之前，还朗诵过海涅的诗。最后，他是带着海涅的诗一起投入长江的。诗人与诗为伴，视诗为自己之生命，这种献身诗艺的精神内化在他的诗歌

---

① 朱湘. 朱湘译诗集［M］. 洪振国，编. 长沙：湖南人民出版社，1986：67.

里。他的译诗《终》就道出了这种心迹：

> 我不争，因为无人值得我的争斗，
>
> 自然我最爱了，其次便推艺术——
>
> 我在人生的火炉前暖着双手，
>
> 炉火熄了，我也更无什么踌躇。①

这首诗的主人公显得有些高傲，他不屑与人争，因为他觉得没有人能够与他争斗。这种高傲的性格非常吻合朱湘的性格特征。原诗以火炉象征着人生，以火炉之熄灭象征着生命之终结。诗中的主人公不为献身艺术而感到遗憾与踌躇。在艺术的抚慰下，他平静地对待人生中行将熄灭的火炉。诗中所表达为艺术而献身的精神与朱湘舍身追求诗艺的精神是相通的。全诗感觉像是诗人蓝德尔（Savage Landor）为朱湘所作。

在诗歌创作中，朱湘同样表达了为诗艺献身的精神，尤其在他失去工作后，在社会上求职四处碰壁时，诗歌成了他最大的慰藉，如在《十四行英体7》中，他写道：

> 我的诗神！我弃了世界，世界
>
> 也弃了我；在这紧急的关头，
>
> 你却没有冷，反而更亲热些，
>
> 给我诗，鼓我的气，替我消忧。
>
> 我的诗神！这样你也是应该——
>
> 看一看我的牺牲罢，那么多！
>
> 醒，睡与动，静，就只有你在怀；

---

① 朱湘. 朱湘译诗集［M］. 洪振国，编. 长沙：湖南人民出版社，1986：145.

> 为了你，我牺牲一切，牺牲我！
>
> 全是自取的；我决不发怨声，
>
> 我也不夸，我爱你，我的诗神！①

这首诗写出了朱湘献身"诗神"的心声。当整个世界抛弃了他的时候，只有他的诗没有远离他，"反而更亲热"他，给他鼓气，替他驱忧。他与诗始终不离不弃，最后由衷地发出感慨：对于他为了诗神所"牺牲的一切"，"决不发怨声"。这种对诗神毫无怨言的感慨使我们不由得联想到了蓝德尔的"我也更无什么踌躇"。这两首诗，反映了朱湘在译诗与作诗之间隐含着一种内在的关联。正是由于诗人对诗歌艺术的执着追求，使他在这种关联之间架起了桥梁，联通了两个不同的诗境，传出了同一个声音：为艺术献身。

朱湘的一生是不幸的，幼年丧亲，青年时期因高傲与乖戾的性格与朋友生分，与社会冲突，最终早早地走完了人生。朱湘独特的人生经历，孤傲的性格致使他饱尝了人生的冷漠与黑暗。在诗歌创作中，这些冷漠和黑暗拨动了他心中诗神缪斯的琴弦，使他演奏了一曲曲"死亡"之音。可以说孤傲、叛逆、不满、失落等都是这些死亡之音上必不可少的音符。朱湘"是一个畸零的人，既不曾作成一个书呆子，又不能作为一个懂世故的人。"② 因为不懂"世故"，所以他在生活中不断地遭遇挫折，对生活深怀不满与失望。这些不满与失望的情绪成了诗人想象死亡、预见死亡与渴望死亡的契机，成了他翻译和创作死亡诗歌的灵感和动力。因此，诗人一走向诗坛就表现出与一般青年诗人不同的一面，死亡意识过早地游离在他的

---

① 朱湘. 朱湘诗集 [M]. 周良沛，编. 成都：四川文艺出版社，1987：239.
② 朱湘. 中书集 [M]. 王彬，编. 北京：中国文联出版公司，1998：81.

视野之内，并不断地在潜意识里积聚能量。他试图通过作诗和译诗来释放和排解这些能量。从《夏天》时期的淡灰色心态到《草莽集》时期对死亡的预构，再到《石门集》时期对死亡的肯定，最终到诗人投江自沉，各个不同时期诗作与他的人生经历都有内在的关联。而且当他在异域文学中发现了和音，他就翻译引进过来。他的《告别世界》《死》《终》等译诗应和着他的诗歌创作，帮助他完成了对死亡的拷问，和他的诗歌一道演绎出了他短暂的人生轨迹。朱湘独特的人生体验使他创作和翻译了许多"死亡"诗歌。他的诗歌翻译应和着他的"死亡"诗歌创作，丰富了他对死亡的看法，也影响了他此类诗歌的创作。他的译诗与作诗是密切相关、互相影响的。

四、孙大雨译诗研究

孙大雨是新月派诗人，与朱湘、饶孟侃、杨世恩等人被誉为新诗坛"清华四子"①。他幼年时期接受过良好的国学教育，青年时期负笈美国，接受西方文化的熏陶，学贯中西，具有扎实的中西文化根底，再加上钟情于诗歌，使他在英诗中译和中诗英译两方面都取得了不错的成绩。近年来，学术界对新月派代表性诗人的译诗研究愈发深入，取得了丰硕的研究成果，如徐志摩、闻一多、朱湘等人译诗的研究都有专著问世，而对孙大雨等其他一批诗人的研究愈显边缘化。不过，最近几年，这种研究趋势在发生变化，对孙大雨等人的译诗研究也逐渐热起来。事实上，不论是在译诗与作诗的实

---

① 陈子善. 硕果仅存的"新月"诗人孙大雨［A］. 孙大雨诗文集［C］. 孙近仁，编. 石家庄：河北教育出版社，1996：444.

践上，还是在理论上，孙大雨都有其独特的贡献。对他进行研究既有利于挖掘出他在实践与理论上的成就，也有利于从纵深推动那些代表性诗人的研究。这个部分将以孙大雨唐诗译作中民俗文化词汇的英译为例探讨他译诗的特点和方法。

（一）孙大雨的翻译成就

孙大雨的翻译成就主要包括莎士比亚戏剧中译、英诗中译以及中国古诗词英译，共出版译作 12 部。其中，他译有莎士比亚戏剧 8 部，包括《黎琊王》（即《李尔王》）《罕秣莱德》（即《哈姆莱特》）《奥赛罗》《麦克白斯》（即《麦克白》）（以上四种收入《莎士比亚四大悲剧》），以及《威尼斯商人》《冬日故事》《暴风雨》《萝密欧与琚丽晔》（即《罗密欧与朱丽叶》）等。此外，他还译有《英诗选译集》1 部，以及 3 部英译中诗集《屈原诗选英译》《古诗文英译集》《英译唐诗选》。他的《英诗选译集》主要选译了乔叟（Geoffrey Chaucer）、约翰逊（Ben John）、弥尔顿（John Milton）、华兹华斯（Wordsworth）、拜伦（Byron）等 12 位名家的作品。他的《古诗文英译集》选了中国历代 38 位名家的名作，时间跨度从战国时期至宋代，译文后的注释多达 150 多页，足以看出译者对这部作品付出的心血以及翻译时所持的严谨的学术态度。

孙大雨先生是"音组"理论早期的提倡者和践行者。在《我与诗人朱湘》一文中，他自述，1925 年夏天，他在浙江海上普陀山佛寺圆通庵客舍中，"寻找出了一种新诗的格律形式"，那就是"以两个或三个汉字为常数而有各种不同变化的'音组'结构来实现"①。因此，孙大雨先生称自己是"音组"理论的首创者。② 但目前学界对此有也不同的看法，认为或许大雨先生 1925 年就有了"音组"理论，但是是叶公超最早（1937）形诸文字的，所以也有学者把首创的光环归于叶公超先生。③ 不管怎么说，说孙大雨先生是"音组"早期的提倡者和践行者是不为过的。据作者自述，1926 年 4 月，他在《晨报副刊·诗镌》上发表的十四行体诗《爱》就是"用'音组'有意识地撰写格律体新诗的首次实践"，并称"以后我用这个方法创作和翻译了约三万行左右的诗行"④。由于孙大雨先生用音组翻译莎剧和英诗，用诗体译诗，因此他的译文在音韵上能够取得与原文大致相当的审美效果，在翻译质量和数量上都取得了不错的成绩。

（二）民俗文化词汇的特点

民俗文化的形成与一个民族的居住环境、生活习惯是分不开的。人们在生活中形成的观念、信仰有一部分会慢慢地沉淀下来，成为一种文化现象，如一个民族的服饰穿着、审美心理、宗教信仰、图腾崇拜、饮食习惯、神话传说、历史语境等都是民俗文化的一部分。这些民俗文化现象往往为这个民族为所独有，与其他民族的民俗文化相比，具有很大的相异性。语言是记载文化现象的工具，其中包含着大量的民俗文化词汇。这些民俗文化词汇或表现一

---

① 孙大雨. 我与诗人朱湘［A］. 孙大雨诗文集［C］. 孙近仁，编. 石家庄：河北教育出版社，1996：324.

② 孙大雨. 我与诗人朱湘［A］. 孙大雨诗文集［C］. 孙近仁，编. 石家庄：河北教育出版社，1996：318.

③ 龙清涛. 简论孙大雨的"音组"——对新诗格律史上一个重要概念的辨析. 中国现代文学研究丛刊［J］. 2009（1）：156.

④ 孙大雨. 我与诗人朱湘［A］. 孙大雨诗文集［C］. 孙近仁，编. 石家庄：河北教育出版社，1996：324.

个民族独特的地理环境，或记录一个民族特有的人文现象，具有丰富的联想意义、高度的互文性，是翻译中的难点。

诗歌中的民俗文化词汇具有更高的互文性、更深的情感意义以及更强的审美意义。这一点不难理解，因为诗歌在空间上具有限制性，即诗歌在诗行上有一定的归约性。因此，只有当诗歌中的语言具有高度的浓缩性时才能在短短的诗行中表达强烈的情感、营造理想的意境、创造鲜明的意象、产生强烈的审美效果。这样，在诗歌创作中，诗人倾向于选择精简但意义丰富的词语。这也是民俗文化词汇很容易走进诗篇的原因。因此，与一般词汇相比，诗歌中的民俗文化词汇浓缩性更强，意义更为丰富。

（三）孙大雨的翻译特点和方法

接下来谈谈孙大雨唐诗英译中民俗文化词汇的翻译方法。孙大雨主要采用了音译、直译、音译加注、直译加注、意译等方法翻译唐诗中的民俗文化词汇。他对这些方法的运用手法灵活老到，因词而异。即使在同一首诗中，如果遇到的词语不同，他采用的翻译方法也有所改变。这种变通的手法充分彰显了这位翻译老手高超的技艺，提升了译文的质量。下面通过四篇名诗译文来探讨孙大雨先生如何使用这些译法翻译原诗中的民俗文化词汇。

首先，以《凉州词》中民俗文化词汇的翻译为例来说明孙大雨译诗的特点和方法。《凉州词》是唐代著名诗人王之涣的名篇。诗题"凉州词"是唐代广为流传的一种曲调名，不是诗题名，而是凉州歌的唱词。在这首诗中，诗人描绘了守边士卒偏远单调的生存境况，格调悲怆哀怨，声律辽阔沉郁，给人的印象非常深刻。孙大雨先生的译文如下：

凉州词

Liang County Song

黄河远上白云间，

The Luteous River glares heavenwards to the white clouds/

一片孤城万仞山。

And a lorn pile lies by a mount a hundred furlongs high.

羌笛何须怨杨柳，

Why need the Qiang flute plain in a song of Plucking Willows?

春风不度玉门关。

Spring breezes would not be wafted out of the Jade Gate Pass. ①

　　在这首诗中，诗人主要运用"黄河""羌笛""杨柳""玉门
关"等民俗文化词汇创造意象，营造意境。"黄河"因流经黄土高
原河水泛黄而得名。"黄河"流域是中原文化的发源地，因此"黄
河"成为中华民族文化的图腾，被国人称之为"母亲河"。孙大雨
先生将之译为"Luteous River"，"luteous"是"黄金色的，黄中带
绿的"的意思，显然采用了直译的方法。羌是中国古代的一个民
族，而"羌笛"是羌族的一种乐器。孙大雨先生将之译为"the
Qiang flute"，采用了音译加意译的方法。诗中"杨柳"是指《折杨
柳》歌曲。因"柳"与"留"谐音，赠柳可以表示留念，故唐代
有折柳赠别的风俗，而《折杨柳》是唐代广泛流传的送别歌曲，孙
大雨先生将之译为"a song of Plucking Willows"，采用了直译的翻
译方法。"玉门关"是唐代出塞必经的关口，孙大雨先生将之译为

---

　　①　孙大雨译. 古诗文英译集 [M]. 上海：上海外语教育出版社，1997：130 -
　　131.

"Jade Gate Pass"，采用了直译的方法。

通过这首译诗可以发现，孙大雨先生在翻译民俗文化词汇的时候采用的方法是灵活多变的。尽管他采用的方法灵活多变，但他尽量保留原诗中民俗文化词汇的特色，力图原汁原味地介绍给英文读者。在不影响民俗文化词汇意象传播的情况下，能意译则意译，不能意译则直译，不能直译则音译。

《送元二使安西》中民俗文化词汇的翻译。《送元二使安西》是盛唐著名诗人王维的送别诗，谱曲后广为传唱，别称"阳关三叠""渭城曲"。诗人王维因崇信佛教，诗中有禅，故称为"诗佛"。苏东坡赞他"诗中有画""画中有诗"。这首诗就具有这种特征，描写了初春时节，一场细雨后，渭城边客舍中诗人惜别朋友的画面。现引孙大雨先生的译文如下：

送元二使安西

Bidding Adieu to Yuan Junior in His Mission to Anxi

渭城朝雨浥轻尘，

The fall of morning drops in this Town of Wei

Its dust light doth moisten，

客舍青青柳色新。

Tenderly green are the new willow sprouts

Of this spring – adorned tavern.

劝君更尽一杯酒，

I pray thee to quench once more full to the brim

This farewell cup of wine，

西出阳关无故人。

For after thy departure from this western – most pass，

Thou will have no old friend of thine. ①

在这首诗中，诗人王维主要采用"安西""渭城""阳关"三个文化词汇营造诗境。

安西是唐代为统辖西域地区而设的安西都护府的简称，在今新疆维吾尔自治区库车县附近。孙大雨先生采用音译将之译为"Anxi"。渭城指故址秦时咸阳城，汉代改称渭城（《汉书·地理志》），位于渭水北岸，唐时属京兆府咸阳市辖区。渭城实际上是指渭城县的县城。孙大雨先生采用意译与音译结合的方法将其译为"Town of Wei"。由于"Town"在英语中比"Village"（村）大，比"City"（城）小，译成汉语是"镇""城镇"，因此，"Town of Wei"回译成汉语就是"渭镇"，与原诗中的"渭城"有别，缩小了行政级别，这是翻译中的不足之处。但这小小瑕疵不掩译文的光彩。阳关是汉朝设置的边关名，古代跟玉门关同是出塞必经的关口。据《元和郡县志》记载，因在玉门之南，故称阳关，在今甘肃省敦煌市西南。为了谐韵，孙大雨先生采用意译将之译为"the western‐most pass"。但是，"the western‐most pass"译为汉语为"最西边的关塞"，不仅与"阳关"所处的地理位置不太相符，而且也丧失了"阳关"在汉语文化圈所具有的文化内涵，是为不足之处。

在这首诗中，孙大雨先生主要采用音译、意译、音译与意译结合等译法翻译古诗中民俗文化词汇，虽然存在一些小瑕疵，但总体上还是成功的。

再者，《清平调》中民俗文化词汇的翻译。《清平调》是唐代

---

① 孙大雨译. 古诗文英译集［M］. 上海：上海外语教育出版社，1997：154–155.

著名诗人李白的名篇，共三首，流传非常广，知名度非常高。这三首诗创作于开元年间，当时唐玄宗与杨贵妃、乐师李龟年一起在宫中沉香亭畔游赏牡丹。面对美人与名花，再加上有大乐师相伴，唐玄宗兴致高涨，便邀李白进宫写出新词，以供歌舞之用。李白很快以《清平调》为题，写下了这三首诗。下面以前两首为例分析孙大雨先生如何翻译诗中的民俗文化词汇。

清平调（之一）

For Qing – ping Tunes

云想衣裳花想容，

Tinged cloudlets are likened unto her raiment.

And the flowers unto her mien.

春风拂槛露华浓。

Spring zephyrs along the balustrade

Gently brush the crystal dew's sheen.

若非群玉山头见，

If not seen on the wondrous Mount of Gems

At some enchanted strand,

会向瑶台月下逢。

She could be met with on the Magic Tower

In the moonlit fairyland. ①

在诗的第一二行，李白通过把"云"与"花"两个意象与杨玉环衣貌进行比拟从而突出杨玉环的倾城之美，虽似写花写云，实

---

① 孙大雨译．古诗文英译集［M］．上海：上海外语教育出版社，1997：184 – 185.

则运用比兴手法赞美杨玉环的容貌。在诗的第一行，"想"与"像"谐音，给这行诗的阐释提供了多维视角，彰显该诗的魅力，起笔之格调就与众不同，既可以理解为"看到美丽的白云就让人想到杨玉环漂亮的衣裳，看到华丽的牡丹花就让人想到杨玉环迷人的容颜"，也可以理解为"灿烂的白云就像杨玉环的衣裳，华丽的牡丹花就像杨玉环艳丽的容颜"，如此种种，从而可以看出李白作诗的天才之处。第三四行承接第一二行而来，运用"群玉山""瑶台"两个民俗文化词以神话中的意象进一步突出杨玉环绰约若仙子、超凡脱俗的美。"群玉山"是传说中西王母所住之地，孙大雨先生将之意译为"Mount of Gems"，处理得比较成功。"瑶台"在这里是指神仙、仙女居住的地方，孙大雨先生采用意译将之译为"Magic Tower"。这样译虽然取得了相似的诗境，但还是不太准确。因为"Magic Tower"回译成汉语是"魔力城"或"魔法塔"，与原诗中的"瑶台"不太对等。

在这首诗中，孙大雨先生主要采用意译的方式翻译原诗中的民俗文化词汇。意译的名词虽然有利于西方读者接受和理解，但其不足之处也十分明显。一方面，由于民俗文化词汇为一个民族所独有，往往很难在异族文化中找到完全对等的词汇；另一方面，由于民俗文化词汇的内涵非常丰富，在意译的时候往往会顾此失彼，只能翻译其中的一些义项，甚至可能导致误译。从上面这首诗的译文来看，总的来说孙大雨先生是处理得比较成功的，但是存在一些不足之处，翻译得不够精到。下面再来看看《清平调》第二首诗中民俗文化词汇的翻译。

清平调（之二）

For Qing – ping Tunes

一枝红艳露凝香，

A spray of fresh pink beauty sparkleth

With dews full of scents sweet；

云雨巫山枉断肠。

The clouds and showers of Mount Wu′s Belle

Remain today a mere legend.

借问汉宫谁得似，

If it be asked who in the Han palace

Could ever be named as her like，

可怜飞燕倚新妆。

The answer is "The Flitting Swallow"

In her newly sewn skirt of gauze. ①

　　这首诗的第一句把杨玉环比喻成凝香带露的牡丹花，第二句通过杨玉环与巫山神女的对比赞美唐玄宗对杨玉环的宠爱远胜过楚怀王与巫山神女这个只会让多情人断肠的虚假传说。第三四句诗则通过杨玉环与汉代美女赵飞燕的对比突出杨玉环艳压群芳，即使汉代美女赵飞燕着上新妆也显得逊色几分。在这首诗中，李白通过使用"云雨巫山""汉宫""飞燕"等民俗文化词汇营造诗境，突出杨玉环的得宠与美艳。"云雨巫山"出自宋玉的《高唐赋》："妾在巫山之阳，高丘之阻。且为朝云，暮为行雨，朝朝暮暮，阳台之下。"

---

① 孙大雨译. 古诗文英译集［M］. 上海：上海外语教育出版社，1997：184 – 185.

是讲楚怀王在高唐地区游览时，在睡梦中遇见一美丽女子。女子称自己是巫山之女，愿献枕席给楚王使用。楚王喜出望外，立即宠幸巫山美女。巫山神女告诉楚王，如果再想找她，就请楚王记住她住在巫山的南面，早上是"朝云"，晚上是"行雨"。孙大雨先生将"云雨巫山"直译为"the clouds and showers of Mount Wu's Belle"。"Belle"有两个意思：其一，Annabella，Arabella，Isabella等的昵称；其二，美人、美女。这里取第二个意思。整个这个词语回译成汉语就是"巫山美女的云朵和雨点"，与原诗意义相当，比较忠实地再现了原诗的内容。孙大雨先生采用译音与译意结合的方法将"汉宫"译成"Han palace"，也忠实于原诗内容。本诗中第四行中的民俗文化词汇"飞燕"是指汉代美女西汉汉成帝的皇后宜主。因其体态轻盈瘦美，故称飞燕。孙大雨先生将之意译为"the Flitting Swallow"，不用加注直接保留了原诗中人物形象的特征，便于西方读者接受和理解，应该说是比较成功的。

从这首诗中民俗文化词汇的译文来看，孙大雨先生处理得很成功，比前面两首更为出色。通过这四首诗中民俗文化词汇的译文，我们可以发现孙大雨先生主要采用了音译、直译、意译等方法翻译诗中的民俗文化词汇。在翻译时，孙大雨先生以音译为主，直译、意译为辅，尽量保留原文的文化意象，从中可以看出孙大雨先生所持的文化立场，即希望通过翻译向西方读者原汁原味地介绍中国文化，以促进中国文化与世界文化平等的对话与交流。

孙大雨先生是新月派诗人中重要的一员。在英诗中译和中诗英译两个方面都取得了很大的成就。他是"音组"理论早期的提倡者和践行者，主张以诗译诗，因此，他的译文质量较高。在《凉州

词》《送元二使安西》《清平调》等诗歌的翻译中，他主要采用音
译、直译、意译等方法翻译诗歌中的民俗文化词汇，以保留原诗中
的文化意象为宗旨，在不破坏原诗意象的前提下，能意译的则意
译，不能意译的则直译，不能直译的则音译，比较成功地保留了原
诗中的诗境。通过分析四首孙译唐诗发现，孙大雨先生译诗手法灵
活多变，较好地保留了唐诗中的文化元素，为中国文化与西方文化
平等地对话与交流做出了贡献。当然，有时为了谐韵，孙大雨先生
在保留原诗意象与追求译诗音韵美之间进行过一些艰难的抉择，有
些抉择难免存在一些瑕疵，导致原诗文化意象的变形。尽管如此，
瑕不掩瑜，总体上来说，孙大雨先生的译诗是成功的，原诗中民俗
文化词汇所包含的文化意象在译诗中比较完美地保留了下来。孙大
雨先生严谨的翻译态度值得学习，其翻译成果为中西文化交流做出
了重大贡献。

五、刘半农译诗研究

刘半农（1891 年—1934 年），江苏江阴人，新文化运动先驱。
早在 1916 年 10 月，刘半农就开始在《新青年》第 2 卷第 2 号上发
表用较为浅显的白话翻译的诗歌和散文，包括爱尔兰诗人的爱国诗
歌，如约瑟·柏伦克德的《火焰诗七首》及《悲天行三首》、麦克
顿那的《咏爱国诗人三首》、皮亚士的《割爱六首》及《绝命词两
章》，从而与该刊连载的胡适日记《藏晖室札记》互相呼应。由于
思想上的共鸣，1917 年，中学都没有正式毕业的刘半农被北京大学
校长蔡元培破格录用为法科预科教授。1918 年 1 月，刘半农与胡
适、沈尹默三人在《新青年》第 4 卷第 1 号发表了的白话诗，是最

早在《新青年》上发表白话诗的诗人之一。1920 年，刘半农去英国伦敦大学留学，而后又去法国巴黎大学（1921 年 6 月—1925 年 8 月）留学，在巴黎大学获博士学位。他的论文《汉语字声实验录》荣获"康士坦丁语言学专奖"，成为我国第一个获此国际大奖的语言学家，也是中国实验语音学及摄影理论的奠基人。

刘半农可以算得上新月派成员中一位被人忽视的边缘人物。之所以被视为一个受人忽视的边缘性的新月派人物，是因为新月社的组织性和规约性都不强，成员变动也较大，有刘半农在新月派圈内活动的相关文献相当少，已无法完全确定刘半农是否加入过新月社。但是，刘半农与新月派的核心人员胡适、徐志摩等人交往紧密却是一个事实。因此，1925 年 8 月，自巴黎回北大执教后，刘半农参加新月社活动是完全有可能的，当然这只是一个推测。此外，与新月派同人一样，刘半农有留学欧美的背景，在诗歌理念上与新月同人有着共同点。他喜欢泰戈尔的诗，早期还翻译了不少泰戈尔的诗。从这些方面看来，刘半农就是一个新月派诗人，或者至少可以视为一个新月派诗人。

（一）刘半农与徐志摩

关于刘半农与徐志摩的关系，根据现有文献至少可以判断他们两人在 1921 年左右开始有过密切交往。1921 年春，徐志摩经狄更生推荐以特别生的资格进了康桥大学（现剑桥大学）皇家学院学习政治经济学。在剑桥两年学习期间，徐志摩接受了西方教育的熏陶及欧美浪漫主义和唯美派诗人的影响，开始创作新诗。当时，刘半农正在伦敦大学留学，两人有过较为密切的交往。1924 年 12 月 1 日，徐志摩在《语丝》上发表了自己翻译的法国波德莱尔《恶之花》诗集中的《死尸》。在这首诗的前面，徐志摩阐述了他的诗歌观和音乐观："我不仅会听有音的乐，我也会听无音的乐（其实也有音就是你听不见），我直认为我是一个干脆的 Mystic（神秘主义者）。为什么不？我深信宇宙的底质，人生的底质，一切有形的事物与无形的思想的底质——只是音乐，绝妙的音乐……无一不是音乐做成的，无一不是音乐。"① 徐志摩的音乐观充满了神秘主义色彩。他认为万事万物都有节奏和音乐，诗歌也是如此。这番论调刚好传到了当时正在法国留学的好友刘半农的耳里。刘半农是一个很有"打油风趣"的人（胡适语），立即写了一篇文章《徐志摩先生的耳朵》挪揄好友徐志摩："如果徐志摩高寿后百年归世，我要请他预先在遗嘱上附添一笔，将两耳送给我解剖研究。"

1931 年 11 月 10 日，刘半农邀同在伦敦待过的徐志摩等好友数人到郑颖孙家相聚。谈笑之间，徐志摩接到电话后笑着告诉众人："我明早六点南飞，明晚此时，当与小曼共饭也。"刘半农最喜欢开玩笑，听徐志摩说坐飞机，便打趣道："飞空之戏，君自好之，我则不敢尝。"徐志摩也风趣地回答："危险在所难免，我自甘之。我苟飞死，君当为我作挽联。"刘半农嬉笑应允。散宴道别的时候，徐志摩再度和刘半农开起玩笑："一事费神：我若死，毋忘作挽联。"没想到两位好友之间的玩笑竟成谶语。19 日，徐志摩乘坐的"济南号"飞机遭遇大雾失事，徐志摩死于空难。时融两年，刘半农本人也死于自己的一句玩笑谶语。1934 年 6 月下旬，为了调查蒙古族牧区民俗和方言，刘半农远足塞外，夜宿百灵庙一间乡村草房，其他人都睡在土炕上，而他自备军床，于房中支架独卧，故作僵硬状，开玩笑说："我这是停柩中堂啊！"听者为之大笑，却不料

---

① 熊辉. 徐志摩的文坛恩怨［J］. 读书文摘：2015（9）.

一语成谶。在考察途中，刘半农为虱子叮咬，染回归热，回京后耽误治疗，于同年7月中旬离世。从这两则轶事不仅可以看出刘半农与徐志摩的关系，也可以看出他风趣幽默的性格。

（二）刘半农与胡适

刘半农与新月派精神领袖胡适的交往就更为密切。首先，他们在思想上有更深层次的共鸣。在进北大前，他们两人都在《新青年》发过文章，思想相近，都是白话文学的倡导者。1917年1月，胡适在《新青年》第2卷第5号上发表《文学改良刍议》，高举文学革命大旗。1917年5月，刘半农立即做出回应，在《新青年》第3卷第3号上发文《我之文学改良观》进行声援。当胡适在美国读到刘半农登在《新青年》上的受其《文学改良刍议》所感而写的《我之文学改良观》时，即刻评价该文之观点是"吾所绝对赞成者也"。后来，钱玄同在致信刘半农时也说，"你的《我之文学改良观》，与适之先生的《文学改良刍议》正如车之两轮，鸟之双翼，相辅而行，废一不可。文学革新的事业，有你们两位先生这样的积极提倡，必可预卜其成绩之佳良，我真欢喜无量。"① 1917年9月，刘半农几乎与从美国归来的胡适同时进入北大，然后他们一同致力于《新青年》的复刊工作。同年10月刘半农在致钱玄同的信中写道："文学改良的话，我们已锣鼓喧天地闹了一闹；若从此阴干，恐怕不但人家要说我们是程咬金的三大斧，便是自己问问自己，也有些说不过去罢！比如做戏，你、我、独秀、适之，四人，当自认为'台柱'……"正是在陈独秀、胡适、钱玄同、刘半农

---

① 汪兆骞．刘半农与胡适并无过节［M］//民国清流3：大师们的中兴时代．北京：现代出版社，2016.

这四大"台柱"的努力下，由陈独秀一个人主编的《新青年》从
1918年1月出版的第4卷第1号开始转变成由六名北大教授轮流编
辑的同人刊物。因思想相近，胡适、刘半农等才成了《新青年》的
主角。

其次，刘半农和胡适在工作上互相帮衬。1919年"国语统一
筹备委员会"在北京成立，胡适、钱玄同等提出《国语统一进行方
法的议案》，由刘半农向大会提交，获得通过。胡适与刘半农在工
作上互相配合。1920年，在胡适推荐下，刘半农任"国语辞典委
员会"委员。此外，他们在生活上互相关心，私交较深。1918年
11月，胡适的母亲去世，刘半农和胡适的妻子江冬秀专程回安徽绩
溪奔丧。1921年春，胡适越洋寄《新青年》给刘半农。9月，刘半
农在给胡适复信时谈到了由于北大的留学费等没按时寄过来而导致
他在国外留学生活紧张，恳请胡适帮忙处理此事。胡适援手相助。
1934年3月，刘半农在日记中写到为胡适辩诬，说自己与胡适相交
15年以上，逯羽说胡适为人阴险是挑拨之言。同年6月，刘半农赴
西北地区进行田野考察，感染回归热于7月返回北平，因中医误诊
导致病情恶化，后经胡适出面住进协和医院，但最终因之前耽误医
期，不治身亡。在刘半农的追悼会上，胡适谈到刘半农的学术成就
和病死经过，在场师生无不失声痛哭。胡适在挽联中写道："守常
惨死，独秀幽囚，新青年旧日同伙又少一个。拼命精神，打油风
趣，老朋友当中无人不念半农。"刘半农死后，出于某些原因，周
作人（1885年—1967年）在晚年诋毁胡适与刘半农的关系，把刘
半农与胡适之间深情厚谊说成胡适"看不起，明嘲暗讽"刘半

农①，周说误导了很多人，造成很大的影响，然而这种违背事实的诬陷近年来已逐渐得以澄清。

（三）刘半农的译诗特点

刘半农在新诗理念上与新月派同人是一致的。他早期所写的白话诗在诗体上和格律上都不太重视，因为当时的主要文学潮流是突破旧诗体的藩篱。但是，像胡适等一些初期白话诗人一样，他不久就意识到早期白话诗自由散漫的弊端，开始着力朝新诗格律化方面努力。他较早为新诗格律化提出一些理论性建议，如"破坏旧韵重造新韵"、通过"自造"或"输入他种诗体"来"增多新诗诗体"②。他在伦敦大学留学期间所写的新诗《教我如何不想她》在诗体和格律上所体现出的诗学追求与新月派其他诗人无异：

> 教我如何不想她
> 天上飘着些微云，
> 地上吹着些微风。
> 啊！
> 微风吹动了我的头发，
> 教我如何不想她？
> 月光恋爱着海洋，
> 海洋恋爱着月光。
> 啊！
> 这般蜜也似的银夜。

---

① 张耀杰. 为胡适辩护的刘半农 [N]. 南方周末，2009 - 06 - 17.
② 刘半农. 我之文学改良观 [A]. 陈平原《新青年》文选 [C]. 贵阳：贵州教育出版社，2003：101.

教我如何不想她？

水面落花慢慢流，

水底鱼儿慢慢游。

啊！

燕子你说些什么话？

教我如何不想她？

枯树在冷风里摇，

野火在暮色中烧。

啊！

西天还有些儿残霞，

教我如何不想她？

这首诗诗每行大致七至八个字，诗体形式整饬，格律和节奏感也非常清晰，每行三到四顿，以三顿为主，圆润和谐，通晓流畅，体现了他对诗歌格律化的追求。在这首诗歌中，刘半农还首创了女性"她"（"五四"以前汉字中的"他"本无男女之分），并得到社会的广泛认可。从这一首新诗，我们可以明显地感受到刘半农与新月派在诗歌理念上的亲缘性。

刘半农翻译过很多外国诗歌，曾经系统地译介过《国外民歌》。早在 1915 年 7 月，刘半农就在《中华小说界》第 2 卷第 7 期上发表了他根据英文转译的屠格涅夫的四首散文诗：《乞食之兄》《地胡吞我之妻》《可畏哉愚夫》《嫠妇与菜汁》。刘半农翻译屠格涅夫散文诗不仅具有开创性意义，而且他选译的目光也非常高明，第一首和第四首至今仍被认为是屠格涅夫散文诗的精品。刘半农也是我国最早翻译泰戈尔诗歌的译家之一。1918 年 8 月，《新青年》第 5 卷第 2 号刊载了刘半农所译泰戈尔的二首诗：《恶邮差》和《著作资格》。此外，刘半农也翻译过英国、美国、法国等国诗人的作品。刘半农所译法国鲁日·德·里尔的《马赛曲》和英国胡德的《缝衣曲》可称得上名译。《马赛曲》是法国资产阶级革命时期的战歌，曾激励过一代又一代的革命者。他的译诗《缝衣曲》入选民国高中英语课本。刘半农对西方诗歌的翻译，特别是对西方不同诗体的翻译引进，客观上打破了传统格律诗的限制，对促进中国新诗的发展起了积极推动作用。这与他早年在就新诗格律和诗体建设提出的"输入他国诗体"来"增多新诗诗体"的理念有很大关系。刘半农积极地借鉴外国诗歌中的外来之音来发展和提升自己的新诗，成绩斐然。本部分主要从诗体、主题、技法等几个方面探讨刘半农借鉴外国诗歌发展新诗的途径和方法。

（四）刘半农对外国诗体的借鉴

　　刘半农是我国"五四"时期著名的诗人兼译家。作为文学革命的发难者，他一开始就表现出了放眼世界文学的博大胸怀。自 1916 年起，他开始在《新青年》发表译诗，向中国读者介绍外国诗歌，其中包括印度诗人泰戈尔，俄国诗人屠格涅夫，英国诗人拜伦、胡德以及爱尔兰诗人柏伦克德等诗人的诗作。他主张通过翻译输入西方的诗体，推动中国新诗的诗体建设。在诗歌翻译与创作中，刘半农践行了他的诗学观点，积极地翻译并尝试运用西方不同的诗体如散文诗、小诗、自由诗、十四行诗等写诗。由于他的翻译与借鉴，许多西方诗体被中国读者接受，对中国新诗的建构做出了巨大贡献。刘半农的诗歌翻译与诗歌创作相辅相成。通过师法欧美，他与初期白话诗人一道打破了中国古典诗歌的形式规范，创立了自由体白话诗。由此，自由体的白话诗（即新诗）成为 20 世纪初期中国

汉语诗歌的主流样式，在体式上与中国古典诗歌实现了全面断
裂。① 可以说，翻译他者与师法西方为这次"断裂"提供了原动
力，推动了中国诗体的大解放。刘半农在《我之文学改良观》一文
中提出增多诗体的主张，就是引进西方文学中的合理因素发展新
诗。他的诗歌翻译为他的诗歌创作提供了有力的话语支持和范式建
构。通过翻译引进与尝试模仿，他使西方不同诗体为中国诗人所熟
识，接受并逐渐使其走进中国新诗的园地。然而，迄今为止翻译界
对刘半农在诗歌翻译方面的成就仍鲜有论及。这里将以散文诗和小
诗这两种诗体的引进为例，探讨刘半农通过翻译借鉴外国的诗体的
心路历程。

1. 对散文诗和无韵诗诗体的借鉴

散文诗这一文体的引进与刘半农息息相关。1917 年 5 月，刘半
农在《新青年》第 3 卷第 3 号上发表论文《我之文学改良观》。在
这篇论文中，刘半农通过对中外不同诗体进行比较，首次提到了
"散文诗"这一名称，称"英国诗体极多，且有不限音节不限押韵
之散文诗。"② 这是散文诗首次在中国出现。1915 年 7 月，刘半农
在《中华小说界》第 2 卷第 7 期上发表了他根据英文转译过来的屠
格涅夫的四首散文诗，题为《杜瑾讷夫之名著》，包括《乞食之
兄》（今译《乞丐》）、《地胡吞我之妻》（今译《玛莎》）、《可畏哉
愚夫》（今译《愚人》）、《嫠妇与菜汁》（今译《菜汤》）共四首。
由于屠格涅夫的散文诗叙事性很强，而且诗的形式又自由舒展，不

---

① 朱栋霖，丁帆，朱晓进. 中国现代文学史 1917—1997 [M]. 北京：高等教育出
  版社，1999：76.
② 刘半农. 我之文学改良观 [A]. 陈平原《新青年》文选 [C]. 贵阳：贵州教
  育出版社，2003：101.

讲究韵律，所以刘半农刚接触这些散文诗的时候，误以为是小说，把这四首散文诗当成短篇小说介绍给了中国读者。这四首散文诗刘半农是采用文言翻译的，译文忠于原文，比较忠实地再现了屠格涅夫原诗的风格。这是散文诗第一次与中国读者见面。1918 年 9 月，刘半农在《新青年》第 5 卷第 3 号上再次发表了他翻译的两首屠格涅夫散文诗：《狗》和《访员》，题为《屠格涅夫散文诗二首》。这次他采用白话翻译，不仅没有将屠格涅夫的散文诗当成小说，而且连屠格涅夫名字的翻译都准确无误。在刘半农的翻译影响下，屠格涅夫的作品逐渐为中国读者所熟知。

刘半农的无韵诗创作稍晚于他的散文诗翻译。1918 年 5 月，刘半农在《新青年》第 4 卷第 5 期上发表了他翻译的印度诗人拉坦·德维（Ratan Devi）的散文诗《我行雪中》。译文末尾附有一篇"VANTY FAIR"月刊记者的导言，说这是一篇"结撰精密的散文诗"。《新青年》同期还发表了他创作的无韵诗《卖萝卜人》（题下注明"这是半农做的无韵诗的初次试验"，刘半农尝试用西方的抑扬格五音步做诗，诗虽分行，但行与行之间不押韵，形式自由，故称无韵诗）。这首诗被认为是中国出现最早的无韵诗，因此这首诗明显带有模仿的痕迹。虽然诗的形式类似于西诗，但诗的语言以及诗所表达的内涵和深度还有所不及。尽管如此，《卖萝卜人》还是被认为是我国第一首具备散体形式的无韵体新诗，比刘半农 1915 年翻译屠格涅夫的散文诗晚了两年。两个月后（1918 年 7 月），刘半农在《新青年》第 5 卷第 1 号上发表了散文诗《无聊》《窗纸》和《晓》。这三首诗不仅在诗的形式上已经非常成熟，而且在诗所表达的意境和内涵上也比西诗毫不逊色。但是，这三首诗还是不多不少地受到了外国散文诗的影响，特别是屠格涅夫的影子在这些诗作中依稀可见，如作者在《窗纸》中所描绘的幻象，在《无聊》中所表现出的优美的韵律与屠格涅夫的某些散文诗如出一辙。在《窗纸》一文中，刘半农一开始就写道：

> 天天早晨，一梦醒来，看见窗上的纸，被沙尘封着，雨水渍着，斑剥隔离，演出许多幻象：①

接着刘半农开始写幻想的内容，及至结尾，刘半农开始深化诗的主题：

> "朋友！不要再看了！快发疯了！"
>
> "怎么处置它？"
>
> "扯去旧的，换上新的。"
>
> "换上新的，怕不久又变了旧的"②

刘半农的这种写法显然是受了他所翻译的屠格涅夫的散文诗《爱情与饥饿》（现译为《两兄弟》）的影响。《窗纸》和《爱情与饥饿》在内容和结构上都很相似，都是描写一种幻象。屠格涅夫在《爱情与饥饿》中开篇写道："那是一个幻象……"中间部分写幻象的内容，最后把诗的主题上升到一个哲理的高度。赵景深在评刘半农的《窗纸》时写道："《窗纸》写幻象，足见想象力丰赡。末四句似乎可以不用加了。何必煞风景呢！"③ 可见，赵景深在评论这首诗时显然没有注意到作者在结尾所写的四句是借鉴屠格涅夫的诗歌所致。刘半农在诗歌写法上与屠格涅夫散文诗的相似性说明刘

---

① 刘半农. 扬鞭集 [M]. 北京：中国文联出版公司，1998：1-106.
② 刘半农. 扬鞭集 [M]. 北京：中国文联出版公司，1998：1-106.
③ 赵景深.《窗纸》原评 [A]. 杨扬，辑补. 半农诗歌集评 [C]. 北京：书目文献出版社，1984：8.

半农在诗歌翻译的过程中完成了他对自己诗歌创作的建构。

　　除了借鉴屠格涅夫散文诗的写法，刘半农还广泛地吸取英美等不同国家诗人的创作手法。1919 年 9 月创作的散文诗《铁匠》明显受了美国诗人郎费罗（Longfellow）无韵诗《村庄的铁匠》的影响，特别是结尾几句：

> 我走得远了，
>
> 还隐隐的听见，
>
> 叮当！叮当！
>
> 朋友，
>
> 你该留心着这声音，
>
> 他永远的在沉沉的自然界中激荡。
>
> 你若回头过去，
>
> 还可以看见几点火花，
>
> 飞射在漆黑的地上。①

　　赵景深在评这首诗时说，"《铁匠》结尾很象朗弗洛的《村庄的铁匠》"，"字句也有一点点相同"②。及至 1920 年 8 月，刘半农在作完散文诗《爱它？害它？成功》时，自己也坦然承认："我这首诗（《爱它？害它？成功》），是看了英国 T. L. Peacock（1758 年—1866 年）所做的一首 *The Oak and the Beech* 做的。我的第一节，几乎完全是抄他。"③从中可以看出西方散文诗对刘半农诗歌创作的

---

① 刘半农. 扬鞭集 [M]. 北京：中国文联出版公司，1998：1 - 106.

② 赵景深.《铁匠》原评 [A]. 杨扬，辑补. 半农诗歌集评 [C]. 北京：书目文献出版社，1984：20.

③ 刘半农. 爱它？害它？成功！[A]. 杨扬，辑补. 半农诗歌集评 [C]. 北京：书目文献出版社，1984：34.

影响。而 1923 年 7 月创作的散文诗《在墨蓝的海洋深处》显然是作者到法国之后受了波特莱尔散文诗的影响，表现了波特莱尔所说的"散文诗能足以应付那心灵的情绪、思想的起伏和知觉的变幻"：

> 在墨蓝的海洋深处，暗礁的底里，起了一些些的微波，我们永世也看不见。但若推算它的来因与去果，它可直远到世界的边际啊！

> 在星光死尽的夜，荒村破屋之中，有什么个人呜呜地哭着，我们也永世听不见。但若推算它的来因与去果，一颗颗的泪珠，都可挥洒到人间的边际啊！

> 他，或她，只偶然做了个悲哀的中点。这悲哀的来去聚散，都经过了，穿透了我的，你的，一切幸运者的，不幸运者的心，可是我们竟全然不知道！这若不是人间的耻辱么？可免不了是人间最大的伤心啊！①

在这首诗中，刘半农借鉴西方文学技巧，熔象征与浪漫主义于一炉，充分吸收了波特莱尔散文诗创作的特点。

总的来说，刘半农的散文诗语言平淡浅显，易于理解；形式灵活多样，不拘一格；音律自然多变，摆脱了传统诗歌声律的限制。刘半农散文诗的这些特点响应了新文学时期陈独秀提出的文学革命的三大主义："推倒雕琢的、阿谀的贵族文学，建设平易的、抒情的国民文学；推倒陈腐的、铺张的古典文学，建设新鲜的、立诚的写实文学；推倒迂晦的、艰涩的山林文学，建设明了的、通俗的社

---

① 刘半农. 扬鞭集 [M]. 北京：中国文联出版公司，1998：1-106.

会文学。"① 刘半农也因此成为中国第一个译介外国散文诗的诗人，第一个使用"散文诗"这一文体概念的诗人，同时也是第一个写出中国的散文诗作品的诗人。②他通过翻译与模仿既完成了对传统诗歌的超越，也完成了对散文诗的诗学追求。

2. 对小诗诗体的借鉴

20 世纪 20 年代，受泰戈尔小诗的影响，小诗在中国风靡一时。泰戈尔的小诗源于印度的偈子，偈子又称伽陀，是佛教经典中的一种文体，是佛经中的赞颂词，是古印度的诗歌。在梵文里，偈的体制很严密，讲究格律。泰戈尔对中国小诗的影响开始于译介。1913年，泰戈尔以诗歌集《吉檀迦利》荣获诺贝尔文学奖，引起了中国作家的注意。1915 年，陈独秀在《青年杂志》（《新青年》）第 2 期上发表他用文言翻译的泰戈尔的《赞歌》四首，这是泰戈尔的诗歌首次与国内读者见面。1918 年 8 月，《新青年》第 5 卷第 2 号刊载了刘半农用白话翻译的《Tagore 诗二章》：《恶邮差》（*The Wicked Postman*）和《著作资格》（*Authorship*）。同年 9 月，刘半农在《新青年》第 5 卷第 3 号发表《译诗十九首》，其中，第一、第二首就是泰戈尔的《海滨》（*On the Seashore*）和《同情》（*Sympathy*）。刘半农也因此成为中国继陈独秀后最早译介泰戈尔诗歌的第二人。泰戈尔的很多诗歌以歌咏母爱童真为主题，描绘出儿童世界的美好，如《海滨》：

---

① 陈独秀. 文学革命论 ［A］. 陈平原《新青年》文选 ［C］. 贵阳：贵州教育出版社，2003：85

② 蒋登科. 散文诗文体论 ［M］. 北京：中国文联出版社，2002：22.

海滨（刘半农译）

一

在无尽世界的海滨上，孩子们会集着。

无边际的天，静悄悄的在头顶上；不休止的水，正是喧腾湍激。

在这无尽世界的海滨上，孩子们呼噪，跳舞，会集起来。

二

他们用砂造房子；用蛤壳玩耍；用枯叶做船，笑弥弥的把他漂浮在大而且深的海里。在一切世界的海滨上，小孩子自有他们的游戏。

三

他们不知道泅水；他们不知道撒网。

采珠的没入水中去采珠；做买卖的驾着大船；孩子们只是把小石子聚集拢了，又把

他们撒开。

他们不寻觅水底的秘宝；他们不知道撒网。

在这首诗中，泰戈尔运用浅显易懂的语言揭示出人生的哲理，充分表现了孩童世界的美好。刘半农的译文富有诗意，非常忠实地再现了原文的诗境。此外，译文的语言清新明快，明白通畅，足见刘半农运用白话文之熟练程度。难怪周作人在《扬鞭集》的序言里写道："半农驾驭得住口语，所有这样的成功。"①。

在翻译泰戈尔诗歌的过程中，刘半农不知不觉受了他影响，在很多诗作中借鉴了泰戈尔诗歌的写法，如《稻棚》《雨》等。在

---

① 刘半农. 扬鞭集 [M]. 北京：中国文联出版公司，1998：1–106.

《稻棚》这首诗中，刘半农附有前言："记得八九岁，曾在稻棚中住过一夜。这情景是不能再得的了，所以把它追忆下来。"① 在这首诗中，刘半农通过追忆童年时在稻棚小住的情景，寓情于景，赞美了儿童生活的美好，与泰戈尔的《海滨》貌合神离。现摘录《稻棚》如下：

> 凉爽的席，
>
> 松软的草，
>
> 铺成一张小小的床，
>
> 棚角透进些细屑的银白的月光。
>
> 一片唧唧的秋虫声，
>
> 一片甜蜜蜜的新稻香—这美妙的浪，
>
> 把我的幼稚的梦托着翻着……
>
> 直翻到天上的天上！.……
>
> 回来停在草叶上，
>
> 看那晶晶的露珠，
>
> 何等的轻！
>
> 何等的亮！……②

　　刘半农的小诗创作源于他对泰戈尔诗歌的翻译，与泰戈尔的《园丁集》《新月集》《吉檀迦利》等可谓息息相关。他的诗集《扬鞭集》中共收集了他自 1921 年至 1925 创作的小诗 10 多首。其中

---

① 刘半农. 扬鞭集［M］. 北京：中国文联出版公司，1998：1 - 106.
② 刘半农. 扬鞭集［M］. 北京：中国文联出版公司，1998：1 - 106.

有些小诗深得泰戈尔诗歌之神韵，简直就像用泰戈尔的语言进行中文创作。他广泛地借鉴了泰戈尔的写法，以及歌咏母爱和童真的主题，如只有三行的小诗《母亲》：

> 黄昏时孩子们蜷着睡着了，
>
> 后院月光下，静静的水声，
>
> 是母亲替他们在洗衣裳。①

从这首小诗中，读者依稀可以感受到泰戈尔诗歌的影子。在诗歌的形式上，刘半农敢于发前人之未发，主张通过学习外国诗歌，增多诗体，打破传统诗律的束缚。他的小诗就是学习外国诗歌的结果。对于英国诗歌中的常用诗体两行诗、四行诗、英雄双行体、三行节、四行节、斯宾塞式的九行节、十四行等，他在翻译借鉴的同时，又灵活变通，在不同诗体尝试方面都取得了巨大的成绩，为中国新诗诗体的解放做出了巨大的贡献。在《扬鞭集》自序中，刘半农说："我在诗的体裁上是最会翻新花样的。当初的无韵诗，散文诗，后来的用方言拟民歌，拟'拟曲'，都是我首先尝试。"② 确如他说言，他的翻译、尝试与模仿成了推动中国诗歌的多样化发展的巨大动力。

刘半农对新诗形式提出了系列观点，主张师法西方。在他的诗集《扬鞭集》里既有转型色彩的拟古诗和有韵的白话诗，也有天真直白的儿歌和韵律优美的民歌，还有意境优美、充满异国情调的散文诗和短小精悍的小诗。刘半农最初从事诗歌创作时多写拟古诗和有韵诗歌，及至后来，他更钟情于尝试两行体、四行体、散文诗、

---

① 刘半农. 扬鞭集 [M]. 北京：中国文联出版公司，1998：1－106.

② 刘半农. 扬鞭集 [M]. 北京：中国文联出版公司，1998：1－106.

小诗等西方诗体。刘半农在诗体尝试上的变化间接地反映了他超越传统，学习西方诗歌的创作历程。总的来说，他的诗歌"自由中自有节制，豪华之中实含青涩，把中国文学固有的质因了外来影响而益美化"①。刘半农践行了他"输入他种诗体"② 的诗学观点。"五四"前后的新诗创作情况，大体上按刘半农的设想发展下来。"当时新诗诗坛上体裁丰富多样，出现了白话格律诗、自由诗、哲理诗、散文诗，新诗在形式上冲破藩篱，决开町畦……寓言诗、散文诗、无韵诗、自由诗、阶梯诗、十四行诗等样式，都相继登上了古老诗国的歌坛，呈现出千姿百态，姹紫嫣红的动人局面。"③ 这些体裁多样的新诗的出现与刘半农提出的"增多诗体"④ 的主张是分不开的。在新诗发展的初始阶段，刘半农不断尝试西方的诗体，通过翻译与模仿，把许多外国诗体引进中国。他的诗歌译作就像一股清新的风给渴望自由的中国和中国文坛带来了新鲜的空气，扶持着新诗一路前行。

（五）刘半农对外国诗歌主题的借鉴

刘半农在新文学的诸多领域都有建树，他被公认是我国翻译屠格涅夫散文诗的第一人，也是我国最早翻译泰戈尔诗歌的译家之一。刘半农也翻译过英、美、法等国诗人的作品。他所译法国鲁日·德·里尔的《马赛曲》和英国胡德的《缝衣曲》可称得上名篇名译。刘半农不仅译诗，而且写诗，"他是第一个译介外国散文

---

① 刘半农. 扬鞭集 ［M］. 北京：中国文联出版公司，1998：1 - 106.
② 刘半农. 我之文学改良观 ［J］. 新青年，1917（3）.
③ 徐瑞岳. 刘半农研究 ［M］. 南京：江苏古籍出版社，1987：122.
④ 刘半农. 我之文学改良观 ［A］. 陈平原《新青年》文选 ［C］. 贵阳：贵州教育出版社，2003：101

诗的诗人，他是第一个使用'散文诗'这一文体概念的诗人，也是第一个写出中国的散文诗作品的诗人。"① 刘半农对西方诗歌的翻译，特别是对西方不同主题诗歌的翻译和引进，客观上拓宽了新诗主题，推动了中国新诗发展的进程。卞之琳曾说过："译诗，以其选题的倾向性和传导的成功率，在一定程度上，更多介入了新诗创作发展中的几重转折。"② 在翻译外国诗歌的过程中，他积极地吸取外国诗歌的营养，将其用之于自己的诗歌创作。刘半农对其译诗主题的借鉴是其译诗对其作诗影响的一个重要方面。他在诗歌创作的主题上打上了外国诗歌的烙印。在诗歌创作的过程中，他大胆地借鉴外国诗歌的主题，完成自己对新文学的追求。在他所创作的一些抒情诗、叙事诗、宗教诗等不同类型的诗歌中都可以读到外国诗歌的影子。下面从诗歌主题方面探讨刘半农的译诗是如何影响其诗歌创作的。

1. 对歌咏童真诗歌主题的借鉴

歌咏童真是刘半农诗歌中的另一大主题。在刘半农的诗集中收录了很多歌咏童真与母爱的诗歌。刘半农所创作的抒情诗歌中，绝大多数是歌咏童真与母爱的诗歌。他的这一类诗歌在很大程度上也受到了泰戈尔诗歌的影响。"五四"时期，在我国掀起了一股"泰戈尔热"，许多人积极翻译泰戈尔的诗歌。刘半农也是其中之一。他身兼二职，不仅是译家，而且是作家。在创作的过程中，受翻译诗歌的影响，他直接将泰戈尔的诗风引入其诗歌创作。他所译泰戈尔的散文诗，绝大部分都出自《新月集》，如《恶邮差》《著作资

---

① 蒋登科. 散文诗文体论 [M]. 北京：中国文联出版社，2002：22.
② 卞之琳. 五四以来翻译对于中国新诗的功过 [A]. 王克非. 翻译文化史论 [M]. 上海：上海外语教育出版社，1997：219.

格》《海滨》《同情》等。《新月集》的诗展现的是泰戈尔对天真烂漫的儿童世界的赞美,该诗集里收录的全是充满童真之作的诗歌,这些诗歌质朴自然,清新流畅,富于童真。在泰戈尔诗歌的翻译方面,刘半农的译文虽然不多,但大部分是精品。周作人在评价"五四"时期的诗人曾说过:"那时做新诗的人实在不少,但据我看来,容我不客气地说,只有两个人具有诗人的天分,一个是尹默,一个就是半农。"① 从刘半农所写的一些诗歌来看,刘半农确实可称上是一位很有诗才的人,因此他的译诗富有诗意也就不难理解了。现录泰戈尔原诗 On the Seashore 及刘半农译文《海滨》的前三节:

On the Seashore (Tagore)

On the seashore of endless worlds children meet.

The infinite sky is motionless overhead and the restless water is boisterous.

On the seashore of endless worlds the children meet with shouts and dances.

They build their houses with sand, and they play with empty shells.

With withered leaves they weave their boats and smilingly float them on the vast deep. Children have their play on the seashore of worlds.

---

① 周作人. 扬鞭集:序 [A]. 刘半农. 扬鞭集 [M]. 北京:中国文联出版公司,1998.

They know not how to swim; they know not how to cast nets.

Pearl - fishers dive for pearls; merchants sail in their ships, while children gather pebbles and scatter them again.

They seek not for hidden treasures; they know not how to cast nets.

海滨（刘半农译）

一

在无尽世界的海滨上，孩子们会集着。

无边际的天，静悄悄的在头顶上；不休止的水，正是喧腾湍激。

在这无尽世界的海滨上，孩子们呼噪，跳舞，会集起来。

二

他们用砂造房子；用蛤壳玩耍；用枯叶做船，笑弥弥的把他漂浮在大而且深的海里。在一切世界的海滨上，小孩子自有他们的游戏。

三

他们不知道泅水；他们不知道撒网。

采珠的没入水中去采珠；做买卖的驾着大船；孩子们只是把小石子聚集拢了，又把

他们撒开。

他们不寻觅水底的秘宝；他们不知道撒网。

如果把刘半农的译文与泰戈尔的原作相比较，可以发现刘半农的译诗不仅在语言上非常忠实，而且译文非常忠实地传达了泰戈尔原诗赞美童真的神韵，极富有诗意。由于受泰戈尔诗歌的影响，刘

半农在诗歌创作的过程中把泰戈尔的诗风也引进过来，写了很多歌咏童真的诗歌。读刘半农译泰戈尔的诗和他创作的一些歌咏母爱与童真的诗文常常著译难分。这种著译难分的现象很大程度上说明了诗人将翻译的过程当作了创作的过程。1920 年刘半农创作了一首赞美童真的散文诗《雨》。这首诗从主题上体现了刘半农对其译诗《恶邮差》的借鉴。这两首诗都以歌颂充满同情的童真为主题，而且语言风格上《雨》与他的译诗《恶邮差》也极为相似。两首诗都惟妙惟肖地刻画了儿童天真的神态，正如他在诗前的小序所说一样："这全是小惠的话，我不过替他做个速记，替他连接一下便了。"① 下面是刘半农写的散文诗《雨》：

妈！我今天要睡了——要靠着我的妈早些睡了。

听！后面草地上，更没有半点声音；是我的小朋友们，都靠着他们的妈早些去睡了。

听！后面草地上，更没有半点声音；只是墨也似的黑！只是墨也似的黑！怕啊！

野狗野猫在远远地叫，可不要来啊！只是那叮叮咚咚的雨，为什么还在那里叮叮咚咚地响？

妈！我要睡了！那不怕野狗野猫的雨，还在墨黑的草地上，叮叮咚咚的响。

它为什么不回去呢？它为什么不靠着它的妈，早些睡呢？

妈！你为什么笑？你说它没有家么？——昨天不下雨的时候，草地上全是月光，

它到哪里去了呢？你说它没有妈么？——不是你前天说，

---

① 谢冕. 漫谈儿童散文［J］. 儿童文学研究第 9 辑，1982：20.

天上的黑云，便是它的妈么？

妈！我要睡了！你就关上了窗，不要让雨来打湿了我们的床。你就把我的小雨衣借给雨，不要让雨打湿了雨的衣裳。

《雨》记述了小蕙天真的话语，表现了孩子纯真的心灵，特别是诗的最后结尾句："妈！我要睡了！你就关上了窗，不要让雨来打湿了我们的床。你就把我的小雨衣借给雨，不要让雨打湿了雨的衣裳。"更是把孩子天真的同情心写得既有诗意，又自然逼真，充分反映了儿童世界的美好。泰戈尔的《恶邮差》以孩子的眼睛审视大人的生活，表现孩子在母亲不快乐时所表现出的天真无邪的同情。诗歌语言简朴，充满童趣，如同小孩所说的日常话语，如"你不信我能写得和父亲一样好么？""我来自己送给你，免得等候；还指着一个个的字母，帮你读"等。刘半农的译文非常流畅。台湾现代诗人痖弦对刘半农的白话译诗评价很高："旧语言的羁绊似乎一点也看不出来……白话文那样子好法，至少在那个时期除了胡适之外，恐怕找不到第二个人。"①《雨》和《恶邮差》都记述了儿童天真的话语，诗句中表现出了孩童充满同情的想象与不染尘垢的心灵。现录刘半农译泰戈尔的散文诗《恶邮差》如下：

你为什么静悄悄的坐在地板上，告诉我罢，好母亲？

雨从窗里打进来，打得你浑身湿了，你也不管。

你听见那钟，已打四下么？是哥哥放学回来的时候了。

究竟为若什么，你面貌这样稀奇？

是今天没有接到父亲的信么？

---

① 痖弦. 早春的播种者——刘半农先生的生平与作品［M］. 鲍晶. 刘半农研究资料. 天津：天津人民出版社，1985：394.

我看见邮差的；他背了一袋信，送给镇上人，人人都送到。

只有父亲的信，给他留去自己淆了。我说那邮差，定是个恶人。

但是你不要为了这事不快乐，好母亲。

明天那边村上，是个集市的日子。你叫阿妈去买些纸和笔。

父亲写的信，我都能写的；你可一点错处也找不出。

我来从 A 写起，直写到 K。

但是，母亲，你为什么笑。

你不信我能写得和父亲一样好么？

我能把我的纸，好好的打格子；所写的，尽是美丽的大字母。

我写完了，你以为我也和父亲一样蠢，把它投在那可怕的邮差的袋里么？

我来自己送给你，免得等候；还指着一个个的字母，帮你读。

我知道那邮差，不愿意把真真好的信送给你。

除了语言上清新明快，刘半农的散文诗《雨》与他的译文《恶邮差》都通过孩子天真的口吻表现出他们纯真的同情心，如《恶邮差》的某些诗句："你为什么静悄悄的坐在地板上，告诉我罢，好母亲？雨从窗里打进来，打得你浑身湿了，你也不管。"再看《雨》里面的诗句："它（雨）到哪里去了呢？你说它没有妈么？——不是你前天说，天上的黑云，便是它的妈么？"这些诗句字里行间都充溢着儿童稚嫩的爱心、真诚与同情，意象、语气都如出一辙，都写同样的诗歌主题。

2. 社会现实主题的借鉴

在刘半农所写的诗当中，描写社会现实的诗占了很大的比例。其诗集《扬鞭集》收录了98首诗，直接反映劳动人民苦难生活和悲惨命运的诗歌就有26首。其中《卖萝卜人》《相隔一层纸》《面包与盐》和《拟拟曲二首》等所反映的都是不加修饰的最底层人民的声音。在这些描写社会现实的诗当中，其中一部分诗与屠格涅夫的诗非常相似。刘半农所创作的这些叙事诗与他早年翻译屠格涅夫的诗歌有一定联系。屠格涅夫本来是世界一流的小说家，但由于他创作的小说在自己的时代没有受到应有的重视，他非常忧郁，晚年开始创作诗歌。受小说创作的影响，他的很多诗歌叙事性很强。刘半农刚开始翻译屠格涅夫的散文诗的时候，还误以为是小说。1915年7月1日，《中华小说界》发表他所译屠格涅夫的四首散文诗时，把这些译文列入了"小说"栏。可以说，刘半农创作具有现实主义色彩的叙事诗与屠格涅夫是分不开的。他的叙事诗与屠格涅夫的叙事诗在主题上非常相似，如刘半农的散文诗《饿》与屠格涅夫的散文诗《菜汤》都以"饥饿困苦"为主题，反映下层人们生活的艰辛。《饿》是刘半农写的一首极为出色的散文诗。一开始，他就直白写道：

> 他饿了；他静悄悄的立在门口；他也不想什么，只是没精没采，把一个指头放在口中咬。①

诗忌直白，刘半农在这首诗中却一反诗的常态，在诗的开头就

---

① 周良沛. 中国新诗库（第二辑）·刘半农卷［M］. 武汉：长江文艺出版社，2000：88.

点出诗的主题："他饿了"。接下来的一个小细节"把一个指头放在口中咬"，虽着墨不多，却把孩子饥饿的神态生动地刻画出来。刘半农层层深入，在描写了小孩由于饥饿而表露出的外部神态之后，转而对小孩的心里进行描写：

> 他看见许多人家的烟囱，都在那里出烟；他看见天上一群群的黑鸦，咿咿呀呀地叫着，向远远的一座破塔上飞去。他说："你们都回去睡觉了么？你们都吃饱了晚饭了么？①

接着，刘半农进一步深化主题，写小孩的父亲为生活辛苦奔波，却只能勉强维持生计。小孩子在吃饭的时候想多吃一口，却被父亲睁眼训斥：

> 他想到每吃饭时，他吃了一半碗，想再添些，他爸爸便睁圆了眼睛说："小孩子不知道'饱足'，还要多吃！留些明天吃罢！"他妈妈总是垂着眼泪说，"你便少喝一'开'酒，让他多吃一口罢！再不然，便譬如是我——我多吃了一口！"他爸爸不说什么，却睁圆着一双眼睛！②

在这首诗中，作者通过描写人在饥饿面前亲情的冷漠来反衬人们生活的困苦。如果把刘半农的《饿》与屠格涅夫的《菜汤》进行比较，可以发现这两首诗从细节的截取到主题的表现都是相通的。在散文诗《菜汤》中，屠格涅夫描写了一位母亲在孩子死后，由于舍不得汤里的盐，在儿子下葬的那天独自悲伤地喝汤。和刘半

---

① 周良沛. 中国新诗库（第二辑）·刘半农卷［M］. 武汉：长江文艺出版社，2000：88.
② 周良沛. 中国新诗库（第二辑）·刘半农卷［M］. 武汉：长江文艺出版社，2000：88.

农的散文诗《饿》一样，《菜汤》也以饥饿为主题，反映了在饥饿的胁迫下，亲情被迫放置一边。下面是屠格涅夫散文诗《菜汤》的最后一节。

"塔季扬娜，"她说。"啊哟，你真叫我吃惊！难道你不爱你儿子吗？你怎么还有胃口？你怎么还能喝这菜汤！"

"我的瓦夏死了，"妇人安静地说，悲哀的眼泪又顺着她的憔悴的脸颊流下来。"自然，我的日子也完了；我活活地给人把心挖走了。然而汤是不该糟蹋的；里面放得有盐呢。"①

从上面这两首诗歌主题上的一致性可以说明刘半农在创作诗歌时对他所翻译的屠格涅夫等诗人的现实主义作品是有所借鉴的。当然，除了外来的影响，也不能否定他本人以及当时"五四"潮流的因素的影响。1917 年 2 月 1 日，当陈独秀在《新青年》上撰文，提出文学革命的三大主义——"推倒雕琢的、阿谀的贵族文学，建设平易的、抒情的国民文学；推倒陈腐的、铺张的古典文学，建设新鲜的、立诚的写实文学；推倒迂晦的、艰涩的山林文学，建设明瞭的、通俗的社会文学"②时，刘半农迅速回应，于 1917 年 5 月 1 日在《新青年》上发表论文《我之文学改良观》，明确表示他对"胡君所举八种改良、陈君所揭三大主义绝端表示同意"③。可见，"五四"的时代潮流对刘半农翻译与创作现实主义作品都有过积极影响。

---

① 巴金．菜汤［M］．屠格涅夫文集（6 卷）．北京：人民文学出版社，2001：43.
② 陈独秀．文学革命论［A］．陈平原．《新青年》文选［C］．贵阳：贵州教育出版社，2003：85
③ 刘半农．我之文学改良观［A］．陈平原．《新青年》文选［C］．贵阳：贵州教育出版社，2003：93.

3. 宗教主题的借鉴

刘半农也写过一些以宗教为主题的散文诗，如《在印度饭店里》等。他的这些诗受泰戈尔诗歌集《吉檀迦利》的影响较大。泰戈尔曾经指出："印度的大部分文学作品是有关宗教的，因为与我们同在的神，并未远离我们；他属于我们的家庭，也属于我们的庙宇。"① 由于印度文学与宗教的关系紧密，泰戈尔写的许多诗歌与宗教有关。泰戈尔的宗教信仰集中体现在他的诗集《吉檀迦利》里。《吉檀迦利》是泰戈尔所有散文诗集中，宗教意味最浓厚、信仰表达得最彻底的诗集。泰戈尔正是凭借它体现出的高超技艺与深刻思想获得了 1913 年的诺贝尔文学奖。因此，这个诗集对刘半农的影响也是显而易见的。

刘半农的散文诗《在印度饭店里》所体现的佛教的意味很浓，充满异国情调，被赵景深先生推为《扬鞭集》的压卷之作。此诗先写由面前的食物而引起联想："这是我们今天吃的食，这是佛祖当年乞的食"，然后便是一连串充满印度情调与佛家意味的意象，"这雪白的是盐，这袈裟般黄的是胡椒，这啰毗般的红的是辣椒末，这瓦罐里的水，牟尼般亮，'空'般的清，'无'般的沾"。可以看出，这首诗从诗的主题，到诗里的印度情调、佛家意味都与泰戈尔诗集《吉檀迦利》的诗有相通之处。诗的第二节写旖旎的印度风光：

> 你的静海，我曾在它胸膛上立过，坐过，闲闲的躺过，低低的唱过，悠悠的想过；
> 那白蒙蒙的是你亚当峰头的雾，我曾天没亮就起来，带着

---

① 泰戈尔. 一个艺术家的宗教观［M］. 康绍邦，译. 上海：三联书店，1989：20.

198

模模糊糊的晓梦赏玩过。

那冷而温润的，是你摩利迦东陀中的佛地：它从我火热的脚底，一些些的直清凉到我心地里。

多谢你，你给我这些个；但我不知道——你平原上的野草花，可还是自在的红着？你的船歌，你村姑牧子们唱的歌（是你美神的魂，是你自然的子），可还在村树的中间，清流的底里，回响着些自在的欢愉，自在的痛楚？

从这些字里行间，我们可以明显地感到这首诗具有《吉檀迦利》特有的神、宗教、感恩的笔调。台湾诗人痖弦在评刘半农的诗《在印度饭店里》时曾说："这首散文诗的题材稀松平常，一经想象的幻化，好象点石成金，一切都活了起来！饭店中的一把盐，一罐水，一碟豆子，一搓胡椒面儿，都成了诗的触媒，都与佛地结了缘。"① 也许正是由于刘半农在翻译泰戈尔的诗歌时，被泰戈尔诗歌所吸引，引起了他的共鸣，所以在写诗时不知不觉地与泰戈尔的诗歌"结缘"。

除了创作过一些歌颂童真、描写社会现实、揭示宗教信仰的诗歌，刘半农也写过一些意境比较幽远的抒情诗，其中比较有名的有《无聊》：

阴沉沉的天气，里面一座小院里，杨花飞得满天，榆钱落得满地。外面那大院子里，却开着一棚紫藤花。花中有来来往往的蜜蜂，有飞鸣上下的小鸟，有个小铜铃，系在藤上。春风徐徐吹来，铜铃叮叮当当，响个不止。

---

① 痖弦. 早春的播种者——刘半农先生的生平与作品［A］. 鲍晶. 刘半农研究资料［C］. 天津：天津人民出版社，1985：394.

花要谢了；嫩紫色的花瓣，微风飘细雨似的，一阵阵落下。

《无聊》以融情入景的方式奏出委婉而伤感的抒情调子，这正是屠格涅夫散文诗的典型风格。托尔斯泰对屠格涅夫的景物描写功夫极为叹服："一种景物，只要屠格涅夫一二笔，别人就再难以下笔了。"①刘半农在这首诗中借鉴了屠格涅夫一些描写景物的方法。"阴沉沉的天气""落花和榆钱纷飞的小院""飞鸣上下的小鸟""来来往往的蜜蜂""叮当作响的铜铃"，这些意象构成一幅动感的画面。时间在悄悄流逝，春天即将过去，平静中有着淡淡忧伤，反映了人生无常的哲理主题，意境清雅幽远。整首诗将散文质朴的白描与诗歌的优美意境结合起来，既有诗的表现性，又具有散文的描写性，是一首不可多得的散文诗。赵景深先生对这首诗曾评说："这首诗在幽娴静婉方面，应为全卷第一首诗。"② 全诗怨而不怒，既有因袭传统诗歌精华的成分，也有借鉴了外国诗歌情调的影子。可见，刘半农的译诗对其写诗既有显性的影响，也有隐性的渗透。

刘半农译诗对其作诗有着重大的影响。借鉴译诗的主题从事自己的诗歌创作是外国诗歌对其影响的一个重要方面。在新诗革命的初期，新诗形式的创格相当艰难，由于当时诗歌革新派在指导思想上是要打破传统诗歌形式，所以"新诗直接'移植'了英语诗歌（俄语、法语、西班牙语等语种的诗歌与英语诗歌的形式都相似）的诗形，引进新的诗歌主题，导致新诗的诗句的书写、分行排列方式和诗的分节方式都与古代汉诗截然不同，而与英语为代表的西方

---

① 卢兆泉. 屠格涅夫六长篇的诗意美［J］. 杭州师范学院学报，1997：48.
② 赵景深. 《无聊》原评［A］. 杨扬，辑补. 半农诗歌集评［C］. 北京：书目文献出版社，1984：11.

诗歌相似甚至相同。① 刘半农在新文学建设过程中，积极地翻译借鉴西方诗歌中的主题，为中国新诗的创建积累素材，对中国的新文学建设做出了巨大贡献。陈康白在《刘半农先生》一文中说："我们对于新文学运动的史绩不去稽考则已，假如对年轻的爱好文艺者谈起新文学运动发端的史实的话，无论你是如何偏心的人，我们总落不了这位参加过几阵生死战的老将——刘半农先生。"他的话不无道理。

（六）刘半农对外国散文诗创作技法的借鉴

刘半农的诗歌翻译与诗歌创作紧密地结合在一起，互相影响。刘半农通过翻译引进西方无韵诗和散文诗等，力图突破"无韵则非诗"的诗学传统，以求实现诗体的解放。在翻译外国诗歌的过程中，他尝试用这些诗体作诗，称："我在诗的体裁上是最会翻新花样的。当初的无韵诗，散文诗，后来的用方言拟民歌，拟'拟曲'，都是我首先尝试。"② 刘半农是国内最早翻译泰戈尔和屠格涅夫散文诗的诗人之一。在翻译这两个外国诗人诗作的过程中，刘半农接受了他们的影响，吸取他们的创作技法，在自己的散文诗创作中做了成功的借鉴。可以说，刘半农的译诗在诗学理念和创作实践上都对他的诗歌创作产生了影响。他的散文诗创作是在翻译屠格涅夫、泰戈尔等诗人的作品中成长起来的。刘半农借鉴外国散文诗创作技法以下两个方面尤为突出：一是对屠格涅夫散文诗对话体的借鉴，二是对泰戈尔散文诗独白体的借鉴。正如余光中先生所言："一位作家如果在某类译文中沉浸日久，则他的文体也不免要接受那种译

---

① 王珂.百年新诗诗体建设研究 ［M］.上海：三联书店，2004：15.
② 刘半农.扬鞭集 ［M］.北京：中国文联出版公司，1998：1–46.

文体的影响。"① 由于刘半农在外国散文诗中"沉浸"太久,以致他受了"影响",创作了国内最早的一批散文诗。下面尝试从语言技法的角度论证刘半农如何通过翻译借鉴屠格涅夫散文诗中的对话体以及泰戈尔诗歌中的独白体以完成自家新诗的创作。

1. 对话录的借鉴

刘半农是我国翻译俄国作家屠格涅夫散文诗的第一人。1915年7月,他根据英文转译了屠格涅夫的四首散文诗《乞食之兄》《地胡吞我之妻》《可畏哉愚夫》《嫠妇与菜汁》,题为《杜瑾讷夫之名著》,发表在《中华小说界》第2卷第7期上。由于这四首散文诗不讲究韵律,叙事性强,刘半农误以为是短篇小说。他在译文前附言:"俄国文学家杜瑾讷夫(Ivan Turgenev),与托尔斯泰齐名……杜氏成书凡15集,诗文小说并见,然小说短篇者绝少。兹予全集中得其四,曰《乞食之兄》,曰《地胡吞我之妻》,曰《可畏哉愚夫》,曰《嫠妇与菜汁》,均为其晚年手笔。措辞立言,均惨痛哀切,使人情不自胜。余所读小说,殆以此为观止,是恶可不译以饷我国之小说家。"② 这是刘半农第一次翻译散文诗,也是国内最早对散文诗的译介。

屠格涅夫原本是世界一流的小说家,但由于他创作的小说在自己的时代没有得到应有的重视,他非常忧郁,晚年转向诗歌创作。受其小说创作的影响,屠格涅夫的散文诗或多或少延续了他小说中的叙事风格。因此,"在《散文诗》不少篇章里,隐匿着小说家屠

---

① 余光中. 余光中谈翻译 [M]. 北京:中国对外翻译出版公司,2002:35.
② 施蛰存. 中国近代文学大系 1840—1919·翻译文学集(3)[M]. 上海:上海书店出版社,1991:209.

格涅夫"①。因此，在屠格涅夫的散文诗中见到与小说、戏剧等叙事文体联系紧密的对话录也就不足为怪了。现引刘半农译文《地胡吞我之妻》中的片段如下：

> 余曰："然则彼亦爱尔耶?"此惨痛之少年驭者，乃震体狂叹曰："磋乎! 先生。余与彼处，其乐乃至莫能自名。然彼生则与我俱，死乃不及一见我。初，余以图数块之黑面包，逗留京师，曾不知余妻病。及乡人以噩耗来。则谓已葬。余悲愤交集，急驱吾模，加鞭疾驶。午夜，始报家园。入吾小屋，兀立室之中央，四顾黯然。力疾鸣咽曰：'玛沙! 噫，玛沙胡往?'时玛沙不答我，床下蟋蟀声啾啾然，如助余悲，余泪遂簌簌下。既而坐于地，挥拳痛击数之曰：'不情之地，尔无赖而饕餮，胡为乎吞我之玛沙? 既吞彼，又胡为乎不并我而吞之?'磋乎! 玛沙已往，地纵默承其罪，亦复何补。"少年语至此，不能成声。少停，卒然曰："玛沙乎! 吾爱汝。"其音凄绝，不类人声。②

译文用文言译出，"文词之古朴典雅，不在林琴南、严复之下"③。读这段译文，实难区分是小说中的片段还是散文诗中的片段。不过从整篇译文来看，还是可以察觉出散文诗与小说中的对话的区别。一般来说，散文诗中的对话直奔主题，因此更直接，片段性更强，更少铺陈和枝蔓，注重表达的深度和哲思性。这段对话材

---

① 朱宪生. 诗情在散文中凝结——论屠格涅夫《散文诗》的文体特征［J］. 湖南师范大学社会科学学报，2005（4）：98.

② 施蛰存. 中国近代文学大系 1840—1919·翻译文学集（3）［M］. 上海：上海书店出版社，1991：211.

③ 痖弦 早春的播种者——纪念刘半农先生诞辰一百周年［J］. 海南师范学院学报，1991（2）：24.

料就具有这个特点。屠格涅夫倾向于通过对话揭示现实生活之苦、人性之美等富有人道主义精神的主题，所以在很多富有思辨性或哲理性的散文诗作品中，他大量采用了对话体的形式。1918 年 9 月，刘半农在《新青年》第 5 卷第 3 期上发表了译文《访员》。《访员》系屠格涅夫的散文诗，以对话体写成，现引刘译如下：

> 两个朋友，正是同桌喝茶。
>
> 忽然街上起了一阵吵乱。他们听见可怜的呼号声，凶猛的凌辱声，一阵阵爆裂似的毒笑声。
>
> 一个朋友向窗外望着，说："他们在那里打什么人了。"
>
> 那一个问："是个罪犯？是个凶手？我说，无论他是什么，这非法的滥打，我们不答应的。我们去，加入他一面。"
>
> "但是他们所打的，不是个凶手。"
>
> "不是个凶手？那么，是个贼？这没有什么两样，我们还是去，把他从人丛中脱离出来。"
>
> "也不是个贼。"
>
> "不是个贼？那么，是个卷逃的司帐？是个铁路管理员？是个陆军订约人？是个俄国的美术收藏家？是个律师？是个保守党的记者？是个社会改革家？……无论如何，我们还是去救他！"
>
> "不是……他们所打的，是个新闻访员。"
>
> "是个访员？唉，我告诉你，我们先把茶杯喝干了再说。"①

---

① 施蛰存. 中国近代文学大系 1840—1919·翻译文学集（3）［M］. 上海：上海书店出版社，1991：215.

　　读这篇译文可以发现，屠格涅夫散文诗中的对话语篇跳跃性大，目的性强，注重揭露社会现实，引人深思，比小说、戏剧中的对白利索，绝少铺陈。这也是散文诗之为诗的原因。刘半农在翻译时大概嗅到了这些细微的差别，这次他没有弄错文体，在译文后做注："以上俄国 Ivan Turgenev 所作散文诗二首。"① 译文用白话译出，通俗易懂，堪称屠格涅夫散文诗中译的精品。受屠格涅夫散文诗翻译实践的影响，刘半农拿起手中的笔，吸取屠格涅夫对话体诗歌创作的技巧，由译者摇身一变为作者，创作了许多优美的散文诗。他采用对话录创作的诗歌与屠格涅夫的某些散文诗颇为神似，如1918年他创作的散文诗《买萝卜的人》，就采用了对话体写成：

　　　　一个卖萝卜人，——很穷苦的，——住在一座破庙里。这破庙要标卖了，便来了个

　　　　警察，说——

　　　　"你快搬走！这地方可不是你久住的。"

　　　　"是！是！"他口中应着，心中却想——

　　　　"叫我搬到哪里去！"

　　　　明天，警察又来，催他动身。

　　　　他瞪着眼看，低着头想，撒撒手，踏踏脚，却没说——

　　　　"我不搬。"

　　　　警察忽然发威，将他撵出门外。

　　　　又把他的灶也捣了，一只砂锅，碎作八九爿！

---

① 施蛰存.中国近代文学大系 1840—1919 · 翻译文学集（3）［M］.上海：上海
　书店出版社，1991：215.

他的破席、破被，和萝卜担，都撒在路上。

几个红萝卜，滚在沟里，变成了黑色！

路旁的孩子们，都停了游戏奔来。

他仍也瞪着眼看，低着头想撒撒手，踏踏脚，却个做声音！

警察去了，一个七岁的孩子说，

"可怕……"一个十岁的答道，

"我们要当心，别做卖萝卜的！"

七岁的孩子不懂；他瞪着眼看，低着头想，却没撒手，没踏脚！①

这首诗创作的时间与他译屠格涅夫的散文诗《访问》和《狗》的时间十分接近，在诗的标题下，作者标明："这是半农做'无韵诗'的初次实验。"② 由于"五四"时期的新诗创作主要在破的一方面下手，力图打破中国"不韵则非诗"的诗学传统，作为这一时期新诗创作的主要倡导者，刘半农通过把眼光转向异域文学，学习借鉴外国诗歌，实现了破坏旧诗、建设新诗的诗学主张。由丁屠格涅夫的散文诗无韵律制约，合乎诗人诗体解放的诗学诉求，因此进入诗人关注的焦点也是理所当然的事情了。总的来说，在刘半农的诗歌作品中，翻译、模仿与借鉴屠格涅夫的诗歌也就有迹可循了。在《买萝卜的人》一诗中，刘半农采用对话体的方式，力图在浅显

---

① 刘半农. 卖萝卜的人［A］. 阅读大综合·高中三年级（上）［C］.《阅读大综合》编写组. 南京：江苏教育出版社，2002：175－176.

② 刘半农. 卖萝卜的人［A］. 阅读大综合·高中三年级（上）［C］.《阅读大综合》编写组. 南京：江苏教育出版社，2002：175－176.

的对话中揭示现实生活的哲理。特别是在诗的最后一节，诗人通过两个儿童对警察行为的对话升华诗的主题，与屠格涅夫的散文诗甚是神似。

2. 独白体的借鉴

1913 年，泰戈尔以诗歌集《古檀迦利》获诺贝尔文学奖，立即引起了国人的关注。1915 年，陈独秀用文言翻译了泰戈尔的《赞歌》4 首，发表在《青年杂志》第 2 期上。随后，刘半农两度翻译泰戈尔的诗。1918 年 8 月，刘半农用白话翻译《Tagore 诗二章》：《恶邮差》（The Wicked Postman）和《著作资格》（Authorship），刊载于《新青年》第 5 卷第 2 号上。同年 9 月，刘半农在《新青年》第 5 卷第 3 号再次发表泰戈尔的两首译诗：《海滨》（On the Seashore）和《同情》（Sympathy）。刘半农成为国内最早译介泰戈尔诗歌的诗人之一。

刘半农所译泰戈尔的诗大多出自诗集《新月集》。《新月集》是一部以赞美童真为主题的诗歌集。通过对儿童天真无瑕的心灵世界的描写，这部诗集构建了一个超功利的儿童世界。《新月集》里的诗充分反映了儿童心理世界的美好。在很多诗篇里，泰戈尔通过儿童独白的方式描写儿童纯洁无瑕的心灵世界，揭示诗的主题，如《同情》：

同　情

假使我只是只小狗，不是你的宝宝，那么，好母亲，我要吃你盘子里的食，你要说"不许"么？

你要把我赶去，向我说："走开，你这讨厌的小狗"么？

那么去，母亲，去了！你叫我，我决不再来了；也决不再要你喂我了。

2

　　假使我只是只小小的绿鹦鹉，不是你的宝宝，好母亲，你要把我锁起来，恐怕我飞去么？

　　你要摇着指头，向我说："这么一个不知恩的无赖鸟，整天整夜嚼着那链子"么？那么去，母亲，去了！我就逃到树林里去，永远不给你抱我在手中了。①

　　上面一首译诗由刘半农译自泰戈尔的《新月集》。在诗中，诗人以儿童的口吻描绘儿童关爱他人的内心世界，并以儿童独白的方式表达孩子对自由的向往。总的来说，这诗的语言通俗易懂，富有童趣。虽属诗人想象，但又不失真，从语言到内容符合儿童的心理特点，实属不易。这种通过独白的方式描写儿童心理世界的诗在《新月集》还有很多。1918 年 8 月，刘半农的译诗《著作资格)》（*Authorship*）也是以独白的方式描写儿童的心理世界：

　　你说父亲著好多书，但是他写些什么，我不懂。

　　他整黄昏的读给你听，你能当真说得出他的意思来么？

　　母亲，你所讲的故事多好！为什么父亲不能写出那样子的来呢，我奇怪？

　　是他从来没听见他母亲说过长人，仙子，公主们的故事么？

　　是他一起忘了么？

　　他往往迟延着，不去洗澡，要你去叫他一百次。

　　你守他吃饭，不放饭菜冷，他只顾写着，竟忘记了。

---

　　① 施蛰存. 中国近代文学大系 1840—1919·翻译文学集（3）［M］. 上海：上海书店出版社，1991：219.

父亲常是那么耍着著书。

要是我难得到父亲房间里去耍耍，你来叫我了："这么一个顽皮孩子！"

要是我轻轻的做声一下，你说："你不看见父亲在那里做事么？"

常是这样写了又写，是什么个把戏呢？

有时我拿了父亲的笔或铅笔，象他一样，在他书上写，

—a, b, c, d, e, f, g, h, i,——你为什么同我吵，母亲？

父亲写，你始终没有说过一句话。

父亲费了这么许多堆的纸，母亲，你似乎全不在意。要是我拿了一张，做一只船，你说："小孩子，你讨厌到怎么样了！"

父亲糟蹋了许多张许多张的纸，画得两面尽是墨痕，你以为怎么样？①

这首诗以儿童的眼光审视成人世界。在孩子的眼中，大人认为有价值、值得做的事情并非如此意义重大。大人们为工作所累，没时间享受生活，所从事的事情也不过如此，甚至还远不如儿童所做的事情有趣。可是，儿童想做的事常常被大人剥夺。在这首诗中，泰戈尔以独白的方式表达孩子的诉求，从而从另一个角度对成人的世界进行反思，人文情怀洋溢于字里行间。刘半农在翻译泰戈尔诗歌的过程中受这些诗歌的感染，借鉴泰戈尔的独白的创作技法创作了一些类似的散文诗，其中比较有名的是散文诗《雨》和《饿》。

---

① 施蛰存. 中国近代文学大系 1840—1919·翻译文学集（3）［M］. 上海：上海书店出版社，1991：217–218.

现引《饿》如下：

他饿了；他静悄悄的立在门口；他也不想什么，只是没精没采，把一个指头放在口中咬。

他看见门对面的荒场上，正聚集着许多小孩，唱歌的唱歌，捉迷藏的捉迷藏。

他想：我也何妨去？但是，我总觉得没有气力，我便坐在门槛上看看罢。

他眼看着地上的人影，渐渐地变长；他眼看着太阳的光，渐渐地变暗。"妈妈说的，这是太阳要回去睡觉了。"

他看见许多人家的烟囱，都在那里出烟；他看见天上一群群的黑鸦，咿咿呀呀地叫着，向远远的一座破塔上飞去。他说："你们都回去睡觉了么？你们都吃饱了晚饭了么？"

他远望着夕阳中的那座破塔，尖头上生长着几株小树，许多枯草。他想着人家告诉他：那座破塔里，有一条"斗大的头的蛇！"他说："哦！怕啊！"①

……

这首诗作于 1920 年，刚好写在作者翻译泰戈尔的《访员》《恶邮差》两年之后。通过细读这首诗与他的译文，可以发现刘半农的写法有很多类似于泰戈尔散文诗的地方——都是通过儿童独白的方式表现他们的内心世界。当然，《饿》这首诗除了受泰戈尔诗歌的影响，也受到屠格涅夫的影响。屠格涅夫的诗往往通过对现实生活的描写来反映社会下层人们的生活困苦，体现出一种人文关怀，这

---

① 周良沛. 中国新诗库（第二辑）·刘半农卷［M］. 武汉：长江文艺出版社，2000：88.

首诗也具有这个特点。总的来说，这首诗在创作技法上借鉴了泰戈尔的独白、白描手法，在创作主旨上借鉴了屠格涅夫的人文主义精神，与泰戈尔的诗形似，而与屠格涅夫的诗神似。

刘半农在翻译泰戈尔和屠格涅夫诗歌的过程中接受了他们的影响，在中国开始散文诗歌创作的尝试，并取得了一定的成绩。1918年5月，刘半农在其译诗《我行雪中》的《译者导言》表达了他对翻译用语的看法，认为若以"诗赋歌词各体试译，均苦为格调所限，不能竟事"，因而主张用"直译之文体"①。正因为用"直译之文体"②，译诗促成了外国诗体的引进。而且，除了对诗体的借鉴，译诗对诗人作诗的技巧，诗的精神内质都产生过积极影响。正如刘半农在《关于译诗的一点意见》所说的："我们不但要译出它（诗）的意思，而且还要尽力的把原文中语言的方式保留着。"③正是由于"原文中语言方式的保留"④，外国诗歌中的语言技法如对话体与独白体等也一并引进过来。通过对比分析刘半农的散文诗翻译和创作，可以很好地印证刘半农在两个方面借鉴了屠格涅夫和泰戈尔散文诗创作技法：一是对屠格涅夫散文诗对话体的借鉴，二是对泰戈尔散文诗独白体的借鉴。刘半农的诗歌翻译、译诗借鉴，与诗歌创作紧密地结合在一起，互相影响。他通过翻译引进西方诗歌中的文学因子，对中国新诗的现代化做出了巨大贡献，具有深远的意义。

---

① 施蛰存. 文艺百话［M］. 上海：华东师范大学出版社，1994：91.
② 施蛰存. 文艺百话［M］. 上海：华东师范大学出版社，1994：91.
③ 刘复. 关于译诗的一点意见［A］. 半农杂文二集［C］. 上海：上海书店出版社，1983：27.
④ 刘复. 关于译诗的一点意见［A］. 半农杂文二集［C］. 上海：上海书店出版社，1983：27.

参考文献

［1］巴金. 莱汤［M］. 屠格涅夫文集（6 卷）. 北京：人民文学出版社，2001.

［2］鲍晶. 刘半农研究资料［M］. 天津：天津人民出版社，1985.

［3］卞之琳. 五四以来翻译对于中国新诗的功过［A］. 1989. 王克非编. 翻译文化史论［C］. 上海：上海外语教育出版社，1997.

［4］陈琳. 陌生化翻译徐志摩译诗研究［M］. 北京：中国社会科学出版社，2012.

［5］陈平原. 《新青年》文选［M］. 贵阳：贵州教育出版社，2003.

［6］陈玉刚. 中国翻译文学史稿［M］. 北京：中国对外翻译出版公司，1989.

［7］陈子善. 硕果仅存的"新月"诗人孙大雨［A］. 孙大雨诗文集［C］. 孙近仁编. 石家庄：河北教育出版社，1996.

［8］程国君. 新月诗派研究［M］. 武汉：长江文艺出版社，

2003.

[9] 海岸编. 中西诗歌翻译百年论集 [M]. 上海：上海外语教育出版社，2007.

[10] 韩石山. 徐志摩传 [M]. 北京：北京十月文艺出版社，2001.

[11] 洪振国. 朱湘译诗集 [Z]. 长沙：湖南人民出版社，1986.

[12] 洪振国. 试论朱湘译诗的观点与特色 [J]. 湘潭大学学报（社会科学版），1985（2）.

[13] 胡适. 答 T. F. C.（论译戏剧）[J]. 新青年，1919（3）

[14] 胡适.《哀希腊歌》序 [A]. 1914. 欧阳哲生编.《胡适文集》第 9 卷 [C]. 北京：北京大学出版社，1998.

[16] 胡适. 文学改良刍议 [A]. 1917. 欧阳哲生.《胡适文集》第 2 卷 [C]. 北京：北京大学出版社，1998.

[17] 胡适. 建设的文学革命论 [A]. 1918. 欧阳哲生编.《胡适文集》第 2 卷 [C]. 北京：北京大学出版社，1998.

[18] 胡适. 文学进化观念与戏剧改良 [A]. 1918. 欧阳哲生编.《胡适文集》第 2 卷 [C]. 北京：北京大学出版社，1998.

[19] 胡适.《短篇小说第一集》序 [A]. 1919. 欧阳哲生编.《胡适文集》第 8 卷 [M]. 北京：北京大学出版社，1998：424.

[20] 胡适.《尝试集》再版自序 [A]. 1920. 欧阳哲生编.《胡适文集》第 9 卷 [M]. 北京：北京大学出版社，1998，.

[21] 胡适. 五十年来中国之文学 [A]. 1923. 欧阳哲生编.《胡适文集》第 3 卷 [C]. 北京：北京大学出版社，1998.

[22] 胡适.《西游记》考证 [A]. 1923. 欧阳哲生编.《胡

适文集》第 8 卷 [C]. 北京：北京大学出版社，1998.

[23] 胡适. 译书 [A]. 1923. 欧阳哲生编. 《胡适文集》第 10 卷 [C]. 北京：北京大学出版社，1998.

[24] 胡适. 我们对于西洋近代文明的态度 [A]. 1926. 欧阳哲生编. 《胡适文集》第 4 卷 [C]. 北京：北京大学出版社，1998.

[25] 胡适. 论翻译——与曾孟朴先生书 [A]. 1928. 欧阳哲生编. 《胡适文集》第 4 卷 [C]. 北京：北京大学出版社，1998.

[26] 胡适. 白话文学史·佛教的翻译文学（上）[A]. 1928. 欧阳哲生编. 《胡适文集》第 8 卷 [C]. 北京：北京大学出版社 1998.

[27] 胡适. 白话文学史·佛教的翻译文学（下）[A]. 1928. 欧阳哲生编. 《胡适文集》第 8 卷 [C]. 北京：北京大学出版社，1998.

[28] 胡适. 中国中古小史·佛教在中国的演变 [A]. 1931. 欧阳哲生编. 《胡适文集》第 6 卷 [C]. 北京：北京大学出版社，1998.

[29] 胡适. 《短篇小说第二集》序言 [A]. 1933. 欧阳哲生编. 《胡适文集》第 8 卷 [C]. 北京：北京大学出版社，1998.

[30] 胡适. 《中国新文学大系》第一集导言 [A]. 1935. 欧阳哲生编. 《胡适文集》第 1 卷 [C]. 北京：北京大学出版社，1998.

[31] 胡适. 胡适留学日记（下）[M]. 合肥：安徽教育出版社，1999.

[32] 胡适. 胡适口述自传 [M]. 唐德刚译注. 桂林：广西师

范大学出版社，2005.

［33］黄石. 神话的价值［A］. 马昌仪编. 中国神话学文论选萃（上）［C］. 北京：中国广播电视出版社，1994..

［34］蒋登科. 散文诗文体论［M］. 北京：中国文联出版社，2002.

［35］李红绿. 论朱湘译诗选本的诗学倾向［J］. 常州工学院学报，2011（3）.

［36］李玮炜. 新月诗派对英国浪漫主义诗歌的译介和接受［J］. 内江师范学院学报，2010（9）：54－56.

［37］廖七一. 胡适的白话译诗与中国文艺复兴［J］. 四川外语学院学报，2004（5）.

［38］梁实秋. 梁实秋怀人丛录［M］. 北京：中国广播电视出版社，1991.

［39］梁实秋. 新诗的格调及其他［A］. 杨匡汉，刘福春. 中国现代诗论（上）［C］. 广州：花城出版社，1985.

［40］程新. 港台、国外谈中国现代文学作家［M］. 成都：四川文艺出版社，1986.

［41］刘半农. 扬鞭集［M］. 北京：中国文联出版公司，1998.

［42］刘半农. 爱它？害它？成功！［A］. 杨扬辑补. 半农诗歌集评［C］. 北京：书目文献出版社，1984.

［43］刘半农. 我之文学改良观［J］. 新青年，1917（3）.

［44］刘丹，熊辉. 外国诗歌的"翻译体"与中国新诗的形式建构［J］. 社会科学战线. 2010（3）：146.

［45］刘渊，邱紫华. 维柯"诗性思维"的美学启示［J］. 华

中师范大学学报. 2002（1）：86 – 92.

　　[46] 刘复. 关于译诗的一点意见 [A]. 半农杂文二集 [C]. 上海：上海书店，1983.

　　[47] 龙清涛. 简论孙大雨的"音组"——对新诗格律史上一个重要概念的辨析. 中国现代文学研究丛刊 [J]. 2009（1）.

　　[48] 卢兆泉. 屠格涅夫六长篇的诗意美 [J]. 杭州师范学院学报，1997.

　　[49] 乐齐. 精读朱湘 [M]. 北京：中国国际广播出版社，1998.

　　[50] 陆敬东. 徐志摩评传 [M]. 重庆：重庆出版社，2000.

　　[51] 鲁迅.《鲁迅全集》第 4 卷 [M]. 北京：人民文学出版社，1956：351.

　　[52] 罗皑岚. 二罗一柳忆朱湘 [M]. 北京：生活·读书·新知三联书店，1985.

　　[53] 罗念生. 朱湘书信集 [M]. 上海：上海书店出版社，1983.

　　[54] M·H·艾布拉姆斯. 镜与灯：浪漫主义文论及批评传统 [M]. 郦稚牛，张照进，童庆生译. 北京：北京大学出版社，1989：470.

　　[55] 马会娟，苗菊. 当代西方翻译理论选读 [M]. 北京：外语教学与研究出版社，2009.

　　[56] 马新国. 西方文论史 [M]. 北京：高等教育出版社，2002：363.

　　[57] 钱光培. 现代诗人朱湘研究 [M]. 北京：北京燕山出版社，1987.

［58］施蛰存．文艺百话［M］．上海：华东师范大学出版社，1994．

［59］施蛰存．中国近代文学大系 1840—1919·翻译文学集（3）［M］．上海：上海书店出版社，1991．

［60］宋协立．浪漫主义及其美学理论的认知意义（上）［J］．烟台大学学报，1995（3）．

［61］孙大雨．我与诗人朱湘［A］．孙近仁编．孙大雨诗文集［C］．石家庄：河北教育出版社，1996．

［62］苏雪林．苏雪林文集［Z］．合肥：安徽文艺出版社，1996．

［63］孙大雨译．古诗文英译集［M］．上海：上海外语教育出版社，1997．

［64］孙玉石．中国现代作家选集——朱湘［M］．北京：人民文学出版社，1985．

［65］泰戈尔．一个艺术家的宗教观［M］．康绍邦，译．上海：三联书店，1989．

［66］王珂．百年新诗诗体建设研究［M］．上海：三联书店，2004．

［67］王珂．诗歌文体学导论：诗的原理和诗的创造［M］．哈尔滨：北方文艺出版社，2001．

［68］王泽龙．中国现代诗歌意象论［M］．北京：中国社会科学出版社，2008．

［69］文木．徐志摩经典［M］．海口：南海出版公司，1999．

［70］闻一多．诗的格律［A］．杨匡汉，刘福春编．中国现代诗论（上）［C］．广州：花城出版社，1985．

[71] 闻一多. 闻一多全集（1）[Z]. 孙党伯编. 武汉：湖北人民出版社，1997.

[72] 夏秀. 原型理论与文学活动 [D]. 济南：山东师范大学，2007.

[73] 谢冕. 漫谈儿童散文 [J]. 儿童文学研究：第9辑，1982.

[74] 徐志摩. 诗刊放假 [A]. 李书敏，严平，蔡旭等编. 徐志摩散文小说选 [C]. 重庆：重庆出版社，1999.

[75] 徐瑞岳. 刘半农研究 [M]. 南京：江苏古籍出版社，1987.

[76] 徐志摩. 徐志摩全集（第七卷）翻译作品 [M]. 天津：天津人民出版社，2005.

[77] 徐志摩. 徐志摩散文小说选 [M]. 李书敏，严平，蔡旭等编. 重庆：重庆出版社，1999.

[78] 晨光编. 徐志摩译诗集 [M]. 长沙：湖南人民出版社，1989.

[79] 痖弦. 早春的播种者——纪念刘半农先生诞辰一百周年 [J]. 海南师范学院学报，1991（2）.

[80] 杨丽娟. 原型理论与后现代语境下文学的文化批评建设 [D]. 东北师范大学，2005：3.

[81] 杨全红. 诗人译诗，是耶？非耶？——徐志摩诗歌翻译研究及近年来徐氏翻译研究沉寂原因新探 [J]. 重庆交通学院学报，2001（2）.

[82] 杨匡汉，刘福春编. 中国现代诗论（上）[M]. 广州：花城出版社，1985.

[83] 叶舒宪. 神话——原型批评 [Z]. 西安：陕西师范大学出版社，1987：3 - 42.

[84] 易竹贤. 胡适传 [M]. 武汉：湖北人民出版社，2005.

[85] 余光中. 余光中谈翻译 [M]. 北京：中国对外翻译出版公司，2002.

[86] 展望之等. 徐志摩传：飞去的诗人 [M]. 北京：汉语大词典出版社，2000.

[87] 张旭. 视界的融合：朱湘译诗新探 [M]. 北京：清华大学出版社，2008.

[88] 赵景深. 《窗纸》原评 [A]. 杨扬辑补. 半农诗歌集评 [C]. 北京：书目文献出版社，1984.

[89] 周良沛. 中国新诗库（第二辑）·刘半农卷 [M]. 武汉：长江文艺出版社，2000.

[90] 周靖嵋. 文学视阈中的胡适译学思想及价值取向 [J]. 温州大学学报，2007（2）.

[91] 朱栋霖，丁帆，朱晓进. 中国现代文学史 1917—1997 [M]. 北京：高等教育出版社，1999.

[92] 朱湘. 草莽集 [M]. 北京：人民文学出版社，1984.

[93] 朱湘. 中书集 [M]. 王彬编. 北京：中国文联出版公司，1998.

[94] 朱湘. 朱湘散文选集 [M]. 孙玉石编. 天津：百花文艺出版社，2004.

[95] 朱湘. 朱湘散文（下集）[M]. 蒲花塘 晓非编. 北京：中国广播电视出版社，1994.

[96] 朱湘. 朱湘诗集 [M]. 周良沛编. 成都：四川文艺出版

社，1987.

[97] 朱湘. 朱湘书信集 [M]. 罗念生编. 上海：上海书店出版社，1936.

[98] 朱湘. 朱湘书信二集 [M]. 合肥：安徽文艺出版社，1987.

[99] 朱湘. 朱湘译诗集 [M]. 洪振国编. 长沙：湖南人民出版社，1986.

[100] 朱宪生. 诗情在散文中凝结——论屠格涅夫《散文诗》的文体特征 [J]. 湖南师范大学社会科学学报，2005 (4).

[101] Bassnett, S. "Intricate pathways: Observations on translation and literature" [A]. In S. Bassnett (ed.). *Translating Literature* [C]. Cambridge：D. S. Brewer, 1997.

[102] Ratan Devi. 我行雪中 [J]. 刘半农译. 新青年，1918 (4): 5.